W0373006

Ueberreuter Großdruck

Janet Evanovich
& Charlotte Hughes

Kussfest

Aus dem Amerikanischen
von Isabel Bogdan

UEBERREUTER

ISBN 978-3-8000-9265-9
Alle Urheberrechte, insbesondere das Recht der Vervielfältigung, Verbreitung und öffentlichen Wiedergabe in jeder Form, einschließlich einer Verwertung in elektronischen Medien, der reprografischen Vervielfältigung, einer digitalen Verbreitung und der Aufnahme in Datenbanken, ausdrücklich vorbehalten.
Titel der Originalausgabe: »Full Tilt«
Originalverlag: St. Martin's Press, New York
Copyright © der Originalausgabe 2003 by Janet Evanovich, Inc.
Copyright © der deutschsprachigen Ausgabe 2005 by Wilhelm Goldmann Verlag, München, in der Verlagsgruppe Random House GmbH
Aus dem Amerikanischen von Isabel Bogdan
Copyright dieser Ausgabe © 2007 by Verlag Carl Ueberreuter, Wien, mit freundlicher Genehmigung der Verlagsgruppe Random House GmbH
Umschlaggestaltung von Agentur C21 unter Verwendung eines Fotos von Corbis
Druck: Druckerei Theiss, A-9431 St. Stefan i. L.
Gedruckt auf Salzer EOS 1,3 x Vol., naturweiß, 80g
1 3 5 7 6 4 2

www.ueberreuter-grossdruck.com
www.ueberreuter.at

EINS

»Irgendwie läuft bei uns was schief.«

»Ach, hör doch auf, Max.«

»Du bist so oberflächlich, Muffin.«

»Oberflächlich?« Sie schnaubte verächtlich. »Das muss ich mir von einem sagen lassen, der drei Jahre lang mit einer Schlampe namens Bunny zusammen war, die nur hinter seinem Geld her war? So was nenn ich echt 'ne tief gehende Beziehung.«

Er grinste. »Ach, solche Frauen haben auch ihre Vorzüge. Da weiß man wenigstens, woran man ist, und am Ende kriegen beide, was sie wollen.«

»Und bekanntlich kriegst du ja sowieso immer, was du willst. Aber wenn ich dich daran erinnern darf, Maximilian Holt: Ich bin das Beste, was dir je untergekommen ist. Du brauchst mich. Ich hör mir deine Probleme an, ich baue dein Riesenselbstbewusstsein noch weiter auf, und ich bin dir intellektuell jederzeit gewachsen.«

»Vergiss bloß nicht, dass ich dich zu dem gemacht habe, was du heute bist, Süße. Ohne mich wärst du gar nichts.«

»Dann vergiss *du* aber bitte nicht, dass ich dir ständig aus der Patsche helfe. Ach ja, du hast übrigens keinen Sprit mehr. Du fährst schon mit Abgasen.«

»Wie weit ist es bis zur nächsten Tankstelle?«

»Gut zehn Meilen.«

»Hättest du mir das nicht früher sagen können?«

»Doch, hätte ich.«

»Ich habe ein Monster geschaffen.«

Max lenkte den aufwendig aufgemotzten Wagen die schmalen Serpentinen hinunter und nahm jede einzelne Kurve wie ein Profi. Aus der High-Tech-Soundanlage, die es noch mindestens ein Jahr lang nicht offiziell zu kaufen geben würde, ertönte Pink Floyd.

Max war mächtig stolz auf sein Auto, das seine Freunde im Scherz Maxmobil nannten. Der Wagen war vom Chassis an von ehemaligen Mitarbeitern der NASA entwickelt worden. Karosserie und Rahmen bestanden aus Titan und einem neu entwickelten Polymer, das leicht wie Glasfaser und robust wie der stärkste Stahl war. Das Ergebnis ähnelte einem Porsche, aber Max' Version war größer, besser und konnte Dinge, die in den Entwürfen der Automobilhersteller noch viele Jahre nicht auftauchen würden. Nichts war unzerstörbar, aber das Maxmobil war verdammt nah dran.

Das Armaturenbrett war komplizierter als das Cockpit eines Learjets. Die Spitzentechnologie, mit der der Wagen ausgestattet war, stammte von einem Team hochkarätiger Computerspezialisten, die er hohen Regierungskreisen abgeworben hatte. Neben den üblichen Spielereien wie Tachometer, Höhenmesser und Satelliten-Navigation gab es einen weiterentwickelten PDA, Tastatur, digitale Stimmerkennung, Drucker in Fotoqualität, Faxgerät, Satellitentelefon, HDTV-Monitor und eine komplette Videokonferenz-Ausrüstung. Das alles wurde von einem Computer gesteuert, der kleiner war als ein Aschenbecher. Dank all dieser Gerätschaften konnte Max, wenn er wollte, sein gesamtes Geschäftsimperium vom Auto aus leiten.

Nur ein Mann wie Max Holt konnte so viel Geld für einen solchen Wagen ausgeben. Und nur ein Mann wie Max Holt konnte eine künstliche Intelligenz mit Stimmerkennungstechnologie und einer auf ihn abgestimmten, kessen Persönlichkeit schaffen. Er hatte sie aus Spaß Muffin genannt und ihr eine sexy Stimme verpasst – ein Angestellter behauptete, Max bekäme davon immer einen Ständer.

Manche hatten behauptet, es sei ein Ding der Unmöglichkeit, solch ein Gerät zu schaffen. Max hatte ihnen das Gegenteil bewiesen. Er heuerte die besten Leute an und verlangte sich und seinen Angestellten alles ab. Dass er solch ein Selbstvertrauen ausstrahlte, lag daran, dass er alles schaffte, was er sich vornahm. Immer. Das war auch nicht weiter schwierig für einen Mann, dessen IQ schon nicht mehr messbar war und dessen Geschäftssinn seinen ärgsten Konkurrenten die Tränen in die Augen trieb. Er hatte zwei Unternehmen gegründet, nur um AOL und Microsoft einen Schrecken einzujagen. Der Fernsehsender, den er zehn Jahre zuvor gekauft hatte, hatte selbst seine eigenen Erwartungen übertroffen. Kürzlich hatte er diese drei Firmen für hohe Summen verkauft, einfach, weil sie für ihn keine Herausforderung mehr darstellten.

Die *New York Times, Newsweek* und *Money* wollten unbedingt ein Interview mit ihm machen, aber Maximilian Holt gab keine Interviews. Er hielt sich äußerst bedeckt. Natürlich gab es grobkörnige Fotos, auf denen er in teuren italienischen Anzügen irgendwelche Gebäude betrat oder mit einem hinreißenden Model oder einer Schauspielerin am Arm in eine Stretch-Limousine stieg, aber er hielt sein Konterfei auf geschickte Weise aus den Medien heraus. Die meisten Leute hätten ihn nicht auf der Straße erkannt, selbst wenn ihnen sein Name geläufig war.

Er hatte Häuser auf der ganzen Welt, aber am wohlsten fühlte er sich auf seinem Gestüt in Virginia, nicht weit von seinem Cousin Nick entfernt, der die Liebe zu Pferden in ihm geweckt hatte. In das Farmhaus zog er sich von seinem hektischen Leben zurück, dort war seine Privatsphäre geschützt durch Kameras, eine Alarmanlage, die er selbst entwickelt hatte, und so viel Sicherheitspersonal, dass es für das Weiße Haus gereicht hätte.

Er galt als exzentrisch und egoistisch, aber es war Max schon immer egal gewesen, was die Leute über ihn dachten. Er lebte nach seinen eigenen Regeln, vor allem, wenn es um Frauen ging. Er mochte keine Verwicklungen. Eine feste Bindung klang in seinen Ohren wie ein Fluch, und er ergriff die Flucht, sobald eine Frau das Wort »Heirat« auch nur in den Mund nahm. Dieses Verhalten hatte ihm den Ruf eines Schwerenöters eingebracht. Er war allerdings ausgesprochen großzügig und bemühte sich, seine Frauengeschichten im Guten zu beenden, und so wurden aus einstigen Affären oft gute Freundschaften. Das galt auch für seine Exfrau Bunny, die mit seiner Hilfe eine neue Bade- und Körperpflegeserie auf den Markt gebracht hatte, die bereits heftig mit Marken wie Crabtree & Evelyn konkurrierte. Max gefiel der Gedanke, dass die Frauen einen Gewinn aus seiner Bekanntschaft zogen, denn er hatte seinerseits das Gefühl, ein besserer Mensch zu sein, weil er ihnen begegnet war.

»Wo wir gerade bei Frauen sind«, sagte Max nach einer Weile. »Ich möchte alles über Jamie Swift wissen. Guck doch mal, ob du auch ein Foto von ihr findest.«

»Was soll das denn heißen, mal gucken, ob ich ein Foto von ihr finde? Natürlich finde ich ein Foto. Ich kriege jederzeit alles über jede beliebige Person raus, sogar, wo die Leute ihre Wäsche kaufen.«

Als Max angehalten und getankt hatte, hatte Muffin ein vollständiges Dossier über Jamie Swift ausgedruckt, inklusive aktuellem Foto. »Nicht schlecht«, sagte er. »Du weißt ja, dass ich auf Blondinen stehe.«

Muffin schnaubte. »Ganz zu schweigen von Brünetten und Rothaarigen. Aber die hier kannst du vergessen, alter Casanova. Sie ist mit einem gewissen Phillip Ravenal Standish verlobt, einem renommierten Steueranwalt und dem begehrtesten Junggesellen von Beaumont, South Carolina.«

»Was willst du damit sagen?«

»Finger weg. Du fährst nach Beaumont, weil deine Schwester dich braucht.«

Max lächelte. »Deedee braucht mehr Hilfe, als ich ihr geben kann. Und übrigens ist ja wohl nichts dagegen einzuwenden, dass ich mal meine Investition in die *Beaumont Gazette* überprüfe, wenn ich schon in der Stadt bin. Und die Freude habe, Miss Swift kennen zu lernen. Schließlich bin ich ihr Teilhaber.«

»*Stiller* Teilhaber. Vergiss das nicht. Und wenn sie rauskriegt, dass Deedee dich gebeten hat, ihr finanziell unter die Arme zu greifen …«

»Das kriegt sie doch gar nicht raus.«

»Die Frau ist doch nicht blöd, Max. Sobald sie erfährt, dass du Deedees Bruder bist, wird sie eins und eins zusammenzählen. Sie ist zwar gut mit Deedee befreundet, aber ich gehe jede Wette ein, dass sie über ihre finanziellen Probleme nur ungern redet. Sie kämpft schon seit Jahren ums Überleben der Zeitung.«

»Sie hat einen Investor gesucht, und ich mag das Zeitungsgeschäft irgendwie. Schließlich bin ich in der Zeitung meines Cousins beinahe aufgewachsen. Es gibt so gut wie nichts, was ich über das Geschäft nicht weiß.«

»Vergiss bloß nicht, warum wir in erster Linie

nach Beaumont fahren«, sagte Muffin. »Hört sich an, als hätte Frankie echt Probleme.«

»Ich kann das immer noch nicht fassen«, sagte Max. »Wer hätte das gedacht, dass mein Schwager als Bürgermeister kandidiert?«

»Er ist nicht der erste Wrestler, der in die Politik geht.«

»Ich frage mich, ob die Leute ihn immer noch ›Frankie the Assassin‹ nennen.«

»Er hat bestimmt immer noch Fans, obwohl er längst nicht mehr kämpft. Übrigens, Deedee scheint nicht gerade begeistert zu sein, dass er sich in die politische Arena begibt. Ihre letzte E-Mail klang nicht gut.«

»Ach, du weißt doch auch, dass Deedee zwar sehr süß ist, aber ihr Leben eigentlich nur aus Krisen besteht. Genau wie bei unserer Mutter«, fügte er hinzu.

»Das klingt, als würdest du deine Schwester nicht besonders mögen.«

»Oh, ich liebe sie heiß und innig, obwohl wir nie viel gemeinsam hatten. Sie ist ja auch zehn Jahre älter als ich. Und manchmal ganz schön durchgeknallt.«

»Dein Schwager scheint sich ja keine allzu großen Sorgen zu machen«, sagte Muffin.

»Frankie wusste ja, worauf er sich einlässt, als er

in die Politik ging, und er ist nicht der erste Politiker, der Drohbriefe bekommt.« Max machte eine Pause und lächelte. »Weißt du, Muffin, du sollst eigentlich meine Post lesen und mir Bericht erstatten, nicht Urteile fällen oder mir Ratschläge geben. Und dann schmollen, wenn ich nicht deiner Meinung bin«, fügte er hinzu. »Man könnte ja fast meinen, du hättest Gefühle.« Der Stolz in seiner Stimme war nicht zu überhören. »Und sie haben mir alle gesagt, das sei nicht möglich. Da habe ich wohl das Gegenteil bewiesen.«

»Gib nicht so an, Max, das steht dir nicht. Dir muss mal jemand ein bisschen Demut beibringen.«

»Die richtige Frau könnte das vielleicht.«

»Dafür müsste sie bewaffnet und gefährlich sein.«

»Schick Miss Swift ein Fax, dass ich morgen nach dem Mittagessen vorbeikomme. Da hat sie genug Zeit, sich die Haare machen zu lassen und sich ein neues Kleid zu kaufen.«

»Ach du meine Güte.«

»Dann kannst du ein Nickerchen machen. Du bist so schnippisch.«

»Du weißt genau, dass ich nicht schlafe. Dein geniales Gehirn würde ohne meine Hilfe nicht mal aus einer Papiertüte herausfinden, geschweige denn den ganzen Weg nach Beaumont, South Carolina. Gib's zu, Max, ich bin unentbehrlich.«

»Verdammter Mist!« Jamie Swift ließ das Fax fallen, als hätte sie sich daran die Finger verbrannt. Es flatterte auf ihren Schreibtisch, mit der Schriftseite nach oben, wie um ihr zu sagen, dass sie es nicht ignorieren konnte.

Ihre Sekretärin, Vera Bankhead, schoss vom Stuhl hoch. »Sei froh, dass dein Vater dich nicht mehr hören kann, junge Frau. Ich hab dir doch verboten, in diesem Büro zu fluchen, schließlich bin ich eine gottesfürchtige Baptistin. Los, einen Vierteldollar in die Kasse.«

Ohne den Blick von dem Fax zu wenden, griff Jamie in die Schreibtischschublade, in der sie ein Kleingeldlager angelegt hatte. Sie zog einen Vierteldollar heraus und reichte ihn Vera. Vera Bankhead war sechzig Jahre alt und fast so etwas wie eine Mutter für Jamie. Eine Frau, der man nichts vormachen konnte, und der einzige Mensch, vor dem Jamie wirklich Angst hatte.

»Mr Holt kommt *hierher*? *Morgen?*«

»Das steht da jedenfalls.«

»Das ist ja wohl ein Scherz.«

»Kommt mir eher todernst vor, aber ich bin ja auch nur eine kleine Sekretärin, die keine Gehaltserhöhung mehr bekommen hat, seit der Keuschheitsgürtel abgeschafft wurde.«

»Wir müssen das verhindern.«

»Ich habe eine .38er in der Handtasche. Die bremst auch einen wilden Stier.«

»Wir können ihn doch nicht *umbringen*, Vera. Außerdem gehört ihm ein beträchtlicher Teil der Zeitung. Wir müssen ihn irgendwie anders aufhalten. Ich meine, guck dich doch hier mal um!«

Die beiden Frauen schwiegen einen Moment lang und sahen sich im Büro um, oder in dem, was davon noch übrig war.

Vera nickte. »Tja, ich hab dir ja gesagt, du sollst nicht die ganzen Möbel verkaufen.«

»Du weißt doch, dass wir das Geld gebraucht haben.«

Jamies Chefredakteur, Mike Henderson, stürmte ins Büro, das hellbraune Haar ungekämmt, das Hemd ziemlich zerknittert. Sein Mantel hing ihm schief auf den Schultern, und ein Blick in seine Aktentasche offenbarte seine ganze Persönlichkeit: Die Kunstlederfächer quollen über von Papieren und interessanten Artikeln zu Themen, die er eines Tages weiterverfolgen wollte, wozu er aber nie kam. Die Krawatte, die er für alle Fälle immer dabeihatte, guckte aus der Seitentasche seiner Jacke heraus.

»Aus wessen Bett kommt der denn gerade?«, murmelte Vera.

»Tut mir Leid, dass ich zu spät bin«, sagte er.

Jamie presste verärgert die Lippen zusammen. Mike war ein guter Redakteur, aber sein ewiges Zuspätkommen und seine vielen Frauengeschichten waren seiner Arbeit nicht unbedingt förderlich. Sie schob es auf fehlende Reife. Schließlich war er erst vor einem Jahr mit dem College fertig geworden. Der einzige Trost war, dass er für wenig Geld arbeitete.

»Wissen Sie eigentlich, wie spät es ist?«

Er hielt inne und sah auf die Uhr. »Oje, schon viel später, als ich dachte.«

Vera schnaubte verächtlich. »Kurze Nacht gehabt?«

Er sah beleidigt aus. »Okay, ich hab vielleicht einen Ruf als, na ja, egal, aber tatsächlich habe ich den Großteil der Nacht und heute Morgen gearbeitet, weil wir den Abgabetermin haben. Irgendwann muss ich eingenickt sein, weil, das Nächste, was ich weiß, ist ...«

»Also, Miss Swift hat so schon genug Sorgen. Da müsste es eigentlich nicht sein, dass Sie auch noch zu spät hier auftauchen.«

Er sah Jamie an. »Ist schon wieder was kaputtgegangen?«

»Schlimmer«, sagte Vera. »Mr M. Holt kommt morgen, und hier sieht's aus wie bei Hempels unterm Sofa.«

Mike sah sich um. »Ja, wir könnten ein paar Möbel gebrauchen. Ganz zu schweigen von Schreibtischen. Ich arbeite an einem gottverdammten Beistelltischchen. Ach ja, wer ist eigentlich dieser M. Holt?«

Es gab keine Geheimnisse im Büro. Alle wussten, dass Jamie um das Überleben der Zeitung kämpfte. »Mr Holt ist der Investor, der die Bank daran gehindert hat, ihre Forderungen geltend zu machen«, sagte Jamie. Sie sah Vera an. »Warum darf er eigentlich fluchen und ich nicht?«

»Weil ich ihn nicht praktisch großgezogen und ihm gute, christliche Manieren beigebracht habe wie dir. Außerdem kommt er sowieso in die Hölle wegen seiner Schürzenjägerei.«

Mike seufzte. »Ich hab einfach so meine Schwierigkeiten mit festen Bindungen.«

»Sie müssen mal lernen, den Hosenlatz zuzulassen, Mister, und pünktlich zur Arbeit zu kommen.«

Mike wurde rot, aber er wusste ebenso gut wie alle anderen, dass man Vera besser keine Widerworte gab. »Wofür steht denn das *M*?«, fragte er, um das Thema zu wechseln.

Jamie zuckte die Achseln. »Was weiß ich. Ich war so froh, das Geld zu bekommen, da habe ich nicht groß gefragt.« Sie zog die mittlere Schublade ihres ramponierten Schreibtischs auf und kramte zwischen Papieren nach einer ungeöffneten Schachtel Zigaretten.

Vera stemmte die Arme in die Seiten. »Wag es nicht, dir eine Zigarette anzustecken, Missy, oder ich kündige auf der Stelle, und dann musst du jemanden *richtig* dafür bezahlen, dass er dir den Laden schmeißt. Du weißt doch genau, wie schwer es war, damit aufzuhören. Du hast ja überhaupt nur angefangen zu rauchen, weil dein Daddy geraucht hat.«

»Ich mach das Scheißding doch gar nicht an, Vera.« Jamie riss die Packung auf und steckte sich eine Zigarette zwischen die Lippen. Oh, sie hätte jetzt wirklich gerne eine geraucht. Wenn je der richtige Zeitpunkt gewesen war, sich eine anzustecken, dann jetzt. »Irgendwas müssen wir hier machen.«

»Was guckst du mich denn so an?«, fragte Vera. »Ich habe doch hier nichts zu sagen. Ich halte die Klappe und tue, was man mir sagt, *wenn* man es mir sagt. Aber kaum geht irgendwas schief, kommen sie alle zu Vera gerannt. Jawohl!« Sie ließ sich in den alten Ledersessel gegenüber von Jamies

Schreibtisch fallen. »Hol mir doch mal jemand eine Tasse Kaffee. Dann kann ich besser denken.«

Jamie eilte den Gang entlang zu der kleinen Kochnische. Oder zu dem, was eine Kochnische gewesen war, bevor sie den Kühlschrank, die Mikrowelle, Tisch und Stühle und alles andere, was nicht niet- und nagelfest war, hatte verscheuern müssen. Zum Glück waren ein Schränkchen und die Spüle übrig geblieben, sodass man eine Kaffeetasse abstellen konnte und Wasser hatte, um sie zu spülen und zu füllen. Jamie ging ins Büro zurück und reichte Vera eine Tasse Kaffee, der aussah, als sei er am Vortag aufgegossen worden. »Vorsicht, heiß«, sagte sie.

Vera nippte vorsichtig. »Okay, ich tue das nicht gerne, aber ich hab wohl keine Wahl. *So* darf Mr Holt das Büro nicht sehen.« Sie sah sich um. »Gott, ich weiß schon gar nicht mehr, wann hier zuletzt gestrichen worden ist. Da müssen wir auch was unternehmen.«

»Hast du eine Idee?«, fragte Jamie hoffnungsvoll.

»Ein paar Leute in dieser Stadt sind mir noch einen Gefallen schuldig.«

Jamie bemerkte den nachdenklichen Blick in Veras Gesicht. Baptistin hin oder her, die Frau konnte manchmal richtig verschlagen sein. »Ich höre.«

»Kennst du Herman Bates von Bates Furniture? Sie haben seinen Sohn zweimal mit Alkohol am Steuer erwischt. Rein zufällig war ich ein freundlicher Mensch und habe das nicht in unsere Rubrik mit den Festnahmen gesetzt. Und dann gab es da diese unschöne Szene zwischen Tom Brown und seiner Frau …«

»Tom Brown vom Malerladen?«, fragte Mike.

»Genau. Er hat seiner Frau, Lorraine, anscheinend erzählt, er müsste abends länger arbeiten, um die Exerzierhalle vom Veteranenverein fertig zu streichen. Lorraine wollte das überprüfen und hat ihn mit Beth Toomey in flagranti auf dem Bürosofa erwischt. Angeblich ist Lorraine mit einem Brieföffner auf die beiden losgegangen. Beth hat es geschafft, die Polizei zu alarmieren, und die haben Lorraine mitgenommen und eingebuchtet.«

»Hammer«, murmelte Jamie.

»Ja, und Tom hat sich geweigert, sie da rauszuholen, bevor sie nicht eine Erklärung unterschrieben hatte, dass sie ihm nichts antun würde. Was aber egal war, sie hat ihm zu Hause trotzdem ordentlich den Marsch geblasen.«

»Und wieso weiß ich davon nichts?«, fragte Jamie.

»Ich habe auch das aus der Zeitung rausgehalten, weil beide Familien zu meiner Gemeinde gehören.«

Jamie schüttelte den Kopf. Manchmal fragte sie sich, wer hier eigentlich die Entscheidungen traf. Offenbar eine strittige Frage. »Und worauf willst du hinaus?«

Vera nippte an ihrem Kaffee, wie um die Spannung ins Unermessliche zu steigern, bevor sie endlich die Katze aus dem Sack ließ. »Hier muss gestrichen werden, und wir brauchen Möbel. So einfach ist das. Tom und Herman tun entweder, was ich will, oder sie werden schon sehen, was sie davon haben.«

»Ist Erpressung in diesem Land nicht verboten?«, fragte Mike.

Vera stellte die Kaffeetasse ab und verschränkte die Arme über der Brust. »Nicht, wenn es für einen guten Zweck ist.«

Er und Jamie nickten, als sei das plausibel.

Vera erhob sich aus dem Sessel wie eine Königin. »Hat einer von euch schon mal erlebt, dass ich versagt habe, wenn ich mir was in den Kopf gesetzt hatte? Die Sache ist so gut wie erledigt, da könnt ihr Gift drauf nehmen. Vera Bankhead schafft es immer, und es macht ihr nichts aus, wenn sie sich dabei die Hände schmutzig macht. Nicht das Geringste.«

Deedee Holt Fontana saß an ihrem Frisiertisch im französischen Landhausstil, starrte in den Spiegel und runzelte die Stirn. Ihr Malteserhündchen, Choo-Choo, leckte den Rest von Deedees Frappuccino aus einem zierlichen, weißen Glas.

Der Mann, der an ihrem Haar herumfummelte, unterbrach sein Tun. Er trug das kohlschwarze Haar raspelkurz geschoren, mit Ausnahme von ein paar Ponyfransen, die er für nötig hielt, weil er seine Stirn zu groß fand. »Was hast du denn, Süße?« Er hatte einen französischen Akzent, durchmischt mit einem Louisiana-Einschlag, und war manchmal schwer zu verstehen.

»Oh, Beenie, ich muss mich schon wieder liften lassen«, sagte Deedee mit ihrer Betty-Boop-Stimme. Sie war zwar vor einer Weile sechsundvierzig geworden, hatte aber nie ihren kindlichen Habitus verloren, der ihr etwas Unschuldiges verlieh. Obwohl sie manchmal gewieft und raffiniert wirkte, sorgten ihre Stimme und diese Unschuld dafür, dass Frankie, mit dem sie seit zwanzig Jahren verheiratet war, immer noch das Bedürfnis verspürte, sich um sie zu kümmern und sie zu beschützen.

»Du brauchst dich doch nicht liften zu lassen! Wenn du dich noch einmal liften lässt, sitzen deine Augen am Hinterkopf und du musst mit dem Hintern voran herumlaufen.« Beenie wedelte beim

Sprechen mit dem Kamm herum, als dirigiere er ein Orchester. »Und überhaupt, wie viele Frauen kennst du, die ein ganzes Zimmer nur für ihre Preise bei Schönheitswettbewerben haben?«

»Ach, das ist doch ewig her, Beenie.«

»Also, für uns alle bist du immer noch eine Schönheitskönigin, *besonders* für deinen supersexy Gatten. Also, wie der dich immer anguckt …« Beenie unterbrach sich und schauderte. »Ich kriege immer eine Gänsehaut, wenn ich das sehe.«

Deedee hörte offensichtlich nicht zu, denn sie schien sich nicht sonderlich über seine Worte zu freuen. »Ein Wunder, dass Frankie sich nicht längst eine Jüngere genommen hat«, sagte sie. Sie nahm sich den Vergrößerungsspiegel und schaute hinein. »Iiuuh!«, kreischte sie so laut, dass Beenie sich die Hand vor die Brust warf, als fürchte er, sein Herz würde sonst wegfliegen.

»Igitt, wo hast du denn den Spiegel her?« Beenie nahm ihn ihr ab. »Wie oft habe ich dir schon gesagt, du sollst da nicht reingucken? Himmel, Mädchen, Britney Spears würde in dem Ding da aussehen wie ein räudiger Hund.«

»Guck mich doch mal an, Beenie, ich sehe aus wie eine schlampige Hausfrau.«

»Du siehst definitiv *nicht* schlampig aus.«

»Ich hab Ringe unter den Augen.«

»Weil du nachts nicht schläfst, Mausezähnchen.« Beenie tätschelte ihr die Schulter. »Du verbringst viel zu viel Zeit damit, dich um deinen Mann zu sorgen, und um jeden anderen, den du kennst. Du bist die einzige Reiche, die ich kenne, die Angst hat, in der Badewanne einen Schmutzrand zu hinterlassen, obwohl du eine durchaus gesunde Haushälterin hast, die sich darum kümmern kann, und die meiner Meinung nach übrigens überbezahlt ist. Und wenn Frankie wüsste, wie viel Sorgen du dir seinetwegen machst, würde er dich mal ordentlich übers Knie legen.«

Deedee schien darüber nachzudenken. »Gar keine schlechte Idee, Beenie. Frankie und ich könnten mal frischen Wind in unser Liebesleben bringen.«

Beenies Hände flatterten um sein Gesicht herum wie Schmetterlinge, wie so oft, wenn er sich echauffierte. »Das glaube ich ja wohl nicht, was ich da höre! Mr F. betet den Marmorfußboden an, auf dem du gehst. In seinem Gesicht geht die Sonne auf, wenn du den Raum betrittst. Es ist doch vollkommen offensichtlich, dass er dich für die sexyste Frau auf der ganzen Welt hält.«

Deedee hörte nicht zu. Sie bedeckte das Gesicht mit den Händen. An ihren langen, schlanken Fingern blitzten Brillanten, ebenso wie an ihren zierlichen Handgelenken und den Ohrläppchen. Sie war immer noch schlank wie ein Schulmädchen, und ebenso verbissen, wie sie in ihrer Jugend jegliche sportliche Betätigung abgelehnt hatte, trainierte sie jetzt dreimal in der Woche mit einem persönlichen Fitnesscoach. Wenn der Trainer ankam, war es natürlich Beenies Aufgabe, die strampelnde, kreischende Deedee aus dem Bett zu zerren und sie dazu zu bewegen, sich die Treppe hinunter in Frankies Fitnessstudio zu begeben. Er sagte, er täte nur seine Pflicht, aber es war offensichtlich, dass Beenie auf den durchtrainierten Sportler stand, denn er trug immer sein seidenes Lieblingshemd von Armani, wenn der Mann erwartet wurde. Heute trug Beenie Gucci.

Wenn es um Deedee ging, wurde Beenie zum Pitbull. Er passte auf, dass sie richtig aß, dass ihr Haar und Make-up perfekt waren und ihre Kleider akkurat gebügelt. Deedee hatte ihren »persönlichen Assistenten« drei Jahre zuvor einem exklusiven Wellnesshotel abgeworben. Sie hatte sein Gehalt verdoppeln müssen, um ihn zu bekommen, aber es hatte sich gelohnt. Beenie hatte sie völlig umgekrempelt und Deedees hautenge, mit Schmucksteinchen verzierte Outfits durch solche aus Leinen und Seide ersetzt, die extra für sie in Mailand und Paris entworfen wurden.

»Ich hab nie geglaubt, dass ich so alt werde!«, jaulte Deedee. »Ich dachte, älter werden ist nur was für andere Leute, aber für mich doch nicht. Ich hätte einen plastischen Chirurgen heiraten sollen, keinen Wrestler. Eins sag ich dir, Beenie, der Stress bringt mich noch um. Keine Ahnung, was Frankie sich dabei denkt. Wir hätten in Scottsdale bleiben sollen, wo wir sicher waren.«

»Schätzchen, du weißt doch, wie sehr Mr Fontana diese kleine Stadt liebt und die Leute, die hier wohnen. Er will hier wirklich was verändern.«

»Aber warum bekommt er diese fiesen Briefe?«

»Weil die Leute manchmal reichlich bekloppt sind.«

»Max soll seinen Hintern mal langsam hierher bewegen. Weiß der Henker, wo der steckt. Er ist genauso wie unser Vater. Er hält es einfach nirgends lange aus.«

»Na, na«, sagte Beenie. »Das ist aber nicht fair. Soweit ich weiß, ist Max ein wichtiger Mann und hat viel zu tun. Ehrlich gesagt, eure Eltern kamen mir schon immer ein bisschen egoistisch vor, dass sie dauernd in der Weltgeschichte unterwegs waren, statt sich um ihre Kinder zu kümmern. Das würde ich meinen Kindern nicht zumuten.«

Plötzlich kreischte Deedee los. »Iiuuh, ich

schwitze! Beenie, dreh die Klimaanlage weiter auf, bevor ich zerfließe!«

»Kälter geht nicht mehr, Muckelchen. Wenn du den Thermostat nicht in Ruhe lässt, frieren nur wieder die Aggregate ein. Das ist doch nur eine Hitzewallung.«

Deedee begegnete dem Blick des Mannes im Spiegel. Ein Salatkopf wäre unter ihrem Blick sofort verwelkt. »Ich *habe* keine Hitzewallungen. Ich *bin* nicht in den Wechseljahren oder was du Vorwechseljahre nennst, Punkt!«

Beenie schlug die Hand vor den Mund, als würde ihm sein Fehler plötzlich bewusst. »Was rede ich denn da?«, sagte er. »Natürlich ist dir heiß. Es ist Mitte Juni, draußen ist eine Affenhitze. Guck mich an, ich glänze ja auch schon.« Er schraubte den Deckel von ihrem teuersten Talkumpuder und machte ein großes Spektakel daraus, ihr und sich den Hals zu pudern. »So, also. Jetzt besser?«

»Ich kriege einen Nervenzusammenbruch, Beenie, das wird es sein. Ich muss Beruhigungsmittel nehmen, und dann werde ich süchtig und muss in die Betty-Ford-Klinik. Das wird Frankies Image gar nicht gut tun. Er verliert die Wahl, und ich bin schuld, und dann nimmt er sich eine Geliebte.«

»Herrje, Mädchen, wie launenhaft du plötzlich

bist«, sagte Beenie, dann zuckte er zusammen und hielt sich angesichts des Blicks, den sie ihm zuwarf, die Hand vor den Mund. »Du liebe Güte, ich sollte mir die Zunge rausschneiden, sie in kleine Stückchen hacken und an irgendeine Straßenkatze verfüttern.«

»Ich muss mal allein sein«, sagte Deedee müde.

Beenie seufzte erleichtert auf. »Gute Idee.« Er half ihr in einen Satinmorgenrock von Christian Dior. »Ruh dich aus. Heute hat Mr Fontana seinen großen Abend, und da willst du doch in Form sein.«

»Weck mich, wenn Max kommt.«

»Sobald er eintrifft.« Beenie unterbrach sich und warf ihr einen neckisch-verschämten Blick zu. »Wie sieht er denn aus?«

»Oh, sehr gut und elegant, und das weiß er auch ganz genau. Außerdem ist er ein Superhirn. Als Kind hat er alles Mögliche in die Luft gesprengt.«

Beenie bekam große Augen. »Mit Bomben?«

»Keine richtigen Bomben, nur so Zeug, das er im Haus gefunden hat. Kinderkram eigentlich. Er hatte ein kleines Chemielabor. Glücklicherweise haben unser Cousin und seine Frau ihn aufgenommen und zurechtgestutzt.«

Beenie klopfte sich mit dem Zeigefinger an die

Oberlippe. »Und ein Genie, huh. Ich liebe intelligente Männer.«

Frankie strahlte und schüttelte Max herzlich die Hand, als der Butler ihn ins Wohnzimmer von der Größe einer Bowlinghalle führte. »Schön, dich zu sehen, Max. Deedee freut sich bestimmt auch.«

»Bist du gewachsen?«, fragte Max und schaute nach oben, um dem Mann in die Augen sehen zu können.

Frankie lachte. »Im Gegenteil, ich bin zweieinhalb Zentimeter geschrumpft. Ich bin nur noch zwei Meter vier.« Er schlug sich vor die massige Brust. »Aber fit wie ein Turnschuh, ich trainiere immer noch täglich.«

Max schauderte plötzlich. »Was ist das denn so kalt hier? Euer Butler läuft ja im Mantel rum!«

»Ach was«, sagte Frankie. »Der Koch hat in der Küche den Kamin an.« Er sah sich um, wie um sich zu vergewissern, dass sie allein waren. »Es ist wegen Deedee«, flüsterte er. »Sie, äh, macht diese *Veränderungen* durch.«

»Du meinst die Wechseljahre?«

»Pssst, nicht so laut. Sie will das nicht wahrhaben. Sie sagt, sie ist zu jung für so was, aber es hat ungefähr vor einem halben Jahr angefangen. Du weißt ja, wie Deedee drauf ist, wenn es um ihr Alter geht. Keine Sorge, die Haushälterin hat dir eine Heizdecke ins Bett gelegt, damit du heute Nacht nicht erfrierst.«

Beide Männer drehten sich um, als sie einen Entzückensschrei hörten. Deedee kam die lange Freitreppe heruntergestürmt, der Morgenmantel flatterte ihr um die langen Beine. Sie lief direkt in Max' ausgebreitete Arme. »Oh, Bruderherz, wie schön, dich zu sehen!«

Max drückte sie. »Lass dich mal anschauen«, sagte er und trat einen Schritt zurück. »Du hast dich überhaupt nicht verändert. Wie machst du das, dass du immer noch so jung aussiehst?«

»Sie lässt sich einmal im Jahr liften«, sagte Frankie und handelte sich damit einen finsteren Blick von seiner Frau ein. Als er spürte, dass er etwas Falsches gesagt hatte, fügte er hinzu: »Nicht, dass sie das nötig hätte.«

»Das ist nur ein klitzekleiner Eingriff«, sagte Deedee schnell. »Dr. Mitchell meint, für was Richtiges bin ich noch viel zu jung. Frankie, Schatz, mach Max doch bitte einen Drink.«

»Was möchtest du denn?«, fragte Frankie und öffnete die Bar. »Ist alles da.«

»Was Alkoholfreies reicht.«

»Setz dich doch, Max«, sagte Deedee und führte ihn zu einer Sitzgruppe mit Bambusmuster, die auf einem Leopardenfellteppich stand. Zwischen großblättrigen Bananenpflanzen lugten hohe, hölzerne Giraffen hervor, und die gläsernen Beistelltischchen wurden von Messingelefanten getragen.

»Gefällt dir meine neue Einrichtung?«, fragte sie. »Ich wollte mal den Urwald-Look ausprobieren.«

Max sah sich im Raum um. »Na, das ist dir ja gelungen«, sagte er. »Mir ist auch aufgefallen, dass ihr das Haus rosa gestrichen habt.«

»Lachs«, korrigierte sie ihn. »Das ist im Moment *die* Farbe.«

»Ich finde auch, das sieht rosa aus«, sagte Frankie und reichte Max eine Cola. »Gut, dass ich nicht mehr wrestle, die Jungs würden ja denken, ich hab sie nicht mehr alle.«

Max prostete seinem Schwager zu. »Herzlichen Glückwunsch zum Sieg in den Vorwahlen, Frankie. Du wirst ein wunderbarer Bürgermeister.«

Frankie strahlte. »Ich habe noch furchtbar viel zu tun, und die Wahlen stehen ja schon vor der Tür, aber ich habe einen guten Wahlkampfmanager, und das wird schon klappen. Unser jetziger Bürgermeister ist seit zehn Jahren im Amt, und sein Vater hat fast doppelt so lang auf dem Posten gesessen. Ich finde, es ist Zeit für einen Wechsel.« Er beugte sich zu Max und zwinkerte ihm verschwörerisch zu. »Und was ich heute Abend in meiner Rede sage, sollte eigentlich reichen, um die Wahl zu gewinnen.«

Deedee bedeckte das Gesicht mit den Händen. »Oh Gott, das wird irgendwen auf die Palme bringen, und dann jagen sie uns aus der Stadt.« Plötzlich schrie sie laut los. »Beenie, komm mal, schnell!«

Oben waren Schritte zu hören. Beenie kam die Treppe heruntergeflitzt. »Was, was ist? Ist dir die falsche Wimper ins Glas gefallen?« Beim Anblick von Max stoppte er quiekend und zog den Bauch ein. »Sie müssen Deedees Bruder sein.«

Max sah zwischen ihm und dem amüsierten Frankie hin und her.

»Ich bin Deedees persönlicher Assistent«, sagte Beenie. Er streckte die Hand aus. »Ich bin entzückt.«

Max nickte. »Jau, ganz meinerseits.«

»Hör auf, Konversation zu machen, Beenie, pack meinen Schmuck ein«, sagte Deedee laut. »Näh ihn in meine Kleidersäume, wie die das im Bürgerkrieg gemacht haben, als die Yankees kamen. Und mein ganzes Make-up und die Hautcremes«, fügte sie hinzu.

»Aber ich kann doch gar nicht nähen!«, winselte er.

Sie ignorierte ihn. »Und sag der Haushälterin Bescheid, sie soll das Porzellan und das Silber einpacken. Das müssen wir im Garten verbuddeln.«

Beenie stemmte die Arme in die Seiten. »Ich hoffe, du erwartest nicht, dass *ich* Löcher grabe.«

Max beobachtete die beiden still, einen Mundwinkel hochgezogen. Offensichtlich hatte er Spaß.

»Deedee, was zum Teufel hast du vor?«, fragte Frankie und zog die Augenbrauen so dicht zusammen, dass sie sich berührten, was ihn ungewöhnlich streng erscheinen ließ.

Sie rang die Hände. »Das macht man so, wenn man sich auf die Flucht aus dem eigenen Heim vorbereitet!«

Sein Gesicht entspannte sich, und er nahm ihre Hände in seine muskulösen Pranken. »Ach, Süße, wir müssen doch das Haus nicht verlassen. Wie kommst du denn auf die Idee?«

»Frankie, es liegt doch auf der Hand, dass irgendjemand nicht will, dass du gewählt wirst. Sonst würdest du doch nicht diese Drohbriefe kriegen.«

»Woher weißt du das denn?«

Sie reckte das Kinn vor. »Ich bin deine Frau. Es ist meine Aufgabe zu wissen, was hier los ist.«

Frankie wirkte verletzt. »Glaubst du, ich würde es zulassen, dass dir irgendwas zustößt? Deedee, ich würde mein eigenes Leben für dich aufs Spiel setzen.«

»Hör mal, Frankie, ich habe dich im Ring gesehen, und ich bin damit besser zurechtgekommen als die meisten Ehefrauen, aber diesmal habe ich echt Angst.«

»Ich dachte, du vertraust mir.«

»Das tue ich ja auch, aber ich mache mir trotzdem Sorgen.«

»Allerdings«, sagte Beenie. »Was glaubst du denn, warum sie diese grauenhaften Ringe unter den Augen hat? Herrje, die würde ich nicht mal mit weißem Nagellack wegkriegen.« Beenie schien seinen Fehler noch im selben Moment zu bemerken, denn seine Hände flatterten um sein Gesicht, und er lief in drei verschiedenen Rottönen an. Deedee starrte ihn wütend an. »Können wir das vielleicht aus dem Protokoll streichen?«, fragte er. »Ich würde auf mein Weihnachtsgeld verzichten, wenn wir einfach so tun könnten, als hätte ich das nicht gesagt.«

»Hör auf mit dem Unsinn«, sagte Frankie zu seiner Frau.

»Wir gehen nirgendwohin. Ich beschütze dich. Außerdem ist dein Schmuck versichert. Wenn ihn dir jemand wegnimmt, kaufe ich dir einfach noch mehr.«

»Oh, Frankie. Was würde ich nur ohne dich tun?«

Er beugte sich zu seiner Frau und gab ihr einen langen Kuss.

Max kicherte. »Wann hört ihr beiden mal auf, euch wie frisch verheiratet zu benehmen?«

»Wenn man den Richtigen gefunden hat, wird es einfach immer schöner«, sagte Deedee verträumt. »Solltest du mal ausprobieren, Bruderherz.«

Frankie sah auf seine Rolex. »Es wird Zeit. Wir müssen uns für die Benefizveranstaltung im Country Club fertig machen.«

Deedee wirkte stolz. »Frankie sammelt Geld für den neuen Park. Er soll mitten in der Stadt liegen und den Gründervätern gewidmet sein.«

»Jep«, sagte Frankie. »Und es soll ein großer Springbrunnen rein mit einer Bronzestatue von zwei Wrestlern – und zwar in der Body-Scissor-Pose.«

»Wie diese Michelangelo-Statuen«, sagte Deedee.

»Ich glaube, da werden die Kinder Spaß dran haben«, fügte Frankie hinzu. »Ach, und dann gibt es noch einen Spielplatz für die ganz Kleinen.«

»Klingt, als hättest du an alles gedacht, nur nicht an einen Wrestling-Ring«, sagte Max.

»Oh, Frankie hat schon beim YMCA einen bauen lassen«, sagte Deedee, »und einmal die Woche gibt er da Kurse.«

»Er tut wirklich viel für diese Stadt«, sagte Beenie, der Max immer noch beäugte.

»Hört sich nicht an, als würdest du den Ruhestand besonders ernst nehmen«, sagte Max.

Frankie zuckte die Achseln. »Ich bin gern beschäftigt, und es ist ja für einen guten Zweck.«

Schließlich stand Max auf. »Dann gehe ich mich mal frisch machen.«

»Ich zeige Ihnen Ihr Zimmer«, bot Beenie an und tänzelte schon zur Treppe. »Ich lasse Ihnen auch das Gepäck hochtragen.«

»Übrigens, in deinem Schrank hängt ein Smoking«, rief Deedee ihm hinterher, als Max schon halb die Treppe hoch war.

Er drehte sich um und schaute sie finster an. »Das hast du extra gemacht. Du weißt genau, wie ungern ich mich rausputze.«

Max stand tapfer neben Frankie, schüttelte Hände und machte Konversation, aber sein Gesichtsausdruck ließ erkennen, wie sehr ihn das langweilte. Deedee hatte ihn einfach als ihren Bruder Max vorgestellt, und daraus hatte niemand die richtigen Schlüsse gezogen. Nach einer Stunde trat Max durch die Terrassentüren auf einen großen Balkon. Vor ihm erstreckte sich ein perfekt geschnittener Golfrasen.

Er starrte die Frau eine ganze Minute lang an, und ein Lächeln umspielte seinen Mund. Es wäre undenkbar gewesen, sie nicht zu erkennen. In natura sah Jamie Swift noch besser aus.

Jamie Swift war ziemlich gereizt und bemerkte den Fremden zunächst gar nicht. Seit sie gehört hatte, dass ihr Teilhaber in der Stadt war, hatte ihre Laune sich stetig verschlechtert, und sie hatte nicht die mindeste Lust, sich drinnen unters Volk zu mischen. Frankie musste bald zweihundert Leute eingeladen haben, zumeist Paare, und sie hatte keinen Begleiter.

Wo zum Henker war Phillip? Da stand sie nun in ihrem dunkelblauen Seidenkleid, von dem Phillip behauptete, es brächte die hübschesten Beine zur Geltung, die er je gesehen habe, und ließe ihr blondes Haar besonders glänzen. Was hätte sie dafür gegeben, in Jeans und Schlabber-T-Shirt auf dem Sofa zu liegen und ein gutes Buch zu lesen!

Und dann diese hochhackigen Schuhe! Die hatte sie sich von der Verkäuferin im Billigschuhladen aufschwatzen lassen. Schön blöd. Sie trug lieber Turnschuhe. Die Absätze fügten Jamies Körpergröße von einem Meter vierundsiebzig noch fast acht Zentimeter hinzu, sodass sie das Gefühl hatte, sie hätte sich besser erst einen Fallschirm umgeschnallt, bevor sie sie anzog. Wenn sie hinfiel, würde sie sich jeden einzelnen Knochen brechen.

Was nicht das Schlimmste wäre, was ihr an dem Tag passiert war. Sie trank einen Schluck Wein, ihrem zweiten Glas.

»Zur Hölle mit dir, Phillip«, murmelte sie. »Ausgerechnet heute zu spät zu kommen.« Wahrscheinlich saß er jetzt in seinem Club, nippte an einem Dewar's und redete über die Steuergesetzgebung. *Steuergesetzgebung*, du lieber Gott! Wen interessierte das denn? Sie fand das Thema so spannend wie eine Leistenbruchoperation. »Verdammter Mist«, sagte sie.

Jamie nahm eine Bewegung wahr, wirbelte herum und verschüttete fast ihren Wein. Ihr blieb der Mund offen stehen, und ihre Wangen glühten vor Scham, als sie einen der bestaussehenden Männer anstarrte, die ihr je begegnet waren. Und er hatte sie bei Selbstgesprächen erwischt.

ZWEI

»Entschuldigung«, sagte Max. »Störe ich bei einem Privatgespräch?« Er grinste, als die Frau zusammenzuckte.

Jamie war versucht, sich von ihren Highheels in die Tiefe zu stürzen und diesem traurigen Dasein ein schnelles Ende zu bereiten. »Was haben Sie denn alles gehört?«

»Etwas über einen Herrn namens Phillip, der ganz schön zu spät kommt.« Max legte den Kopf auf die Seite. »Scheint nicht besonders clever zu sein.«

»Phillip ist mein Verlobter. Und viel zu spät dran. Wer sind Sie?«

»Max.«

»Jamie Swift.«

Sie schüttelten sich die Hände. »Schön, Sie kennen zu lernen, Miss Swift.« Max ließ ihre Hand nur widerstrebend los.

Jamie betrachtete ihn genauer. »Sie sind nicht von hier, oder?«

»Nein, ich bin nur zu Besuch.«

Das überraschte Jamie nicht. Er wäre ihr sonst mit Sicherheit schon einmal aufgefallen, mit seinen breiten Schultern und der olivfarbenen Haut, die zu dem weißen Hemd besonders attraktiv wirkte. Dieser Mann war das Beste, was einem Smoking passieren konnte. Sein Gesicht war faszinierend. Sie wusste nicht, ob es der Wein oder der Mann war, aber eins von beiden machte sie ganz wuschig. Das hätte ihr gerade noch gefehlt, jetzt eine Dummheit zu begehen und ins Schwärmen zu geraten. Wo sie doch verlobt war. Dann würde in Beaumont gleich das Gerede losgehen.

»Sehr erfreut, äh, Max.« Mist, ihre Stimme klang plötzlich, als hätte sie einen Ochsenfrosch im Hals. Sie räusperte sich. »Herzlich willkommen in Beaumont.«

»Ich bin kurz rausgekommen, um ein bisschen frische Luft zu schnappen. Der Blick hier ist ja herrlich.«

Jamie merkte, dass er sie, nicht die Landschaft anstarrte. Charmeur, dachte sie. Und was für einer!

»Und, ist Ihr Verlobter eifersüchtig? Soll ich mich verdünnisieren, wenn er plötzlich auftaucht und Sie hier allein mit einem fremden Mann antrifft?«

Jamie gluckste. »Vielleicht geschieht ihm das

ganz recht. Ich fürchte, er ist sich meiner ein bisschen zu sicher.« Sie sah auf die Uhr. »Aber er ist über eine Stunde zu spät. Ich bezweifle langsam, dass er es überhaupt noch schafft.«

»Er hat bestimmt einen triftigen Grund.«

»Männer halten doch immer zusammen.«

»Wenn Sie mit mir verabredet gewesen wären, wäre ich zeitig hier gewesen und hätte Ihnen einen Strauß Rosen mitgebracht. Aber so bin ich halt. Mehr so der sensible Typ.«

Jamie bemerkte seinen belustigten Gesichtsausdruck. »Ja, klar. Ich habe mir gleich gedacht, ›Jamie, das hier ist ein echtes Sensibelchen‹.«

Max grinste. »Kann ich Ihnen noch was zu trinken holen?«

»Hm, nein, danke. Ich bin schon an der Grenze.«

»Und die Grenze überschreiten Sie bestimmt nicht, was? Sie haben sicher noch nie alle Vernunft fahren lassen und gesagt: ›Ach, zum Teufel, ich kippe jetzt einfach noch einen Tequila Shooter, mir doch egal, was die Leute denken.‹«

Sie lachte. »Hey, ich habe schon Klowände beschmiert!«

»Ach, Quatsch.«

Jamie nickte stolz. »In der siebten Klasse, da habe ich die Initialen von Davey Callaway und mir in die Toilettenwand geritzt, mit einem Herzen drum herum.«

Max tat schockiert. »Also, das hätte ich nicht von Ihnen gedacht.«

»Manchmal bin ich ganz schön verwegen.«

»Ach, ja? Langsam hoffe ich, dass Ihr Verlobter doch nicht mehr auftaucht.«

Jamie merkte, dass ihr der Wein auf direktem Weg zu Kopf gestiegen war. Sie versuchte, sich zusammenzureißen. »Und, Mr, äh, Max, wie gefällt Ihnen unsere kleine Stadt?«

»Ich bin erst seit ein paar Stunden hier, ich habe noch nicht viel davon gesehen.«

»Dann müssen Sie, wenn Sie mal zehn Minuten Zeit haben, unbedingt alles besichtigen.«

»So schlimm kann es doch gar nicht sein. Was unternehmen die Leute denn so in ihrer Freizeit?«

»Meistens gehen sie in die Kirche. Gemeindeaktivitäten sind hier ganz groß. Sie wissen schon, Mitbring-Dinners und so. Wenn man hier lecker essen möchte, braucht man nur in irgendeine Gemeinde einzutreten. Ansonsten haben wir ein Kino, auf das wir sehr stolz sind, mit Stadion-Bestuhlung und acht Sälen. Ganz zu schweigen von der Eislaufbahn und der Spielhalle für die Jugendlichen.«

»Schön, und was unternehmen wilde, anspruchsvollere Leute wie Sie?«

»Es gibt ein Steakhouse und ein Fischrestaurant. Ach ja, und einen Hamburgerschuppen, wo die Zwiebelringe so fettig sind, dass sie immer vom Teller rutschen. Bevor man die bekommt, wird immer erst der Cholesterinspiegel überprüft.«

»Klingt wunderbar.«

»Ach, und dann gibt es noch das Rasthaus, etwas außerhalb, wo man das kälteste Bier der Stadt bekommt, und freitags gibt's dort Live-Musik. Die Baptisten tun einfach so, als wäre das gar nicht da, und so sind alle zufrieden.«

»Und ich dachte, ich hätte schon alles gesehen und erlebt«, antwortete Max. »Sie mischen bestimmt die Tanzfläche auf.«

Jamies Lächeln wurde dünner. »Ich gehe leider nicht viel aus. Mir gehört die Lokalzeitung, und da verbringe ich auch einen Großteil meiner Zeit.« Jamie stellte fest, dass sie die Unterhaltung mit dem Mann genoss.

»Ich habe mal bei der Zeitung meines Cousins gearbeitet«, erzählte Max ihr.

»Dann wissen Sie ja, wie das ist.«

»Ganz schön stressig manchmal.«

»Versuchen Sie mal, in einer Stadt dieser Größe irgendwas Berichtenswertes zu finden. Hier ist einfach nichts los.«

Max kicherte. »Dann bezahlen Sie doch jemanden dafür, dass er mal ein Verbrechen begeht.«

»Kann ich mir nicht leisten«, gab sie zu. »Sie würden sich kaputtlachen, wenn Sie meine Auflagenzahlen hören.«

»Warum sind Sie dann noch hier?«

»Es liegt mir wohl einfach im Blut.« Sie lächelte. »Vielleicht brauche ich mal eine Transfusion.« Sie trank ihr Glas leer. »Erzählen Sie mir lieber einen Schwank aus Ihrem Leben. Irgendwas. Was ich drucken kann.«

Er zuckte mit den Schultern. »Ich fürchte, Sie würden mein Leben ziemlich langweilig finden. Ich wohne auf einer Farm in Virginia. Mein Haus ist alt und kurz vor dem Zusammenbrechen. Ich bin gerade dabei, es zu renovieren. Wenn ich Zeit habe«, fügte er hinzu.

»Machen Sie das selbst?«

»Uh-hm.«

Jamie betrachtete seine Hände. Sie waren schön und braun und sahen stark aus. »Ich sollte Sie anheuern, unser Zeitungsgebäude zu renovieren. Das kracht auch bald zusammen. Bis heute war mir gar nicht bewusst, wie schlimm es aussieht. Und jetzt kommt morgen dieser oberwichtige Investor. Der lacht sich bestimmt scheckig, wenn er das sieht.«

»So schlimm kann es doch nicht sein.«

»Haben Sie eine Ahnung. Der Typ wird sich den Laden angucken und sich mächtig ärgern, dass er überhaupt Geld in meine kleine Zeitung gesteckt hat.« Sie seufzte schwer. »Tut mir Leid. Ich weiß auch nicht, warum ich Ihnen das alles erzähle. Wahrscheinlich musste ich einfach mal mit jemandem reden. War nicht mein Tag heute.«

»Wissen Sie, was Sie brauchen?«

»Ja, ein Schwert, in das ich mich stürzen kann.«

»Nein, im Ernst. Ich weiß, was Sie aufmuntern würde.«

Jamie kniff die Augen zusammen. Er war so ein angenehmer Gesprächspartner, dass sie ganz vergessen hatte, dass er umwerfend aussah und gern flirtete. »Ich kann's mir lebhaft vorstellen.«

»Ich habe ein cooles Auto. Meine Freunde nennen es das Maxmobil. Wir könnten ein bisschen durch die Gegend fahren.«

»Ich bin verlobt.«

»Ach, du meine Güte, wenn ich Sie abschleppen wollte, hätte ich mir einen originelleren Spruch ausgedacht.«

»Sie haben bestimmt jede Menge Sprüche auf Lager.«

»Brauche ich gar nicht. Die meisten Frauen baggern *mich* an.«

Jamie lachte laut los. »Na, Ihre Supermarktrechnung will ich aber auch nicht bezahlen. Geht bestimmt ins Geld, Ihr Selbstbewusstsein zu füttern, so groß wie das ist.«

»Das ist nur die Fassade, hinter der ich meine Schüchternheit verstecke.«

Er schenkte ihr sein Strahlen, das Frauen stets dahinschmelzen ließ. Sie war vielleicht verlobt, aber nicht blind.

»Ja, ich habe auch schon gemerkt, dass Sie sehr introvertiert sind.«

»Aber das mit dem Auto ist mein Ernst«, sagte er. »Ich habe einen sprechenden Computer drin. Einen richtig heißen Feger.«

»Einen sprechenden Computer. Also, *den* Spruch habe ich immerhin noch nie gehört. Und danach fahren wir dann zu Ihnen, und Sie zeigen mir Ihre Briefmarkensammlung? Nein, danke. Außerdem will ich das wunderbare verkochte Roastbeef nicht verpassen, das es nachher gibt.« Wahrscheinlich würde sie allein essen. Na und? Sie war schließlich eine moderne Frau, und sie war geschäftlich hier. Phillip konnte sich seinen Steuerberatungskram sonst wohin stecken, sie war durchaus in der Lage, es allein mit der

High Society aufzunehmen, einschließlich seiner Mutter, Annabelle Standish, der Königin von Beaumont.

»Bevor Sie gehen, können Sie mir sagen, wie dieser Hamburgerladen heißt?«, fragte Max. »Ich esse zwar furchtbar ungern allein, aber es klingt um Längen besser als das, was es hier heute gibt.«

Beim Gedanken an Harrys berühmte Burger und Zwiebelringe lief Jamie das Wasser im Munde zusammen. Und an die Milchshakes, die so dick waren, dass man sich fast die Eingeweide raussaugte, um sie durch den Strohhalm zu bekommen. Sie seufzte.

»Sie haben doch auch Lust auf einen Burger«, sagte Max. »Sie sabbern ja schon fast.«

»Ja, aber ich kann nicht. Ich muss mir Notizen über Frankies Rede machen, damit ich morgen darüber schreiben kann.«

»Bis zur Rede sind wir doch längst zurück. Kommen Sie schon.«

Es war einfach zu verlockend. Und es würde Phillip ganz recht geschehen. »Okay«, sagte sie schließlich. »Einen Burger, und dann kommen wir sofort wieder. Lassen Sie uns hier lang gehen, damit uns niemand sieht.«

»Feigling.«

»Hey, ich muss hier leben!«

Max geleitete sie die Hintertreppe hinunter und über den Parkplatz zu seinem Auto. Er drückte einen Knopf am Schlüssel, und die Türen gingen auf.

Jamie zog eine Augenbraue hoch. »Schicker Wagen.« Sie stieg ein, und ein gepolsterter Riegel senkte sich auf sie hinab und wurde geschlossen. »Was zum …«

»Ich fahre gern schnell«, sagte Max. »Der Wagen ist auf Geschwindigkeit ausgelegt, und er hat mehr Sicherheitsvorrichtungen als ein Düsenjäger.« Er schloss die Tür, setzte sich auf den Fahrersitz und wartete darauf, dass sich auch über ihm der Riegel schloss.

»Ganz schön volles Armaturenbrett«, sagte Jamie.

»Ich habe alles, was ich möglicherweise brauchen könnte, direkt bei der Hand. Und Muffin hat den Überblick.«

»Muffin?«

»Mein Computer. Sie werden sie mögen. Wenn sie genervt ist, kann sie ein ziemlicher Klugscheißer sein, aber ansonsten …«

Jamie runzelte die Stirn. »Was soll das denn heißen, wenn sie genervt ist? Computer sind nicht genervt.«

Max ließ den Motor an und schoss wie ein Silberpfeil vom Parkplatz. »Im Gegenteil, Muffin kann ganz schön launisch sein.«

Jamie ließ sich nichts anmerken. »Launisch, hm?«

»Sie will, dass ich sie Lee oder Hannah nenne, weil sie findet, das klingt kompetenter. Es passt ihr auch nicht, dass ich ihr eine Stimme wie Marilyn Monroe verpasst habe. So aus Spaß.«

»Aha.«

Max bog auf die Hauptstraße ein. »Muffin, das ist Miss Jamie Swift von der Zeitung. Sie fährt ein Stückchen mit.«

Stille.

Jamie sah den Mann an. Sie war nicht nur gerade zu einem Fremden ins Auto gestiegen, sondern der war außerdem offensichtlich auch noch gestört. Und sie war unter einem Metallriegel gefangen. Verdammt.

»Muffin, sei nicht so unhöflich. Sag Miss Swift guten Tag.« Max sah Jamie an. »Ich wusste es. Sie hat schlechte Laune.«

Jamie lächelte gezwungen. »Ist schon in Ordnung. Sie muss ja nichts sagen, wenn sie nicht will.« Jamie zog an dem Riegel, der sie festhielt. Er rührte sich nicht. Ihr fielen die Sicherheitsriegel in diesen blödsinnigen Fahrgeschäften auf dem Jahrmarkt ein. Sie rang die Hände, rutschte auf dem

Sitz herum und fühlte sich gefangen, und das gefiel ihr nicht. Überhaupt nicht.

Und dieser Max redete wirres Zeug.

»Okay, Muffin, dann halt nicht«, sagte er.

Jamie sah ihn an. Vielleicht nahm er sie auf den Arm. Er wirkte wie jemand, der Spaß an so was hatte. Entweder das, oder er war komplett irr.

»Hm, eigentlich sollte ich mich doch besser im Country Club unters Volk mischen«, sagte Jamie schließlich. »Sie wissen schon, um rauszuhören, wie unser neuer Kandidat so ankommt. Angeblich hat Frankie eine große Überraschung parat. Habe ich jedenfalls gehört.«

»Dafür haben Sie immer noch genug Zeit«, antwortete Max. Plötzlich ging der Motor aus. »Verdammt, Muffin, das ist nicht witzig! Du machst mich ja vor Miss Swift lächerlich. Mach den Motor wieder an.«

Nichts.

Max sah Jamie an. »Tut mir Leid.« Er drehte den Schlüssel um, und der Wagen sprang wieder an. Ganz plötzlich plärrte das Radio mit einem Country-Western-Song los, in dem es um ein gebrochenes Herz, einen alten Hund und einen Pick-up ging. Max fletschte die Zähne und drehte das Radio aus. »Sehr lustig, Muffin.«

Jamie sah aus dem Fenster, als er beschleunigte.

Sie sollte sich mal untersuchen lassen, ob sie noch ganz gesund war, dass sie einfach zu so einem Kerl ins Auto stieg. Da waren wohl mal wieder die Pferde mit ihr durchgegangen. Phillip war ja mit Sicherheit nicht ohne Grund einfach weggeblieben. Oder vielleicht hatte er sich schlicht verspätet. Vielleicht war auch im letzten Moment noch ein Mandant gekommen. Manche Mandanten waren furchtbar umständlich. Phillip hatte bestimmt einfach die Zeit vergessen. Das passierte ihm manchmal, wenn er über Steuergesetze sprach.

Oder vielleicht, nur ganz vielleicht, hatte sie vergessen, ihm von dem Dinner zu erzählen. Sie verdrehte die Augen. Das war ihr schon mal passiert. Sie hatte nicht daran gedacht, sich noch einmal mit ihm kurzzuschließen, bevor sie das Haus verlassen hatte, weil sie, wie üblich, spät dran gewesen war.

Warum auch immer er nicht aufgetaucht war, sie musste toleranter sein. Phillip gab sich alle Mühe, sich an ihre chaotische Zeitplanung anzupassen, und beschwerte sich selten. Sie dagegen war viel zu ungeduldig und immer in Eile. Sie setzte sich unter Druck, bis es ihr zu viel wurde und sie ihre Laune an Phillip ausließ. Sie würde beim Mental Health Center einen Stressmanagement-Kurs belegen, genau. Oder mit Vera in die Kirche gehen. Die meisten Baptisten kamen ihr ganz entspannt vor. Sie verbrachten eine Menge Zeit im Liegestuhl im Garten und unterhielten sich mit Nachbarn und Freunden. Sie nahm sich vor, sich bei nächster Gelegenheit einen Liegestuhl zu kaufen.

Aber zuerst musste sie unter diesem verdammten Riegel weg.

Max beschleunigte. Jamie ballte die Fäuste, versuchte aber, ruhig zu bleiben, obwohl sie für ihren Geschmack viel zu schnell fuhren. Warum zum Teufel hatte der Mann es so eilig? Sie musste doch nicht in die Notaufnahme, sie war ja nicht verwundet oder musste schnell ein Körperteil wieder angenäht bekommen. Nicht, dass sie irgendetwas hätte tun können. Falls sie den Sicherheitsriegel gelöst kriegte und rausspränge, würde sie das sowieso nicht überleben.

»Warum fahren Sie denn so schnell?«, fragte sie Max.

Max sah sie an. »Ich liebe die Geschwindigkeit. Keine Sorge, ich fahre gut.«

Sie saß mit einem Verrückten im Auto. Wo waren die Scheißbullen, wenn man sie brauchte? Draußen sauste die Kleinstadt Beaumont vorbei, der Platz, an dem seit über achtzig Jahren das Gerichtsgebäude stand und der Musikpavillon, wo man sich an Sommerabenden traf, wenn der hiesige Kunstverein Konzerte veranstaltete oder auf einer großen Leinwand kostenlos Filme zeigte. Auf denselben Bänken hatte sie auch schon als kleines Mädchen mit ihrem Vater gesessen und die Tauben gefüttert.

Max drosselte das Tempo und umkreiste den Platz. »Das ist wohl die Innenstadt, oder?«

Jamie nickte, dankbar, dass sie langsamer fuhren. Auch ihr Puls beruhigte sich. Sie probierte noch einmal, ob der Riegel sich lösen ließ, als sie an Lowery's Haushaltswaren, Susie-Q's Cut and Curl und Maynard's Sandwich Shop vorbeifuhren, die Jamie allesamt regelmäßig besuchte. Bates' Furniture nahm den halben Block ein. Jamie fragte sich, ob Vera es wohl geschafft hatte, Herman Bates dazu zu überreden, ihnen Möbel zu leihen. Die Probleme, die sie tagsüber beschäftigt hatten, schienen plötzlich nichtig, denn im Moment wollte sie nur aus Max' Auto raus und weg von dem sprechenden Computer, den er sich einbildete.

»Hübsches Städtchen.« Max gab wieder Gas.

»Ich muss jetzt wirklich zurück«, sagte Jamie.

»Wir haben doch noch jede Menge Zeit.«

»Nein, wirklich, ich …«

»Jetzt machen Sie sich doch mal locker«, sagte Max.

Jamie holte tief Luft. Okay, er würde sie nicht zurückbringen. Sie saß in seinem Auto fest und hatte keine Chance abzuhauen. Wie oft hatte Vera ihr gesagt, sie solle nicht zu fremden Männern ins Auto steigen, zu diesen Männern, die schreckliche Dinge mit anderen Menschen anstellten, besonders mit Frauen! Für Vera war die ganze Welt gefährlich. Männer lauerten hinter Bäumen und auf Parkplätzen und warteten nur darauf, sich auf die nächstbeste arglose Frau stürzen zu können. Vera kannte jedes grauenhafte Detail jedes einzelnen Verbrechens, das je verübt worden war, weil sie allabendlich bei einer Tüte Karamell-Popkorn eine Polizeisendung guckte.

Vielleicht hatte Vera Recht. Vielleicht war Max wirklich ein ausgetickter Irrer, der sie vergewaltigen und töten wollte. Wahrscheinlich würden sie ihre Leiche morgen auf einem Müllberg finden, und Vera würde sagen: »Ach Gott, und ich hab sie immer davor gewarnt, wie gefährlich die Welt geworden ist.« Jamie schauderte bei dem Gedanken.

»Ist Ihnen kalt?«, fragte Max.

»Häh?« Sie sah ihn an. Er wirkte normal, aber das taten alle Massenmörder, wie Vera mehrfach erwähnt hatte. »Mir geht's gut. Der Hamburgerladen ist gleich da vorne. An der Ampel rechts.«

»Ich dachte, wir fahren erst ein bisschen spazieren«, sagte Max. »Vielleicht kann ich Muffin ja doch noch dazu bringen, etwas zu sagen. Habe ich Ihnen schon erzählt, dass sie mit GPS ausgerüstet ist? Außerdem hat der Wagen einen PDA mit Tastatur, Drucker, Fax- und Internetanschluss.«

Jamie hätte ihm gerne gesagt, dass es sie einen feuchten Kehricht interessierte, was sein Auto alles konnte, und dass sie nur zum Country Club zurückwollte. Außerdem glaubte sie ihm sowieso kein Wort. Was sie glaubte, war, dass er Wahnvorstellungen hatte. Sie hatte aber nicht die Absicht, ihm das auf die Nase zu binden. Vera hätte ihr geraten, in solch einem Fall einfach mitzuspielen, Interesse an allem vorzutäuschen, was der Kerl sagte. Lass ihn reden, dachte Jamie.

»Beeindruckend«, sagte sie. »Zufällig kenne ich mich mit Autos ein bisschen aus.«

»Ach ja?« Max wirkte interessiert.

»Mein Dad hat früher bei uns in der Garage alte Autos restauriert. Ich hab ihm geholfen, den Oldtimer wieder herzurichten, den ich immer noch fahre, einen Mustang. Einen der ersten, die auf dem Markt waren. Er hieß damals der Neunzehnvierundsechzig-einhalber. Damals gab es den nur als Coupé und als Cabrio. Ich habe das Cabrio.«

Max betrachtete sie genau, als er vor einer Ampel hielt. »Wissen Sie was, da würde ich gerne noch mehr drüber hören. Können wir irgendwo hingehen? Allein?« Er lächelte. »So einfach lasse ich Sie nicht weg. Erstaunlich eigentlich, dass Sie sich das nicht gleich gedacht haben.«

Jamie atmete zitternd ein. Heilige Scheiße, der Mann hatte gerade zugegeben, dass er sie nicht würde gehen lassen, dass er das alles geplant hatte. Er wusste wahrscheinlich auch schon, wo er ihre Leiche verstecken würde. Vera hatte Recht. Sie war so gut wie tot. Mist. Verdammter Mist.

Die nackte Angst durchzuckte Jamie, und es wurde so viel Adrenalin ausgeschüttet, dass sie meinte, ihr zerspringe das Herz. Ihr wurde schwindelig, sie bekam kaum noch Luft, ihr ganzer Körper zitterte unkontrollierbar. Sie hörte Max reden, nahm aber seine Worte nicht mehr wahr, nur seine Stimme, die plötzlich sehr laut war und sie fast wahnsinnig machte.

»Hey, ist alles in Ordnung?«, fragte er.

Sie konnte nur noch geradeaus starren und versuchen zu atmen.

Max trat auf die Bremse, und das Auto kam rutschend zum Stehen.

»Herrgott!«, schrie Muffin. »Kann mir mal jemand sagen, was hier los ist?«

Jamie nahm die Frauenstimme nur am Rande wahr. Eine Halluzination, dachte sie, denn die Stimme klang wie die von Marilyn Monroe. Sie spürte Unheil dräuen, als die Farben um sie herum matter und dunkler wurden und sie umschlossen.

Es gab kein Entkommen.

Plötzlich wurde die Tür aufgerissen, und der Metallriegel hob sich. »Jamie, was haben Sie denn?«, fragte Max.

»Ich krieg keine Luft«, sagte sie mit erstickter Stimme.

»Was macht sie?«, fragte Muffin.

»Sie hält sich die Brust und ringt nach Luft.«

»Glaubst du, sie hat einen Herzinfarkt?«, fragte Muffin. »Soll ich den Notarzt rufen?«

Jamie sah Max ins Gesicht. »Wer ist das?«

»Muffin.«

Jamie holte tief Luft. »I-Ihr Computer? Das war Ihr Ernst?«

»Natürlich! Brauchen Sie einen Krankenwagen?«

»Sie wollen mich nicht vergewaltigen und vierteilen und ...«

Max guckte ungläubig. »Wovon, zum Teufel, reden Sie?«

»Die braucht keinen Notarzt, Max, die braucht einen Psychiater.«

Jamie blinzelte. Die Farben um sie herum wurden wieder heller, und die Geräusche waren nicht mehr so laut. Sie bekam wieder Luft. »Aber, ich dachte …«

»Dass ich Sie umbringen will?« Er lachte plötzlich. »Sie machen Witze, oder?«

Jamies Gesicht brannte. Die Hitze kroch ihr bis in die Ohren, sie war sicher, dass sie leuchteten wie Neonreklame. Fast hätte sie lieber einen Herzinfarkt gehabt, als Max' Blick ertragen zu müssen. Sie hatte sich furchtbar blamiert. Max und seine Freunde würden sich später über sie totlachen. »Was ist denn daran so witzig?«, fragte sie.

Max versuchte, sein Grinsen abzustellen, aber es gelang ihm nicht.

»Alles in Ordnung mit ihr?«, fragte Muffin.

»Ich glaube schon«, sagte Max. »Ich glaube, sie hatte eine Panikattacke oder so.«

»Ich hatte mit Sicherheit *keine* Panikattacke.« Es klang allerdings plausibel, musste Jamie zugeben. Sie hatte entsetzliche Angst gehabt und schon befürchtet, sie würde verrückt. Sie würde Vera den Hals umdrehen, aber gründlich. Schließlich hatte sie ihr all diesen Unfug in den Kopf gesetzt über Massenmörder und Männer, die nachts bei Frauen einstiegen und … sie schauderte.

»Da kommt jetzt aber nicht noch was, oder?«, fragte Max.

Jamie wünschte sich einen Zauberstab, mit dem sie sich von diesen lachenden, dunklen Augen fortzaubern konnte. Da ängstigte sie sich zu Tode, und der Mann lachte sie aus. Sie straffte sich und raffte ihren Reststolz zusammen. »Wären Sie so nett, mich zum Country Club zurückzufahren?«

»Was ist mit dem Burger und den Zwiebelringen?«

»Ich habe keinen großen Hunger mehr.«

»Na ja, dann vielleicht ein andermal.« Max schlug die Tür zu und setzte sich wieder auf den Fahrersitz. Er ließ den Motor an, und die Riegel schlossen sich über ihnen. »Schrecklich, diese Dinger«, murmelte sie.

Max fuhr schweigend, als spürte er, dass sie Zeit brauchte, um sich zu sammeln, aber dann und wann sah er sie besorgt an. »Sind Sie sicher, dass alles in Ordnung ist?«

»Jaha.« Jamie fand, sie hielt am besten den Mund.

»Frag sie doch mal, ob sie schon mal an eine Therapie gedacht hat«, sagte Muffin.

»Ich brauche keine Therapie«, antwortete Jamie, dann wurde ihr bewusst, dass sie mit einem Computer sprach. Vielleicht konnte sie doch ein bisschen Hilfe gebrauchen. Sie verschränkte die

Finger im Schoß und bemühte sich, möglichst normal zu wirken, nachdem sie gerade den überzeugenden Beweis geliefert hatte, dass sie das nicht war. Offensichtlich war sie doch gestresster, als sie gedacht hatte. »Wahrscheinlich wäre mir das gar nicht erst passiert, wenn Ihr Computer sich früher gemeldet hätte. Ich habe gedacht, Sie sind verrückt.«

Muffin sprach. »Ich fand es nicht richtig, dass Max eine verlobte Frau zu einer Spazierfahrt einlädt. Das gehört sich nicht. Und anstatt etwas dazu zu sagen, habe ich lieber die Klappe gehalten.«

»Hast du wieder Benimmbücher gelesen, Muff?«, fragte Max.

Jamie sah ihn an. »Ähm, Max, können wir diese Fahrt und dieses Gespräch bitte einfach vergessen?«

»Ach, Jamie, das braucht Ihnen doch nicht peinlich zu sein. Das kommt in den besten Familien vor.«

»Sie hatten doch bestimmt noch nie eine Panikattacke.«

»Machen Sie Witze?«, sagte Muffin. »Der Mann ernährt sich von Stress.«

Max tätschelte Jamie die Hand. »Keine Sorge, von mir erfährt keiner was.«

Ein paar Minuten später fuhr Max auf den

Parkplatz des Country Clubs und parkte in der Nähe des Eingangs. Die Riegel hoben sich. »Danke für den, ähm, interessanten Abend«, sagte er. »Ich hoffe, wir sehen uns bald wieder.«

Jamie konnte gar nicht schnell genug verschwinden. Ohne ein weiteres Wort stieg sie aus dem Wagen, stürmte auf das Gebäude zu und rannte drinnen fast Phillip über den Haufen, der gerade von der Toilette kam. Der zuverlässige, vorhersehbare Phillip. Er hatte sie doch nicht versetzt.

»Jamie, es tut mir so Leid, dass ich zu spät bin. Meine Smokings waren beide in der Reinigung, das hatte ich total vergessen. Ich musste den Ladenbesitzer anrufen und ihn bitten, extra für mich noch mal aufzumachen. Ich habe versucht, dich anzurufen.«

Sie vergrub das Gesicht an seiner Brust, die Verspätung hatte sie ihm längst verziehen. Sie strich ihm das rotblonde Haar glatt. Der Mann hatte sich offensichtlich beeilt herzukommen.

»Ist alles in Ordnung, Schatz?«

»Jetzt ja.«

»... und dann noch eins«, sagte Frankie auf dem Podium vor der Menge, die sich über vier Speisesäle erstreckte. »Ich verspreche, nicht nur die Mehrwertsteuer zu senken, sondern auch die meiner Meinung nach skandalös hohe Vermögenssteuer.«

Das Publikum applaudierte kräftig.

»Die Bürger dieser Stadt zahlen viel zu viele Steuern. Und wofür?« Er machte eine Kunstpause. »Was ist denn aus der versprochenen neuen Kläranlage geworden?

Die Büros der Stadtverwaltung sind viel zu voll. Wir haben wahrscheinlich mehr Ausschüsse und Projektgruppen als ganz New York City. Ein Ausschuss ist eigens dazu eingerichtet worden, die Ausschüsse zu überwachen. Was soll das?« Im Publikum wurde gekichert. »Ich zum Beispiel habe die Nase voll von dieser Bürokratie. Du lieber Himmel, ich wurde durch zehn verschiedene Abteilungen gereicht, um mich zur Wahl stellen zu können!« Mehr Gelächter.

Max, der gerade ankam, als das Essen serviert wurde, schielte zu Deedee hinüber. Sie sah ihn und runzelte die Stirn. »Was ist denn?«, flüsterte er.

»Ich habe dich vorhin mit Jamie Swift auf der Terrasse gesehen. Kurz bevor ihr beide verschwunden seid. Was soll das denn?«

Max zuckte die Schultern. »Wir interessieren uns beide für Autos. Hast du gewusst, dass sie zusammen mit ihrem Vater einen alten Mustang restauriert hat?«

Deedee nickte. »Dadurch haben wir uns kennen gelernt. Frankie wollte ihr den Wagen vor ein paar Jahren abkaufen. Sie konnte sich nicht davon trennen, aber seitdem sind wir befreundet.« Deedee machte eine Pause. »Du hast ihr aber nicht gesagt, dass ich dich gebeten habe, ihr unter die Arme zu greifen?«

»Natürlich nicht. Aber sie ist ja nicht doof. Früher oder später wird sie es sich zusammenreimen.«

Deedee wurde nachdenklich. »Und, was hältst du von ihr?«

»Sie gefällt mir.«

»Aber du weißt ja, dass sie verlobt ist.«

Max schaute durch den Raum, nicht zum ersten Mal, und betrachtete den Mann neben Jamie. »Was für ein glücklicher Mann.«

Frankie fuhr mit seiner Rede fort. »Ich verspreche Ihnen, wenn ich gewählt werde, lasse ich genauestens untersuchen, wohin unsere Steuergelder verschwunden sind. Ich werde bis auf den letzten Dollar herausfinden, was mit unserem Geld passiert ist.«

Max beugte sich zu Deedee. »Lächeln, Schwesterherz. Du kannst ganz schön stolz darauf sein, dass dein Mann so große Pläne für diese Stadt hat.«

»Frankie macht den Leuten ganz schön viele Versprechen. Ich hoffe, er lebt lange genug, um sie zu halten.«

Eine Stunde später trat ein Mann in eine Telefonzelle, steckte zwei Münzen in den Schlitz und wählte. Er wartete, bis am anderen Ende abgehoben wurde. »Fontana hat mit seiner Rede gerade sämtliche Herzen der Stadt gewonnen. Er will herausfinden, wo all die Steuergelder hin sind.«

Es entstand eine kurze Pause. »Das ist ganz schlecht.«

»Ich weiß nicht, wie ernst wir ihn nehmen müssen. Er war mal Wrestler, um Himmels willen. Der hat doch gar nicht den Grips dafür.«

»Oh, der hat mehr Grips als du denkst. Außerdem hat er jetzt seinen Schwager dabei. Max Holt hat den Grips und die nötigen Mittel, alles zu erreichen, was er will.«

»Und was machen wir da?«

»Wir räumen sie aus dem Weg. Und ich weiß auch schon, wer das erledigt.«

DREI

Jamie parkte den Mustang auf ihrem Parkplatz vor dem Zeitungsgebäude, blieb noch einen Moment sitzen und sortierte ihre Gedanken. Sie hatte ein schlechtes Gewissen, dass sie Phillip am Abend zuvor nach Hause geschickt hatte, aber sie war wirklich nicht in der Stimmung für Sex gewesen. Nachdem er gegangen war, hatte sie einen Großteil der Nacht wach gelegen und darüber nachgedacht, wie sie sich vor Max ohne Nachnamen zum Affen gemacht hatte, und was der heutige Tag bringen würde.

Sie strich mit der Hand übers Armaturenbrett und war überrascht, wie staubig es war. Normalerweise war ihr Auto makellos sauber. Einmal in der Woche wusch sie es liebevoll und wachste es, wenn nötig, von Hand. Sie empfand diese Arbeit als tröstlich, weil sie so angenehme Erinnerungen in ihr wachrief. Manchmal erschrak sie, wie dicht sie davor gewesen war, es zu verkaufen. Ihr Vater hatte ihr den Wagen zum Schulabschluss geschenkt, und sie kümmerte sich darum wie um ein geliebtes Familienmitglied. Oft wünschte sie sich, sie hätte Geschwister, aber sie hatte niemanden, keine Onkel oder Tanten, keine Cousins und Cousinen. Vor Jahren war ihre Großmutter gestorben, eine sanftmütige, weißhaarige Dame mit leuchtend blauen Augen und einem gütigen Gesicht, die einmal angeboten hatte, Jamie zu sich zu nehmen, weil sie fürchtete, ihr Sohn sei nicht in der Lage, ein Kind allein großzuziehen.

Jamie hatte sich dagegen gesträubt. Sie und ihr Vater würden alles schaffen, solange sie nur zusammen waren. Sie würde sich einfach noch mehr Mühe geben und eine bravere Tochter sein, hatte sie sich vorgenommen. Sie würde seine Leibgerichte kochen und das Haus so in Ordnung halten, wie ihre Mutter es verlassen hatte. Sie würde die gerahmten Bilder ihrer Mutter abstauben und sie auf dem Nachttisch ihres Vaters stehen lassen. Und sie würde, ebenso wie er, so tun, als käme ihre Mutter bald wieder, und alles wäre wieder in Ordnung. Eine ganz normale Familie.

Manchmal bildete Jamie sich ein, das Aqua-Velva-Aftershave ihres Vaters noch in den Polstern zu riechen, und dann bekam sie einen Kloß im Hals, weil sie sich so einsam fühlte, seit er nicht mehr da war. Dann dachte sie an Phillip, und der Kloß im Hals schmolz wie Eis in der Sonne. Phillip, der sie von ganzem Herzen liebte und sein Leben mit ihr verbringen wollte. Sie hatten sich auf einem Wohltätigkeitsball kennengelernt, auf dem die Herren bezahlen mussten, um mit der Dame ihrer Wahl tanzen zu dürfen. Phillip hatte fünfhundert Dollar für einen Tanz mit Jamie gezahlt.

Er bot ihr die Stabilität, die sie als Kind nicht gehabt hatte. Seine Familie liebte sie, seine Brüder und Schwestern, Tanten und Onkel, Cousins und Cousinen ersten und zweiten Grades. Nicht zu vergessen: Phillips Mutter, Annabelle, die sie wie eine eigene Tochter angenommen hatte und ihnen die ultimative Hochzeit ausrichten wollte.

Jamie war sich ihres Glücks bewusst. Sie würde endlich die Familie bekommen, die sie sich immer gewünscht hatte. Sie stellte sich Feiertage mit Truthahnbraten und glasierten Schinken vor, mit Weihnachtspäckchen beladene Verwandte würden ein und aus gehen, und sie würde mit Phillip für ihre Neffen und Nichten Geschenke einkaufen gehen. Die Bilder in ihrem Kopf sahen aus wie Bilder von Norman Rockwell. Sie standen für alles, was gesund und normal und richtig war.

Jamie und Annabelle hatten sich auf eine Hochzeit im Freien geeinigt, im September, und hofften, dass es dann nicht mehr ganz so heiß und schwül sein würde. Sie und Phillip würden sich das Jawort unter den riesigen, moosüberwachsenen Eichen geben, die den Familiensitz schon seit über zweihundert Jahren schmückten und ebenso tief in Beaumont verwurzelt waren wie die Familie Standish.

Als sie aus dem Auto stieg, war Jamie schon viel optimistischer. Sie würde den Mann ihrer Träume heiraten und sah einer grundsoliden Zukunft mit ihm entgegen. Zwar hatte sie nie den gleichen Kinderwunsch empfunden wie ihre Freundinnen, aber sie war sicher, dass sie und Phillip schon bald eine Familie gründen würden. Annabelle liebte ihre Enkelkinder über alles, und Jamie wusste, dass sie sehnsüchtig auf das Erstgeborene ihres Sohnes warten würde. So beängstigend der Gedanke auch manchmal war, zum Altar zu schreiten und Mrs Phillip Standish zu werden, wusste Jamie doch, dass sie das Richtige tat.

Sie hob das Kinn an, als sie auf das Gebäude zuging. Der Tag hielt zwar einige Unwägbarkeiten bereit, ihr stiller Teilhaber kam überraschend zu Besuch, aber Jamie hatte beschlossen, sich davon nicht aus der Ruhe bringen zu lassen. Sie hatte fast alles geopfert, was sie besaß, um die Zeitung zu retten, und sie war wirklich eine gute Herausgeberin. Sie fand, das reichte. Wenn sie ein bisschen knapp an Möbeln und Schreibtischen war, würde M. Holt das eben verstehen müssen.

Jamie ging um das Gebäude herum auf die doppelten Glastüren zu. Vera stand draußen wie ein Wachposten. »Guten Morgen, Vera.«

»Da willst du nicht rein.«

Jamie blieb stehen und verspürte plötzlich Angst. »Warum denn nicht?«

»Da, äh, muss noch ein bisschen was getan werden.«

»Was soll das denn heißen?«

»Das werden Tom und Herman mir büßen. Ich bin gerade auf dem Weg zu ihnen. Ich habe vor, ihnen Löcher in die Reifen zu schießen.«

»Spinnst du?«

»Wenn du das da drin gesehen hast, wirst *du* abdrücken wollen, aber es ist meine Knarre, und ich schieße. Du kannst den Fluchtwagen fahren.«

»Du *bist* völlig durchgeknallt. Jetzt komm mal wieder runter, wir müssen arbeiten.« Jamie versuchte, an ihr vorbeizugehen, aber Vera rührte sich nicht vom Fleck. »Würdest du mich bitte vorbeilassen, Vera? Herrje, so schlimm kann es ja wohl nicht sein.«

Dass es das doch konnte, sah sie schon, als sie sich durch die Tür schob. »Oh, verdammter Mist.«

»Ich hab dir ja gesagt, es ist schlimm. Dafür lasse ich dir sogar den Fluch ungestraft durchgehen.«

Einige Angestellte standen flüsternd um den Wasserspender herum. Sie huschten weg wie Eichhörnchen, als sie Jamie bemerkten. »Soll das ein Scherz sein?«, fragte Jamie.

»Weiß der Geier. Ich versuche schon den ganzen Morgen, Tom und Herman zu erreichen, aber die gehen nicht ans Telefon. Wahrscheinlich lachen sie sich gerade kaputt.«

Jamie stemmte, offensichtlich gereizt, die Arme in die Seiten. »Warum sollte jemand, der auch nur halbwegs zurechnungsfähig ist, ein komplettes Büro in Kriegsschiff-Grau streichen? Das sieht ja aus wie im Verlies hier.«

»Ich hab dich ja gewarnt. Toms Leute haben neulich die Exerzierhalle gestrichen, ich nehme an, die Farbe war noch übrig.«

Jamie betrachtete die Möbel. Herman Bates hatte es offensichtlich witzig gefunden, den Rezeptionsbereich in einen Kuhstall zu verwandeln. Die Sitzgruppe war mit einem bräunlichen Fell mit weißen Flecken bezogen, das Jamie an eine Milchkuh aus Guernsey erinnerte. An der Wand hingen Stierhörner. »Das glaube ich nicht.« Sie sah Vera an. »Da hat man ja Angst, sich draufzusetzen! Am Ende hat das Flöhe oder BSE.«

»Ich glaube kaum, dass das echtes Kuhfell ist, Süße.« Vera tätschelte ihr die Schulter. »Das Gute ist, wir müssen die Möbel nicht zurückgeben. Herman hat einen Zettel dagelassen, dass wir sie behalten können. Was ihm nur recht sein kann, wenn man bedenkt, was ich damit vorhatte, wenn wir das Zeug nicht mehr brauchen.«

Mike Henderson kam durch die Tür und erstarrte. »Wow! Coole Möbel!«

Jamie und Vera starrten ihn an.

Er zuckte die Achseln. »Okay, bisschen ungewöhnlich, aber das muss ja nichts Schlechtes sein.«

Jamie drehte sich um und steuerte auf ihre Bürotür zu. »Da würde ich lieber nicht reingehen«, sagte Vera.

»Schlimmer als das hier kann es ja wohl nicht mehr kommen.« Jamie öffnete die Tür. Ihr rutschte das Herz bis zu den Füßen. »Oh Gott, das ist ja Graceland.«

»Immerhin, einen Schreibtisch aus lackierten Baumstämmen habe ich noch nie gesehen«, sagte Mike. »Ist das da ein Samtbild von Elvis?«

Jamie verschränkte die Arme und tappte mit dem Fuß. »Das ist ü-ber-haupt nicht witzig. Ich weiß ja, dass Tom und Herman ein paar Scherzkekse sind, aber das schlägt nun wirklich dem Fass den Boden aus. Ich könnte sie glatt …«

»Erschießen?«, fragte Vera hoffnungsvoll.

»Da würde ich keine Kugeln für verschwenden.« Jamie presste sich die Hand auf die Stirn, hinter der sich langsam Kopfschmerzen bildeten. »Im Moment können wir nichts mehr tun. In ein paar Stunden kommt Mr Holt, und außerdem haben wir eine Deadline.« Jamie kramte eine Zigarettenpackung aus ihrer Tasche hervor.

»Die steckst du dir nicht an«, sagte Vera.

»Ich will sie ja nur in der Hand halten. Und einen Moment allein sein«, fügte sie hinzu. Sie drehte sich um und sah aus dem Fenster. »Mike, lassen Sie mich eine Viertelstunde allein, damit ich mich wieder beruhigen kann. Dann legen wir los.«

»Klar, Jamie.« Er machte eine Pause. »Übrigens sehen Sie heute sehr gut und professionell aus. Machen Sie sich keine Sorgen, wie es hier aussieht. Mr Holt wird so beeindruckt von Ihnen sein, dass er das nicht mal bemerkt.«

Jamie antwortete nicht. Sie wusste, dass Mike sie nur aufmuntern wollte, aber das funktionierte nicht. Sie hörte die Tür hinter sich zugehen und ließ sich auf den Stuhl sinken.

Der Morgen schleppte sich so dahin, und Jamie schaute immer wieder auf die Uhr. Von Stunde zu

Stunde wuchs der Klumpen in ihrem Magen. Sie versuchte, ihn zu ignorieren und sich auf die anliegende Arbeit zu konzentrieren. Mike arbeitete unermüdlich neben ihr. Er ließ sich zwar von einem hübschen Gesicht leicht ablenken, aber er machte seine Sache gut und ackerte für zwei, wenn es drauf ankam. Manche Menschen, darunter auch Jamie, arbeiteten besser, wenn sie unter Druck standen. Sie überlegte, ob sie Mike mehr Verantwortung übertragen sollte, damit er eine Herausforderung hatte.

Kurz vor dem Mittagessen rief Vera Mike ans Telefon. Er sah nicht einmal von der Arbeit auf, als er nach dem Hörer griff. »Kommt sie durch?«, fragte er, nachdem er schweigend zugehört hatte.

Jamie sah auf. Mike war blass, jegliche Farbe war aus seinem Gesicht gewichen. »Was ist denn?«, fragte sie, nachdem er aufgelegt hatte.

»Meine Mum ist beim Einkaufen umgekippt. Sie ist in der Notaufnahme.«

»Dann müssen Sie da hin«, sagte Jamie, die wusste, dass Mike Einzelkind war. Seine Eltern waren schon älter, und er musste sich um sie kümmern.

»Und was ist mit der Zeitung?«

»Die wird schon noch stehen, wenn Sie wiederkommen.«

Er stand auf, suchte in der Hosentasche nach seinem Autoschlüssel und ging zur Tür.

Jamie stand ebenfalls auf. »Sind Sie sicher, dass Sie selbst fahren wollen?«

»Ja.«

»Rufen Sie mich an, wenn Sie mehr wissen«, sagte sie. Er lief hinaus und rannte Vera fast um.

»Wo will der denn hin?«

Jamie erklärte, was los war. »Ich hab jetzt für den Rest des Tages Stress. Halt mir bitte Anrufer vom Leib.«

»Hast du dran gedacht, Phillip zurückzurufen?«

»Nein, mache ich aber gleich.«

»Das hast du schon vor einer Stunde gesagt. Nachher denkt er, ich habe es dir nicht ausgerichtet. Und dann bin ich schuld. Es spricht sich rum, dass ich keine gute Assistentin bin, und dann finde ich keinen neuen Job.«

»Du suchst ja auch gar keinen, Vera.«

»Glaubst du. Ich bin aber zufällig gerade dabei, meinen Lebenslauf auf Vordermann zu bringen. Hier werde ich ja nicht nur schlecht bezahlt, sondern außerdem gibt es auch überhaupt keine Aufstiegschancen.«

»Müssen wir das *jetzt* besprechen?«, fragte Jamie matt.

»Ja, ich weiß, schlechter Zeitpunkt. Vergiss es einfach.«

Fünf Minuten später klingelte Jamies Telefon. Es war Phillip. »Tut mir Leid, dass ich nicht zurückgerufen habe«, sagte sie schnell. »Du weißt ja, was hier los ist, so kurz vor der Deadline, und mir ist ein Mann ausgefallen.«

»Ich würde dich damit ja auch nicht weiter belästigen, aber meine Mutter hat schon dreimal bei mir im Büro angerufen und will wissen, ob wir uns jetzt für dieses Geschirr mit dem Platinrand von Starlings Ltd. entschieden haben. Sie sagt, das müssen wir bald tun, weil die Leute das extra bestellen müssen, wenn sie die Einladung zur Hochzeit bekommen. Außerdem droht sie, dich höchstpersönlich übers Knie zu legen, wenn du dir nicht bald ein Kleid aussuchst.«

Jamie ächzte. »Oh, Phillip.«

»Ich weiß, ich weiß. Sie macht mich ja auch ganz verrückt. Da bist du nicht allein.« Er kicherte. »Das haben wir jetzt davon, dass wir ihr die ganze Planung überlassen haben.«

»Ich muss jetzt erst mal das Blatt machen«, sagte Jamie, weil sie genau wusste, dass Annabelle sie, wenn sie bei ihr anriefe, stundenlang am Telefon festhalten würde.

Jamies Kopfschmerzen waren schlimmer geworden. Sie hatte zu viel Stress, dachte sie. Die Zeitung fraß ihre komplette Zeit auf. Am Abend zuvor war sie sauer auf Phillip gewesen, weil er sich verspätet hatte, aber wie viele Verabredungen hatte sie selbst im letzten Moment abgesagt? Und die arme Annabelle. Sie hatte die ganze Hochzeitsplanung übernommen, mit Caterern, Schneidern, Floristen gesprochen, und Jamie konnte sich nicht mal für ein Geschirr entscheiden. Bis September schien es immer noch so lange hin zu sein. Es war Jamie gar nicht klar gewesen, wie viel Planungsaufwand und Arbeit so eine Hochzeit bedeutete, vor allem eine Hochzeit, wie Annabelle sie plante.

Aber im Moment musste Jamie eine Zeitung herausbringen. Sie hatte so sehr dafür gekämpft, sie am Leben zu erhalten. Sie hatte nicht nur einen Großteil der Büroeinrichtung verkauft, sondern auch den Schmuck und die Antiquitäten ihrer Großmutter und alles, was ihr sonst noch eingefallen war, um die laufenden Rechnungen bezahlen zu können. Da konnte sie jetzt nicht schlappmachen.

Jamie schielte auf die Uhr. Von M. Holt war immer noch nichts zu sehen. Sie war aufgeregt und schrecklich nervös, ebenso wie am Abend zuvor in Max' Auto. Max und sein sprechender Computer. Sie fragte sich, wo er jetzt war, ob er schon auf dem Rückweg nach Virginia war. Das hoffte sie. Sie wollte ihn nie wieder sehen und daran erinnert werden, wie sie die Besinnung verloren hatte.

Mist, sie hatte feuchte Hände. Jamie wischte sie sich am Rock ab. Was war denn bloß los mit ihr? Sie war immer der Fels in der Brandung gewesen, diejenige, die den Überblick behielt, wenn der Druck hoch war. Sie hätte den Termin mit Mr Holt am liebsten abgesagt. Dass ihr Teilhaber auch ausgerechnet jetzt auftauchen musste!

»Ey, Alter, ich glaub, wir sind schon dran vorbei.«

Vito Puccini verschlang den Rest kalte Pizza, wischte sich mit dem Ärmel den Mund ab und sah den Mann auf dem Beifahrersitz an. »Was zum Henker soll das denn heißen, wir sind schon dran vorbei? Du hast gesagt, Ausfahrt achtundachtzig. Die letzte war dreiundachtzig.«

»Ich glaub, ich hab mich verlesen.«

Auf dem Rücksitz ächzte Vitos Frau Mitzi laut. »Lenny, du bist so was von scheiße.«

Vito schüttelte den Kopf. »Mitzi, wie oft hab ich dir gesagt, du sollst dich nicht so ausdrücken? Du hörst dich an wie eine billige Schlampe.« Er sah Lenny an. »Man kann eine Nutte aus dem Puff holen, aber nicht den Puff aus der Nutte.«

Mitzi schlug ihm mit der flachen Hand auf den Kopf. »Halt die Klappe, Vito. Ich war Unterhaltungskünstlerin, und zwar eine verdammt gute. Was ja wohl deutlich besser ist als ein Vorstrafenregister von hier bis Jersey wie manche Leute, die ich kenne.«

»Jetzt hab ich bald echt genug von dir«, sagte Vito. »Ich wusste doch, dass ich dich nicht hätte mitnehmen dürfen.«

»Sie hat dir doch gar keine Wahl gelassen, Mann«, sagte Lenny.

»Allerdings nicht«, fauchte Mitzi. »Vito vögelt doch alles, was bei drei nicht auf dem Baum ist. Du glaubst ja wohl nicht, dass ich den alleine aus dem Haus lasse, damit er nachts auf irgendwem rumhoppelt?«

Vito seufzte. »Mitzi, ich hab dir doch gesagt, das war ein Fehler. Willst du mir das jetzt den Rest deines Lebens vorhalten?«

»Ja, das will ich, Vito. Du wirst es noch ganz schön bereuen, dass du mich betrogen hast.«

Er schüttelte den Kopf. »Diese Ehe kommt direkt aus der Hölle. Lenny, halt mal das Lenkrad, damit ich die Karte lesen kann.«

Mitzi lachte laut. »Oh, der war gut, Vito. Lenny hat vorhin auf dem Rastplatz eine kilometerlange Line gezogen, da willst du ihn ans Steuer lassen?«

»Halt die Schnauze, Mitzi.« Er sah auf die Karte, und Lenny versuchte, den Wagen zu lenken. »Scheiße, ich glaub, wir müssen umdrehen«, sagte er und wurde an der nächsten Ausfahrt langsamer.

»Wenn du schon dabei bist, halt doch mal an der nächsten Tanke an«, sagte Mitzi. »Ich muss pinkeln.«

Vito sah sie im Rückspiegel an. »Du hast doch gerade erst gepinkelt, verdammte Scheiße.«

»Halt einfach an, okay? Schlimm genug, dass ich in dieser Rostlaube ohne Klimaanlage sitzen muss, ich klebe am Sitz fest. Ich krieg gleich Hitzepickel oder Ausschlag oder so. Dieser Wagen macht mich noch völlig irre.«

»Hey, ich hab da was, das könnte dich beruhigen«, sagte Lenny.

»Vergiss es, von so 'nem kaputten Junkie nehm ich nichts. Außerdem ist das wahrscheinlich voll illegal.«

Vito grunzte. »Und das von 'ner abgetakelten Stripperin, die schon bei allen möglichen Typen aufm Schoß gesessen hat.« Vito fuhr vom Highway ab und hielt an einer Tankstelle, wo Mitzi auf die Toilette stürmte. Lenny tankte, Vito sprach leise. »Ich sollte mal meinen Kopf untersuchen lassen, dass ich diese Frau geheiratet habe. Die zickt nur rum. Da wär ich echt lieber wieder im Knast.«

Lenny nickte. »Ich auch, Alter. Da hatten wir wenigstens unsere Ruhe. Seit wir draußen sind, hab ich nicht ein einziges Mal *General Hospital* geguckt. Hey, ich könnte Mitzi ein paar Downers verpassen, dann wird sie schon still.«

»Was, zum Teufel, hast du denn alles dabei?«, fragte Vito.

»Alter, sag irgendwas, ich hab's dabei. Upper, Downer, ein paar Pfund gutes jamaikanisches Gras, bisschen Koks.«

Vito starrte ihn an. »Den ganzen Scheiß schleppst du mit dir rum? Bist du völlig bescheuert? Wenn die uns anhalten, sitzen wir ruck, zuck beide wieder.«

»Wir haben ein ganzes Waffenlager im Kofferraum, und du machst dir in die Hose wegen ein paar Drogen?«

»Das geht halt nicht anders. Ich kann ihn ja nicht gut mit 'ner Steinschleuder erledigen.«

»Halt dich einfach an die Geschwindigkeitsbegrenzung, Alter, dann halten die uns auch nicht an. Wir sehen doch solide genug aus.«

»Ja, klar. Ich hab 'ne Exstripperin auf der Rückbank, die aussieht wie vom Straßenstrich, und einen Typen auf dem Beifahrersitz, der seit einer

Woche nicht geduscht hat. Auf deinem Kopf könnte man Spiegeleier braten, Lenny.«

»Ich hatte schon immer fettiges Haar. Das sieht auch so aus, wenn ich es dreimal am Tag wasche.«

»Du hättest ja mal zum Friseur gehen können. Ich hab dir doch gesagt, wir müssen aussehen wie Geschäftsleute. Wie sollen wir denn sonst an den Holt rankommen?«

Mitzi kam zum Wagen zurück und setzte sich auf den Rücksitz. »Geht's dir besser?«, fragte Vito, der offensichtlich mal nett sein wollte. Sie murmelte irgendetwas, streckte sich auf der Rückbank aus und schloss die Augen. Kurz darauf fing sie an zu schnarchen. Vito und Lenny sahen sich erleichtert an.

»Ich will die Sache heute Abend noch erledigen und sofort wieder aus der Stadt verschwinden«, flüsterte Vito.

»Wann kriegen wir die Kohle?«, fragte Lenny.

»Sobald Holts Todesanzeige in der Zeitung steht.«

Max fuhr auf den Parkplatz der *Beaumont Gazette* und schaltete den Motor aus. Dann saß er einfach da und starrte das Gebäude an.

»Hast du Schiss reinzugehen?«, fragte Muffin.

»Wahrscheinlich sollte ich mir eine kugelsichere Weste anziehen.«

»Die würde dir auch nicht helfen. Jamie Swift bringt dich mit bloßen Händen um, wenn sie feststellt, dass du ihr verschwiegen hast, wer du bist.«

»Gestern kam mir das vor wie eine gute Idee. Ich dachte, sie fühlt sich unwohl, wenn ich mich gleich zu erkennen gebe, und ich wollte sie doch erst kennen lernen.«

»Hört sich klasse an, Max, aber bedenke, dass du hier mit mir sprichst. Du wolltest sie flachlegen, das ist alles.«

»Ich lege keine Frauen *flach* und schon gar keine verlobten. Ich wollte einfach nur ein bisschen mit ihr zusammen sein.« Er seufzte. »Drück mir die Daumen.« Er stieg aus dem Wagen, ging auf den Eingang zu und zögerte nur einen Augenblick, bevor er eintrat.

Max sah nur kurz in den Raum hinein, und ihm fiel die Kinnlade hinunter.

Vera sah von ihrer Arbeit auf. Aus ihrer Hochsteckfrisur ragten Kulis und Bleistifte, weil sie sie immer dort hineinsteckte und dann vergaß.

Max trat an ihren Schreibtisch heran. »Ich habe einen Termin bei Miss Swift.«

»Sie sind Mr Holt?«

Er nickte. »Und wer sind Sie?«

»Vera Bankhead. Miss Swifts Verwaltungskraft. Ich halte den Laden hier sozusagen am Laufen.«

Max lächelte. »Und das machen Sie bestimmt gut.«

»Sagen wir mal so: Ich weiß einfach Bescheid, was hier so los ist.«

Max sah sich um. »Es riecht nach frischer Farbe.«

»Ja, Miss Swift hat kürzlich renovieren lassen.« Sie beugte sich vor und flüsterte: »Ich habe da nichts mit zu tun.« Dann nahm sie den Telefonhörer auf. »Ich sage ihr eben Bescheid, dass Sie da sind.«

»Danke.«

Einen Moment später legte sie auf. »Sie kommt sofort.«

Max drehte sich um, als er eine Tür aufgehen hörte. Jamie Swift trat heraus, warf einen Blick auf ihn und schnappte nach Luft. »Was machen *Sie* denn hier?«

»Hallo, Jamie.«

Sie starrte ihn nur an.

Immer noch mit professionellem Lächeln ließ Vera den Blick von Jamie zu Max und wieder zurück zu Jamie wandern. »Ähm, Miss Swift, das ist Mr Holt, M. Holt.«

»Max Holt«, sagte er, trat vor und reichte ihr die Hand.

Jamie war einen Augenblick lang völlig durcheinander. »*Der* Max Holt?«

»Ja.«

»Ach du lieber Gott«, sagte Vera. »Das glaube ich ja nicht. Wir haben einen Promi im Büro.«

Jamie starrte den Mann an. »Das ist doch wohl nicht Ihr Ernst. Wollen Sie mich auf den Arm nehmen?«

»Ich fürchte nicht.«

Jamies Gesichtsausdruck wandelte sich von ungläubigem Staunen zu reiner Gereiztheit. »Ich fasse es nicht«, sagte sie. »Sie haben vielleicht Nerven, hier so reinzuspazieren, nachdem Sie mir gestern Abend erst verschwiegen haben, wer Sie sind, und dann auch noch dafür gesorgt haben, dass ich mich komplett zum Affen mache. Für wen halten Sie sich eigentlich?«

Vera glotzte.

»Es tut mir Leid«, sagte Max. »Ich hätte Ihnen gleich reinen Wein einschenken sollen.«

»Es tut Ihnen *Leid?* Ist das *alles?*«

»Ich weiß nicht, was ich sonst noch tun kann, außer mich zu entschuldigen. Ich wollte doch auch nicht, dass das so endet.«

»Was um alles in der Welt ist denn hier los?«, fragte Vera.

»Dieser Mann ist ein mieser, kleiner Lügner, Vera. Wenn ich gewalttätig wäre, würde ich …«

»Vielleicht können wir uns wenigstens zivilisiert benehmen«, sagte Max. »Wir haben schließlich Geschäftliches zu besprechen.«

»Ich weigere mich, mit Ihnen übers Geschäft zu sprechen.«

»Jamie, bist du verrückt geworden?«, sagte Vera.

Jamie merkte, dass sie zitterte. »Dieser Mann ist ein Hochstapler. Er hat sich gestern Abend als jemand anderes ausgegeben. Er hat mich entführt …«

»Sie sind freiwillig mitgekommen«, erinnerte Max sie.

»Er hat mich zu Tode erschreckt und sich dann über mich lustig gemacht.«

Vera warf ihm einen finsteren Blick zu. »Ist das wahr?« Als Max verlegen nickte, griff sie nach ihrer Handtasche. »Lass mich ihn erschießen, Jamie.«

Max legte seine Hände auf Veras, bevor sie ihre Pistole aus der Tasche ziehen konnte. »Bevor Sie mich erschießen, geben Sie mir wenigstens die Chance, alles wieder gutzumachen.«

Vera hielt inne. »Okay, aber da lassen Sie sich

besser was Gescheites für einfallen, heute ist echt nicht mein Tag, und Sie haben es nur noch schlimmer gemacht.«

Max sah Jamie an. »Es tut mir wirklich Leid, Jamie. Das war nicht in Ordnung, was ich da gemacht habe.«

Vera wartete. »Besser kriegen Sie das nicht hin?«

»Ich wollte Sie gern persönlich kennenlernen«, fuhr Max fort. »Sie hätten sich doch garantiert unwohl gefühlt, wenn Sie gewusst hätten, wer ich bin, wo ich doch in die Zeitung investiert habe und so.«

Jamie weigerte sich, ihm weiter zuzuhören. Sie marschierte in ihr Büro und schlug die Tür hinter sich zu.

»Ich glaube, sie mag Sie nicht«, stellte Vera fest. »Wahrscheinlich gehen Sie jetzt besser.«

»Sie müssen mir helfen«, sagte Max.

»Warum sollte ich?«

»Jamie hat überreagiert, Vera. Aus irgendeinem Grund dachte sie, ich hätte sie entführt und wollte sie vergewaltigen und umbringen. Ich weiß auch nicht, ob sie zu viele Krimis geguckt hat oder was, jedenfalls ist sie ohne jeglichen Grund in Panik geraten.«

Vera wandte den Blick ab und rutschte auf

dem Stuhl herum. Offensichtlich hatte sie ein schlechtes Gewissen, dass sie Jamie so viele Horrorgeschichten erzählt hatte.

»Na ja, Jamie hatte wirklich ziemlichen Stress in letzter Zeit, aber wenn es hart auf hart kommt, halte ich natürlich zu ihr. Außerdem hatten Sie kein Recht, sich als jemand anderes auszugeben. Ich fürchte, ich kann Ihnen nicht helfen.«

»Wissen Sie was, Vera? Wenn Sie mir nur dieses eine Mal helfen, dann verspreche ich, dass ich alles wieder gutmache. Und nicht nur das, ich lasse hier alles renovieren, drinnen und draußen.« Er griff in die Jacke, zog eine Kreditkarte aus der Brieftasche und reichte sie ihr.

»Sie glauben wohl, Sie könnten sich von allem freikaufen, Mr Holt.«

»Nicht von allem.«

Vera betrachtete ihn argwöhnisch. »Bekomme ich einen neuen Schreibtisch?«

»Alle können neue Schreibtische haben.«

»Was ist mit den Computern? Unsere sind ganz schön alt.«

»Was auch immer Sie brauchen. Meinetwegen können Sie alles abreißen und neu bauen.«

»Wie hoch ist das Kreditlimit?«

»Es gibt keins.«

Vera starrte die Karte an wie ein hungriger Köter ein Steak. »Na dann.« Sie zupfte ihm die Karte aus der Hand und steckte sie sich ins Oberteil.

Max zog eine Augenbraue hoch.

»Machen Sie sich keine Sorgen, bei mir ist Ihre Kreditkarte sicher.« Sie klopfte sich auf die Brust. »Hier kommt keiner ran.« Sie stand auf und ging auf Jamies Büro zu. »Lassen Sie mir ein paar Minuten Zeit. Das wird nicht einfach. Setzen Sie sich doch.«

Max betrachtete das Sofa. »Ich bleibe lieber stehen.«

Als Vera fünf Minuten später aus Jamies Büro kam, nickte sie. »Sie können jetzt reingehen, sie hat sich beruhigt.«

»Sind Sie sicher?«

»Ich habe Ihnen doch gesagt, dass ich den Laden hier schmeiße. Ich weiß, wie man mit Miss Swift reden muss.«

Max holte Luft, öffnete die Tür zu Jamies Büro und trat ein.

Jamie hatte eine brennende Zigarette im Mund. »Machen Sie die Tür zu.«

»Setzen Sie sich«, sagte sie, als die Tür zu war.

»Ich glaube, ich bleibe lieber stehen, falls ich plötzlich flüchten muss.«

Jamie hatte überhaupt keine Lust, mit ihm zu sprechen. Sie hatte nur eingewilligt, weil Vera ihr erlaubt hatte, eine Zigarette zu rauchen. Aber nur eine. »Sie haben sich unmöglich benommen.«

»Verabscheuungswürdig.«

»Schlimmer. Es war ekelhaft, gemein, niederträchtig und schäbig.«

»Wow, Sie haben die Liste ja sogar alphabetisch sortiert. Ich bin beeindruckt.«

»Echt, mir fehlen die Worte.«

»Den Eindruck hatte ich nicht gerade.«

Jamies Telefon klingelte. Sie nahm ab. »Mike? Wie geht's Ihrer Mutter?« Sie schwieg und hörte zu. »Ein Schlaganfall? Wie schlimm ist es denn?«

Max setzte sich auf einen Stuhl vor ihrem Schreibtisch und wartete.

»Ich habe Ihnen doch gesagt, machen Sie sich keine Sorgen um die Zeitung«, sagte Jamie schließlich. »Jetzt müssen Sie erst mal bei Ihrer Familie bleiben. Ich schaffe die Deadline schon.« Bevor sie auflegte, musste sie ihm dies noch mehrfach versichern.

»Ich habe heute eigentlich überhaupt keine Zeit für Sie, Mr Holt«, sagte sie. »Mein Chefredakteur hatte einen Notfall in der Familie, und heute Abend muss die Zeitung in Druck. Vielleicht ein andermal.«

»Ich kann Ihnen helfen, Jamie«, sagte er. »Sie

wissen doch, dass ich das Zeitungsgeschäft in- und auswendig kenne.«

»Dies hier ist eine Wochenzeitung. Kinderkram im Verhältnis zu dem, was Sie gewohnt sind.«

Max griff nach ihrem Telefon und wählte. »Kann ich bitte mit Deedee sprechen?« Er wartete. »Hallo, Schwesterherz. Ich wollte nur eben Bescheid sagen, dass ihr nicht mit dem Abendessen auf mich zu warten braucht. Ich hab noch eine Weile zu tun.«

Jamie bekam große Augen, wartete aber, bis er aufgelegt hatte. »Deedee? Etwa Deedee Fontana?«

»Em-hm.«

»Sie ist Ihre Schwester?«

Max nickte.

»Ach, deswegen haben Sie überhaupt erst in meine Zeitung investiert. Deedee hat Ihnen von meinen finanziellen Problemen erzählt, und da haben Sie mich als Sozialfall unter Ihre Fittiche genommen.«

»Ich habe in die Zeitung investiert, weil ich vom Wert der Lokalpresse überzeugt bin.«

Jamie drückte ihre Zigarette in einer Topfpflanze aus. »Ich mag es nicht, wenn Leute sich in meine Angelegenheiten einmischen, geschäftlich oder sonst wie.«

»Geben Sie es doch zu, Süße, Sie brauchen mich.«

Er lächelte sein umwerfendes Lächeln, und Jamie wusste, dass sie ihm keinen Korb geben konnte. »Okay, aber nur das eine Mal, weil Mike ausgefallen ist. Ich zeige Ihnen, was wir bisher haben.«

Vito hielt Mitzi die Tür auf, als sie das enge Motelzimmer betrat. Auf den Doppelbetten lagen fadenscheinige Decken, die offensichtlich viel zu oft gewaschen worden waren, und der Teppichboden war voller Flecken. Mitzi drehte sich um und stemmte die Arme in die Hüften.

»Soll das ein Scherz sein? Du erwartest doch wohl nicht, dass ich hier schlafe.«

»Was Besseres können wir uns im Moment nicht leisten«, sagte er. »Und in so einem Kaff wirst du auch kaum ein Hyatt Regency finden.«

»Ich glaub, ich spinne!«, schrie sie fast. »Ich habe stundenlang in dieser heißen Karre gesessen und mich drauf gefreut, ins Hotel zu kommen und mich in die Badewanne zu legen.« Sie schaute ins Badezimmer und murmelte einen Fluch. »In der ekligen Wanne würde ich ja nicht mal meinen Hund baden.«

»Dann dusch halt.«

»Ich will im Wasser liegen. Ich hab Rückenschmerzen.«

»Das kommt davon, dass du bei der Arbeit so lange drauf gelegen hast.«

»Arschloch.«

»Ich hab getan, was ich konnte«, sagte Vito. »Du musst entweder hier schlafen oder auf dem Rücksitz.«

Sie zeigte auf Lenny. »Und wo schläft *der*?«

»In dem anderen Bett.«

»Du verarschst mich doch, oder? Ich soll mit 'nem kaputten Junkie in einem Zimmer schlafen, der für einen Schuss seine eigene Schwester verkaufen würde?«

»Ich hab überhaupt keine Schwester«, sagte Lenny, »du hast also nichts zu befürchten.«

Mitzi und Vito starrten ihn an. Schließlich sah Vito auf die Uhr. »Hör mal, Mitzi, Lenny und ich müssen jetzt noch ein bisschen arbeiten. Wir sind ja schließlich geschäftlich hier.«

»Das ist ja auch so eine Sache. Ich will jetzt endlich wissen, was ihr vorhabt. Das hab ich schon fünfzig Mal gefragt, und jetzt will ich eine Antwort.«

Vito zuckte die Achseln. »Wir sind Killer, Mitzi. Wir sind hier, um jemanden umzulegen.«

»Oh, sehr witzig. Ich lach mich kaputt, Vito.

Aber egal, was es ist, es ist bestimmt illegal, und wenn ihr wieder im Knast landet, hau ich ab. Verstanden?«

Er sah Lenny an. »Dann ist es die Sache ja schon wieder wert, was?«

»Könnt ihr nicht mal aufhören, euch zu streiten?«, fragte Lenny.

»Also, Mitzi«, sagte Vito, »ich rufe das Zimmermädchen, sie soll die Wanne für dich schrubben. Dann kannst du baden und deine Zeitschriften lesen, die du extra gekauft hast. Und dann kannst du ein bisschen Fernsehen gucken.«

»Hier kriegt man kein HBO rein«, presste sie zwischen den Zähnen hervor. Sie marschierte ins Bad und schlug die Tür so heftig hinter sich zu, dass ein Bild von der Wand fiel.

Vito sah Lenny an. »Demnächst erschieß ich die Falsche.«

Die Zeitung ging erst nach Mitternacht in den Druck. Jamie musste zugeben, dass Max seine Sache gut machte. Er hatte das endgültige Seitenlayout in der Hälfte der Zeit festgelegt, die sie normalerweise benötigte. »Ich hab noch ein paar Last-Minute-Anzeigen eingefügt, die Vera mir in die Hand gedrückt hat«, sagte er zu Jamie, nachdem sie alles in die Druckerei gegeben hatten.

»Gut. Anzeigen können wir immer gebrauchen.« Ihr taten die Augen weh vom vielen Redigieren und Korrigieren. Sie war hundemüde und freute sich auf ihr Bett. Max hingegen sah frisch und munter aus, als könne der nächste Tag gleich beginnen.

»Ich bin ganz zufrieden mit dem Ergebnis«, sagte Max, »aber nächstes Mal machen wir es noch besser.«

»Es gibt kein nächstes Mal, Max. Sie haben mir aus der Klemme geholfen, und dafür bin ich Ihnen dankbar, aber …«

»Wieso das denn, Jamie? Wir haben doch gut zusammengearbeitet.«

»Ich habe einen Redakteur, Max.«

Er wirkte amüsiert. »Sie mögen mich nicht besonders, was, Swifty?«

Sie starrte ihn an. *»Swifty?«*

»Ist doch ein süßer Spitzname.«

Jamie verdrehte die Augen.

»Sie haben meine Frage noch nicht beantwortet.«

»Ich mag Sie schon, Max, aber das spielt überhaupt keine Rolle. Wir sind Geschäftspartner, wir brauchen nicht dicke Freunde zu sein.«

»Aber warum sind Sie so distanziert?«

»Meinen Sie, weil ich nicht um Sie herumscharwenzle wie andere Frauen?«

Er lächelte. »Na ja, das auch.«

»Sagen Ihnen die Worte ›glücklich verlobt‹ irgendwas?«

»Natürlich.«

»Und selbst wenn ich nicht verlobt wäre, würde ich mich im Leben nicht mit einem wie Ihnen einlassen.«

»Einem wie mir?«

»Ich weiß, was für einer Sie sind, Max Holt. Ich lese Zeitung. Sie vernaschen Frauen wie Pferde Zucker und haben ein ungeheures Selbstbewusstsein.«

»Und davon mal abgesehen, was halten Sie sonst von mir?«

»Können Sie nicht mal fünf Minuten lang ernst sein?«

»Ich bin ernst. Okay, ich bin nicht perfekt, aber das heißt nicht, dass ich Ihnen nicht helfen kann. Sie wollen doch, dass die Zeitung sich gut verkauft, sonst würden Sie sich nicht so abmühen.«

Jamie fühlte sich unbehaglich, als sein Blick sie durchbohrte. »Sie haben doch jetzt gesehen, was Sie sehen wollten. Meine Buchhalterin schickt Ihnen weiterhin die aktuellen Geschäftszahlen und was Sie sonst noch brauchen, und damit ist doch alles erledigt.«

»Wie ist er?«

»Wer?«

»Der Mann, den Sie heiraten.«

»Jetzt werden Sie aber ganz schön persönlich.«

»Ich bin halt neugierig.«

»Phillip ist ein sehr netter Mann. Er ist freundlich und liebevoll, und er wird ein wunderbarer Ehemann und Vater sein. Und wenn es Ihnen nichts ausmacht, würde ich jetzt gerne nach Hause gehen und …«

Aus den Augenwinkeln bemerkte Max eine Bewegung und sah, dass auf der Main Street an der großen Fensterfront ein Auto vorbeifuhr. Der Rollladen war teilweise heruntergelassen, daher sah er nur kurz die Scheinwerfer. Er wandte sich wieder Jamie zu, aber bevor er etwas sagen konnte, hörte er das Rattern einer automatischen Waffe. Die Fensterscheibe zerbarst.

Jamie schrie, als Max sich auf sie warf und sie zu Boden riss. Gemeinsam rollten sie an die Wand und blieben dort liegen, während weiter geschossen wurde und um sie herum alles zu Bruch ging.

Jamie versuchte, sich nicht zu bewegen, solange geschossen wurde. Es war so laut, dass sie dachte, ihr würde das Trommelfell platzen. Plötzlich bohrte sich etwas sehr schmerzhaft in ihr Bein, und sie zuckte zusammen. »Oh Scheiße«, sagte sie. »Und ich dachte schon, schlimmer könnte der Tag nicht mehr werden.«

Max hielt sie fest und bedeckte sie mit seinem Körper. »Was ist denn?«

»Ich hab was abgekriegt«, sagte sie.

VIER

Die Schüsse endeten ebenso plötzlich, wie sie begonnen hatten. Danach waren nur noch quietschende Reifen zu hören. Max rollte sich von Jamie herunter und zuckte zusammen, als er ihr Bein sah. In ihrer Wade steckte eine übel aussehende Glasscherbe. Schnell schaute er nach weiteren Wunden. Gottlob gab es keine.

Jamie setzte sich auf, betrachtete kurz ihr Bein und seufzte dann angeekelt. »Na klasse! Ich hab den ganzen Tag aufgepasst, mir keine Laufmasche zu ziehen, und jetzt das! Da hätte ich genauso gut ein Billigding kaufen können, statt vier Dollar mehr für die Markenstrumpfhose auszugeben.« Sie seufzte. »Oh, verdammter Mist.«

Max sah sie nur an.

»Also, ziehst du das Scheißteil jetzt da raus, oder soll ich hier verbluten?«

Max griff sich an den Krawattenknoten, löste ihn und riss sich den Schlips vom Hals. Mit einem Ruck zog er Jamie die Scherbe aus dem Bein.

Sie sog scharf Luft ein. »Aua!«

»Ich habe nie behauptet, dass sich das gut anfühlen würde«, sagte er und wickelte ihr die Krawatte ums Bein, damit es nicht noch schlimmer blutete. »Das sollte erst mal reichen, bis Hilfe kommt. Ruf die Polizei, ich muss mal draußen nachsehen.« Er lief aus dem Raum und rannte fast einen der Männer aus der Druckerei um. Sie tanzten ein bisschen voreinander herum, als Max versuchte, an ihm vorbeizukommen, und der andere Mann nicht zu wissen schien, in welche Richtung er ausweichen sollte. Schließlich schob Max ihn einfach beiseite und rannte weiter.

Jamie war bereits am Telefon und erklärte dem Polizisten, was passiert war. Nachdem man ihr versichert hatte, dass Hilfe unterwegs war, legte sie auf und sah Lyle, ihren Herstellungsleiter, besorgt auf ihr Bein starren.

»Miss Swift, ist alles in Ordnung?«, fragte er. »Ich bin von hinten gekommen, weil ich aufs Klo wollte, da habe ich den Lärm gehört.« Ungläubig schaute er sich im zerschossenen Büro um.

»Geht schon«, sagte Jamie. »Wahrscheinlich kriege ich eine Narbe, so groß wie unser ganzer Parkplatz. Aus der Traum vom Miss-South-Carolina-Wettbewerb. Ist bei euch hinten alles okay, Lyle?«

Er nickte. »Da hat bestimmt keiner was gehört,

die Druckerpresse läuft ja auf vollen Touren. Kann ich irgendwas für Sie tun?«

»Die Polizei ist schon unterwegs.«

Zehn Minuten später traf die Polizei ein, gefolgt von einem Krankenwagen. Ein Sanitäter versorgte Jamies Wunde, und der Polizeichef, Lamar Tevis, ein leicht übergewichtiger, rotblonder Mann in ausgebeulten Khakihosen und einem zerknitterten Baumwollhemd, gab seinen Leuten Anweisungen. »Ruf Bud von der Spurensicherung an, er soll sofort herkommen.«

»Ja, Chief.«

Lamar wandte sich an Jamie und Max. »Hat einer von Ihnen was gesehen?«

Max schüttelte den Kopf. »Sie waren schon weg, als ich rauskam.«

»Wer sind Sie überhaupt?«, fragte Lamar unverblümt.

Jamie stellte Max vor. Lamar wirkte beeindruckt. »Ich kenne Sie aus der Zeitung.«

Max reichte ihm eine Metallhülse, die er auf der Straße gefunden hatte. »Sieht aus wie von einer großkalibrigen Schnellfeuerwaffe.«

Lamar drehte die Hülse mehrmals in der Hand herum, als könne er daran irgendetwas erkennen. »So was passiert hier normalerweise nicht. Irgendwer will hier dringend jemanden umbringen.« Er beäugte Max. »Haben Sie Feinde? Irgendwen, der Sie gerne tot sehen würde?«

»Ich bemühe mich, ein fairer Geschäftspartner zu sein«, sagte Max. »Aber es bleibt wohl nicht aus, dass man mal den einen oder anderen vergrätzt. Trotzdem wüsste ich nicht, wer mich umbringen sollte.«

Lamar wandte sich an Jamie. »Haben Sie irgendwas gedruckt, was jemanden verärgert haben könnte?«

Sie verdrehte die Augen. »Klar, ich habe versehentlich geschrieben, dass Peggy Block den ersten Preis für ihren Wedding-Ring-Quilt gewonnen hat, dabei war das Jane Barker.«

Lamar runzelte die Stirn. »Haben Sie eine Richtigstellung gebracht?«

Als Jamie nickte, fuhr er fort: »Na, dann war es das ja wohl nicht.« Und da Max so ungläubig guckte, fügte er hinzu: »Die Damen nehmen ihre Quilts sehr ernst.«

»Offensichtlich«, sagte Max beherrscht, als bemühe er sich um Geduld. »Aber was wir vielleicht in Betracht ziehen müssten, ist der Wahlkampf um das Bürgermeisteramt. Jamie hat da schon für Frankie Fontana Position bezogen. Und weil dies die einzige Zeitung in der Stadt ist, dürfte seinem

Gegner das gar nicht passen. Sie wissen ja sicher, dass Frankie Drohbriefe bekommt.«

Jamie war überrascht. »Er bekommt Drohbriefe? Wusste ich gar nicht.«

Lamar nickte. »Ja, da sind wir dran, aber ich sehe da noch keinen Zusammenhang.« Er sah Jamie an. »Sind Sie sicher, dass Sie eine Richtigstellung gedruckt haben?«

»Ja, Lamar.«

»Und was ist mit Ihren Angestellten? Irgendjemand sauer auf Sie?«

»Nur Vera. Sie grummelt, weil sie schon so lange keine Gehaltserhöhung mehr bekommen hat.«

»Sie hat doch eine .38er, oder?«

»Woher wissen Sie das denn?«

»Die Cousine von meiner Frau geht zur selben Kosmetikerin. Da ist Vera das Ding einmal rausgefallen.« Er schaute besorgt drein. »Da muss ich wohl Richter Dobbert wecken und mir einen Durchsuchungsbefehl holen. Das dürfte ihm nicht gefallen.«

»Sie durchsuchen doch nicht Veras Wohnung! Himmel, Lamar, Vera würde mir kein Haar krümmen, sie liebt mich wie eine Tochter!«

»Na ja, das stimmt wohl.« Er seufzte. »Sieht nicht so aus, als würde das ein einfacher Fall werden. Und es sieht auch nicht so aus, als könnte ich mir freinehmen und zum Angeln fahren wie sonst immer.«

»Vielleicht war es ja politisch motiviert«, sagte Max.

Lamar war verdattert. »Wollen Sie etwa auch kandidieren?«

Max und Jamie sahen sich an. »Nein, aber vielleicht sollte der Angriff Frankie einen Schrecken einjagen«, sagte Max. »An ihn selbst kommt keiner ran, weil er besser bewacht ist als Fort Knox. Ich bin sein Schwager, vielleicht wollen sie ihm eins auswischen, indem sie mir was antun. Oder Miss Swift, sie ist ja mit den Fontanas befreundet.«

»Nun ja, immerhin hat er angekündigt, das mit den verschwundenen Steuergeldern zu untersuchen«, sagte Lamar. »Vielleicht sind Sie da auf der richtigen Spur.«

»Und wer könnte Frankie bei dieser Untersuchung besser unterstützen als Max Holt?«, sagte Jamie.

»Mann, das wirft ja ein völlig neues Licht auf die Sache«, sagte Lamar.

Bud von der Spurensicherung traf ein. »Heilige Scheiße, Lamar!«, sagte er, als er in Jamies Büro trat. »Was ist denn hier los?«

»Jemand hat Löcher in Jamies Fenster geschossen.«

»Toll, so weit war ich auch schon. Weiß jemand, *warum*?«

»Wir arbeiten dran. Schick die Hülse hier mal den Ballistikern, mal sehen, ob wir die Waffe rauskriegen.«

Bud nahm die Hülse und sah sie sich genau an. »Boah, ey, das ist ganz schön krass.« Er sah Jamie an. »Hoffentlich haben Sie das mit den Quilt-Ladys geregelt. Meine Frau ist auch in der Gruppe, sie war stocksauer, dass jemand anders belobhudelt worden ist.«

Max drehte sich um und sah aus dem Fenster.

Jamie hatte den Verdacht, dass er langsam die Geduld mit den örtlichen Beamten verlor. »Lamar, können wir gehen?«

»Augenblick noch«, sagte er. »Ich muss schnell ein Protokoll schreiben, das müssen Sie beide unterschreiben. Und ich lasse meine Leute das Fenster mit Brettern vernageln«, fügte er hinzu.

»Können Sie einen Mann hier lassen, bis die Zeitung gedruckt ist?«

»Klar. Soll ich auch jemanden vor Ihrem Haus abstellen?«

»Ich nehme Miss Swift mit zu den Fontanas«, sagte Max. Weil Jamie aussah, als wollte sie darüber diskutieren, fuhr er fort: »Frankies Haus ist im Moment das sicherste in der Stadt.«

Jamie fügte sich. Sie war hundemüde, und sie hatte den Verdacht, dass sie nicht viel Schlaf kriegen würde, wenn sie allein zu Hause war.

»Ich kann euch auch gleich sagen, dass draußen einer vom Lokalsender steht«, sagte Bud. »Ich hab versucht, ihn wegzuschicken, aber er will die Story.«

»Ich gehe mit Ihnen raus«, sagte Lamar.

Sobald sie mit dem Protokoll fertig waren, folgte Jamie Max und Lamar nach draußen. Tatsächlich stand ein Fernsehreporter draußen, ein weiterer nahm sie auf Tonband auf, als sie vorbeigingen.

Ein Mann hielt Jamie ein Mikrofon unter die Nase. »Miss Swift, können Sie uns sagen, was hier passiert ist?«

»Kein Kommentar«, sagte sie.

»Gehen Sie einfach weiter«, sagte Lamar ruhig. »Ich rede mit denen.«

Der Reporter wandte sich zu ihm und hielt ihm das Mikrofon hin. »Wir sind bereit, Chief.«

Max und Jamie machten, dass sie wegkamen. Sein Wagen stand neben dem Mustang-Cabrio. Jamie ging um ihr Auto herum und blieb plötzlich stehen.

»Ach, du lieber Gott.«

Max wirbelte herum. »Was denn?«

»Die haben mir ein Loch in die Beifahrertür geschossen!« Jamie kniete sich auf den Boden neben dem Auto und sah sich das Loch aus der Nähe an. Sie hatte einen Kloß im Hals. »Ich fasse es nicht.«

Max kniete sich neben sie. »Wahrscheinlich ein Querschläger. Blöd.«

Jamies Augen brannten. »Das verstehst du nicht. Ich liebe diesen Wagen. Er ist …« Sie erstickte fast an den Worten. Sie sah zu Max auf. »Das würdest du doch nicht verstehen.«

»Erklär's mir.«

»Den Wagen hat mir mein Vater zum Schulabschluss geschenkt. Er ist alles, was ich noch habe«, fügte sie traurig hinzu.

»Das tut mir wirklich Leid, Jamie. Aber das kann man reparieren.«

Sie wischte sich die Augen, fest entschlossen, nicht in Tränen auszubrechen. Für einen Mann wie Max Holt, der wahrscheinlich Millionen dafür ausgegeben hatte, dass andere ihm ein eigenes Auto entwarfen, war ihr Wagen einfach nur ein altes Mustang-Cabrio. »Ist ja nur ein Auto«, murmelte sie. »Mach dir darum keine Gedanken.«

»Meinst du, wir haben sie erwischt, Alter?«, fragte Lenny, als Vito hinter dem Motel parkte und den Motor ausstellte.

»Wir können sie ja wohl kaum verfehlt haben,

aber wir können hier erst weg, wenn wir sicher sind. Wir kriegen die Kohle erst, wenn die Sache erledigt ist.« Er grunzte. »Ich wäre ja lieber heute Nacht noch abgehauen. Wahrscheinlich durchkämmen die Bullen jetzt schon die ganze Gegend.«

»Weiß doch keine Sau, dass wir hier sind. Der Typ vom Motel glaubt, Mitzi ist allein.«

Vito nickte. »Klar, aber je schneller wir hier abhauen, desto besser. Ich hab kein gutes Gefühl. Sei bloß leise, wenn wir reingehen. Wenn Mitzi schläft, will ich sie lieber nicht wecken, die stellt sonst bloß dumme Fragen.«

Um zwei Uhr nachts wurden Frankie und Deedee vom Klingeln des Telefons geweckt. Frankie nahm ab. »Ja?« Er rieb sich die Augen und hörte zu. »Lassen Sie sie rein.«

»Wer ist das?«, fragte Deedee, knipste das Licht an, und die beiden blinzelten sich schlaftrunken an.

»Max und Jamie. Was zum Teufel machen *die* denn zusammen?«

Deedee zog nachdenklich eine Augenbraue hoch. »Oh Mann, das muss ich mir abgewöhnen«, winselte sie. »Eines Tages bleiben die Falten für immer.« Sie strich sich über die Stirn, wie um sich zu versichern, dass die Falten weg waren. »Max ist sozusagen ihr Geschäftspartner«, sagte sie schließlich.

Frankie sah sie an. »Warum weiß ich das denn nicht?«

»Süßer, ich bemühe mich, dich nicht mit jedem Kleinkram zu belästigen. Du weißt doch, dass Jamies Zeitung finanzielle Schwierigkeiten hatte, da habe ich Max gebeten, ihr unter die Arme zu greifen.«

Frankies Blick wurde sanft. »Komisch, dass mich das gar nicht wundert. Meine kleine Deedee, immer darum bemüht, den Leuten das Leben einfacher zu machen. Was ich trotzdem nicht verstehe, ist, warum er sie mitten in der Nacht hierher bringt.«

»Hoffentlich nicht, um sie zu poppen. Ich hoffe, ich habe mit der Aktion nicht alles vermasselt.«

»Du hast es doch nur gut gemeint.« Frankie stieg aus dem Bett und zitterte vor Kälte. Er griff nach seinem Frotteebademantel. Deedee, die einen eng anliegenden, hauchdünnen Teddy trug, stand ebenfalls auf.

»Bleib doch ruhig im Bett, Kätzchen«, sagte Frankie, und sein Atem hinterließ in der kalten Luft eine Wolke. »Ich kümmer mich schon drum.«

»Ich kann doch nicht einfach liegen bleiben. Da ist doch irgendwas nicht in Ordnung, wenn die mitten in der Nacht hier auftauchen.« Deedee sah sich kurz im Spiegel über der Frisierkommode an. »*Iiuuh!* Mein Haar sieht ja schlimm aus. Ich muss Beenie wecken.«

»Lass ihn schlafen, Schatz. Dein Haar sieht wunderbar aus. Außerdem flippt Beenie aus und wirft all deine Bürsten ins Klo, wie letztes Mal, als er wütend war.«

Deedee schlüpfte in ihren Bademantel. »Ich weiß, er ist ganz schön temperamentvoll, aber das gehört wohl zu seiner Kreativität.«

Frankie zuckte mit den Schultern, öffnete die Tür und ließ sie als Erste hindurchgehen. »Hauptsache, du bist glücklich mit ihm. Ein paar Haarbürsten können wir uns noch leisten.«

Die Haushälterin kochte bereits Kaffee und machte Sandwiches für Max und Jamie, als Frankie und Deedee zu ihnen stießen. Deedee warf einen Blick auf Jamies bandagiertes Bein.

»Oh nein!«, rief sie. »Was hast du denn gemacht?«

»Ist nur ein kleiner Schnitt«, sagte Jamie. »Ich bin eher genervt als sonst was.«

»Es gab eine Schießerei bei der Zeitung«, sagte Max. »Bestimmt so ein Besoffener mit einer Knarre. Das Fenster ist zersplittert, und eine Scherbe hat Jamie am Bein getroffen. Der Sanitäter hat das mit ein paar Stichen genäht, keine große Sache.«

Deedee hielt sich die Hand vor die Brust. »Die hätten euch umbringen können!«

Jamie wusste, dass Max die Geschichte herunterspielte, um Deedee nicht zu sehr zu ängstigen. Frankie wollte sie unter allen Umständen schützen. Sie konnten aber unmöglich so tun, als sei gar nichts passiert, denn der Lokalsender würde ein halbes Jahr lang über nichts anderes berichten. Früher oder später würde Deedee es mitkriegen. »Genau, bestimmt so ein Redneck mit Opas Jagdbüchse, der mal ein bisschen angeben musste. Oder einer vom Quilt-Verein.«

»Ihr habt doch die Polizei gerufen, oder?«

Max nickte. »Die untersuchen das. Ich habe Jamie mit hergebracht, weil ich sichergehen wollte, dass mit ihrem Bein alles in Ordnung ist.«

Jamie bestätigte das. »Nur falls es wieder anfängt zu bluten«, sagte sie. »Ich habe keinen Verband mehr zu Hause, und die Geschäfte sind ja zu.«

»Gute Idee«, sagte Deedee und nahm Jamies Hand. »Mit erster Hilfe kenne ich mich aus, da habe ich mal einen Kurs gemacht. Und du brauchst dir überhaupt keine Sorgen zu machen. Hier wimmelt es nur so von Wachleuten.« Deedee sah ihren Mann liebevoll an, dann Max. »Und wir haben zwei große, starke Männer im Haus.«

Die Haushälterin stellte einen Teller Sandwiches vor Max und Jamie ab. »Möchte jemand Kaffee?«

Alle vier nickten.

»Und ihr glaubt, die Schießerei war reiner Zufall?«, fragte Frankie.

»Ich kann mir nicht vorstellen, warum es jemand auf einen von uns abgesehen haben sollte«, antwortete Max und sah Frankie dabei an. Die beiden tauschten stumme Botschaften aus. Frankie schien ihn zu verstehen, ließ sich aber nichts anmerken.

»Muss ja«, sagte Deedee. »So was liest man ja auch immer wieder. Nicht zu fassen, dass so viele Irre rumlaufen.«

Jamie biss von ihrem Sandwich ab. Sie hatte zwar überhaupt keinen Hunger, aber sie gab sich alle Mühe, sich ganz normal zu verhalten. »Super Hühnchensalat«, sagte sie zur Haushälterin. »Sie haben wohl gewusst, dass Max und ich solchen Kohldampf hatten.« Die Frau lächelte sie an.

Jamie sah von Frankie zu Deedee. »Die Mutter meines Redakteurs ist heute ins Krankenhaus eingeliefert worden. Max war so nett und hat mir geholfen, die Zeitung trotzdem rechtzeitig fertig zu kriegen.«

»Außerdem«, fuhr Deedee fort, als hätte sie die Unterhaltung gar nicht mitbekommen, »warum sollte jemand Jamie was antun wollen?«

Jamie zuckte die Achseln. »Die Einzige, die mich im Moment nicht leiden kann, ist Vera. Ich kann ihr keine Gehaltserhöhung geben.«

»Geh doch einfach wieder ins Bett, mein Herz«, schlug Frankie seiner Frau vor. »Ich sehe zu, dass ich Max und Jamie versorgt kriege.«

»Frankie hat Recht«, sagte Max. »Du siehst müde aus.«

Deedee sah reihum alle an. »Warum wollt ihr mich loswerden?« Als nicht sofort jemand antwortete, wurde sie misstrauisch. »Hier läuft doch irgendwas, oder? Irgendwas verschweigt ihr mir. Was denn?« Sie wartete nicht, bis jemand geantwortet hatte. »Das hat irgendwas mit Frankies Wahlkampf zu tun, oder? Oh Gott, ich wusste es.«

»Also, ich sehe da überhaupt keinen Zusammenhang«, sagte Max.

»Ach nein? Erst kriegen wir Drohbriefe, dann versucht jemand, dich und Jamie umzubringen. Warum sagt ihr mir das nicht gleich?«

»Ach, Schatz.« Frankie drückte ihr die Hand. »Das eine hat doch mit dem anderen nichts zu tun.«

»Reg dich ab, Schwesterherz«, sagte Max. »Jamie und ich waren nur zufällig zur falschen Zeit am falschen Ort.«

»Max hat Recht«, sagte Jamie. »Wir haben bei mir im Büro gearbeitet, das geht zur Hauptstraße raus. Wir waren einfach gute Zielscheiben.«

»Lamar wird den Schuldigen schon finden«, sagte Frankie.

Deedee war nicht überzeugt. »Also ich finde jedenfalls, bis sie ihn haben, sollte Jamie nicht zur Arbeit gehen. Was, wenn er wiederkommt?«

Jamie schüttelte den Kopf. »Da mache ich mir überhaupt keine Sorgen drum. Vera hat ihre Pistole immer dabei, und sie bringt es auch fertig, sie zu benutzen.«

»Du zitterst ja, Jamie«, sagte Max.

»Herrje«, sagte Deedee. »Wahrscheinlich hat sie einen Schock, die Arme.«

Jamie wusste, dass Deedee die Klimaanlage wegen ihrer Hitzewallungen immer nur auf knapp über null Grad stehen hatte, aber das wollte sie jetzt nicht erwähnen, da sie wusste, wie empfindlich ihre Freundin auf das Thema reagierte. Sie hatte im ganzen Leben nicht so gefroren. Für eine warme Höhle hätte sie mit einem Bären gekämpft. »Ist schon okay«, behauptete sie.

»Süße, ich bring dich nach oben und stecke dich ins Bett«, bot Deedee an. »Du kannst so lange schlafen, wie du willst.«

Frankie wartete, bis er und Max allein waren. »Danke«, sagte er dann.

»Keine Ursache«, sagte Max.

Frankie lehnte sich im Sessel zurück. »Und jetzt erzähl mal, was wirklich passiert ist.« Max wartete, bis die Haushälterin ihre Kaffeetassen aufgefüllt hatte und ins Bett gegangen war. »Will noch jemand außer dem Bürgermeister nicht, dass du die Wahl gewinnst?«

»Vielleicht haben ein paar von seinen Spezis Angst um ihren Job. Das ist alles ein einziger Klüngel da. Die Leute, die diese Stadt regieren, sind alle miteinander verwandt oder verschwägert. Vielleicht wollen die mir einen Schrecken einjagen.«

»Wer da geschossen hat, hatte was anderes im Sinn, als jemanden ein bisschen zu erschrecken, Frankie. Es geht hier um versuchten Mord.« Max beschrieb, was für eine Waffe benutzt worden war.

»Sag das bloß nicht Deedee«, sagte Frankie.

»Ich weiß doch, dass du alles Unangenehme von meiner Schwester fernhalten willst«, sagte Max,

»aber früher oder später bekommt sie das doch raus, und dann wird sie bestimmt sauer, dass du es ihr nicht gesagt hast.« Er kicherte. »Womöglich nimmt sie dann erst mal Schießunterricht.«

»Davor habe ich jetzt schon Angst.«

Max grinste. »Sie kann einen immer noch ganz schön auf Trab halten. Wie dem auch sei – ich kann dir gern bei deinen Nachforschungen helfen, wenn du willst. Es riecht wirklich alles nach schmutzigem Geld. Und ich glaube, du hast in ein Wespennest gestochen, als du sagtest, du willst wissen, wo die Steuergelder geblieben sind. Wenn deswegen jemand einen Mord begeht, kannst du wetten, dass es ernst ist.«

»Aber warum haben sie es dann auf dich und Jamie abgesehen?«

»Weil sie an dich nicht rankommen, mit deinem ganzen Wachpersonal hier. Und wer auch immer dahintersteckt, er wird sich denken können, dass ich dir bei deinen Nachforschungen helfen will. Die wissen, dass ich die Möglichkeiten habe, das gründlich zu machen.«

»Das läuft hier reichlich anders als beim Wrestling«, sagte Frankie. »Da konnte ich den Ring und meinen Gegner wenigstens sehen.« Er schüttelte traurig den Kopf. »Was kann ich denn tun?«

Jamie merkte, dass sie beobachtet wurde. Sie öffnete die Augen und setzte sich ruckartig im Bett auf. »Was, zum Teufel, …?«

Beenie kreischte und fiel beim Zurückspringen fast über seine eigenen Füße. »Oh, Himmel, Sie haben mich fast zu Tode erschreckt!«, rief er. »Mein Herz macht pochpoch, pochpoch! Ich hätte mir fast ins Höschen gemacht!«

»Beenie, schleichen Sie sich nie wieder so an mich ran«, sagte Jamie und zog einen Baseballschläger unter ihrer Bettdecke hervor. »Sie haben noch Glück gehabt, dass ich Ihnen nicht das Gehirn rausgehauen habe.«

Er betrachtete den Schläger, streckte eine Hüfte heraus und stemmte den Arm hinein, als sei er verstimmt. »Wo haben Sie den denn her?«

»Hat Deedee mir gegeben. Gibt es irgendeinen Grund, warum Sie sich ohne Anklopfen in mein Zimmer schleichen?«

»Mr Fontana hat mich gebeten, mal nachzusehen, ob Sie schon wach sind.«

»Jetzt ja. Was ist denn?«

»Ich mische mich ja nicht in andererleuts Angelegenheiten ein.«

»Ich warte, Beenie.«

»Okay, okay, Ihr Verlobter ist hier.«

»Phillip? Hier?«

»Ja, und er sieht ganz schön edel aus heute, er trägt einen dunkelblauen Nadelstreifenanzug und ein knackiges, weißes Oberhemd, das seine Bräune gut rausbringt. Allerdings versteht der Mann ja ü-ber-haupt nichts von Krawatten. Seine ist bordeaux, du liebe Güte!« Beenie seufzte. »Aber was soll ich machen? Ich habe nun wirklich genug Andeutungen gemacht. Also jedenfalls, er wirkt besorgt.«

»Wie spät ist es?«

»Sieben.«

Jamie stieg aus dem Bett, ungeniert im dünnen Nachthemd. »Sagen Sie ihm, ich bin gleich unten.«

»Okay, aber das ist eigentlich nicht mein Job, dafür werde ich nicht bezahlt. Wenn Sie mich fragen, ist die Haushälterin, die die hier haben, eine faule Schlampe.«

Jamie ignorierte ihn, griff nach ihrem Morgenrock und Beenie eilte davon. Während sie sich den Morgenrock überzog, betrachtete sie ihr Haar und ihre Gesamterscheinung im Spiegel. Unten fand sie Phillip bei einer Tasse Kaffee im Esszimmer, ins Gespräch mit Max und Frankie vertieft. Diesmal war sein erdbeerblondes Haar perfekt gekämmt.

»Jamie!« Phillip stand auf und nahm sie fest in

den Arm. »Ich bin sofort hergekommen, als ich es gehört habe. Geht's dir gut?«

»Ist nur ein kleiner Schnitt, Phillip«, sagte sie und genoss das Gefühl seiner glatt rasierten Wange an ihrer. Seine grauen Augen schauten besorgt. »Es ist wirklich keine große Sache. Woher weißt du es denn überhaupt schon?«

»Vera hat mich angerufen. Sie ist heute früh ins Büro gegangen und hat die Absperrbänder von der Polizei gesehen. Sie hat versucht, dich zu Hause zu erreichen, dann hat sie es bei mir probiert, und ich habe dann Lamar angerufen. Er hat mir erzählt, was passiert ist und dass du hier bist.«

Jamie hatte vorgehabt, Vera anzurufen, sobald sie eine Tasse Kaffee getrunken hatte. Sie wusste ja, wie sehr Vera sich um sie sorgte. »Dann weiß Vera, dass es mir gut geht, ja?«

»Ja. Ich habe sie gleich nochmal angerufen und ihr versprochen, sofort hierher zu fahren. Meine Mutter flippt auch total aus. Sie hat gesagt, ich soll dich sofort zu uns nach Hause bringen. Da bist du sicher.«

Das war das Letzte, was Jamie jetzt gebrauchen konnte. Annabelle würde so ein Gewese um sie machen, dass Jamie keine Minute Ruhe hätte. Die Frau würde darauf bestehen, dass sie das Haus nicht verließ. Jamie wäre gezwungen, Dinge wie Leberpastete und diese winzigen Gurkensandwiches zu essen, die sie nicht mochte, und Annabelle würde jedes noch so nebensächliche Detail der Hochzeit mit ihr durchdiskutieren. Jamie warf Frankie einen flehenden Blick zu.

»Jamie ist uns hier herzlich willkommen, so lange sie möchte«, sagte er. »Hier wimmelt es von Wachmännern, und ich will noch mehr einstellen. Unter diesen Umständen glaube ich, hier ist es am sichersten für sie.«

Jamie dankte ihm stillschweigend.

»Das musst du entscheiden, Schatz«, sagte Phillip, »aber du weißt, dass du uns jederzeit willkommen bist.« Er machte eine Pause. »Bald wohnst du sowieso bei uns. Dann haben wir einen ganzen Flügel nur für uns.«

Jamie hatte böse Befürchtungen, wie es sein würde, auf dem Anwesen der Standishs zu wohnen, aber sie hatte beschlossen, es zu versuchen, denn die Familie hatte Reinigungspersonal, und für Hausarbeit hatte Jamie überhaupt keine Zeit. Sie war zwar auch nicht besonders scharf darauf, sich zum Abendessen schick machen zu müssen, aber in Anbetracht der Tatsache, dass dafür jemand anderes kochte und hinterher sauber machte, war das Opfer nicht allzu groß.

Die Haushälterin bot Jamie eine Tasse Kaffee

an, die sie gerne annahm. »Möchtest du was essen?«, fragte Frankie und deutete auf eine Platte mit frisch geschnittenem Obst und einen Korb mit Milchbrötchen und Bagels. »Wenn du willst, kann der Koch dir auch noch Eier und Speck braten.«

Jamie schüttelte den Kopf. »Ich bin keine große Frühstückerin.«

Frankie kicherte. »Deedee auch nicht. Aber das liegt daran, dass sie bis mittags schläft.«

Jamie setzte sich neben Phillip. Sie sah über den Tisch und bemerkte, dass Max sie neugierig beäugte. »Phillip, hast du Frankies Schwager Max Holt schon kennen gelernt?«

Phillip lächelte. »Ja. Er hat mir erzählt, dass er dir gestern Abend mit der Zeitung geholfen hat, als die Sache passiert ist. Gut, dass du bei der Schießerei nicht allein warst.«

»Er hat dir bestimmt nicht erzählt, dass er mir das Leben gerettet hat.«

Phillip war überrascht. »Nein.«

»Wenn er mich nicht zu Boden geworfen hätte, als das losging, wäre ich jetzt völlig durchsiebt.«

»Da bin ich Ihnen wohl zu Dank verpflichtet«, sagte Phillip an Max gerichtet.

Max sah Phillip nicht an. Er betrachtete mit amüsiertem Blick Jamie. »War mir ein Vergnügen.«

»Hat schon irgendwer eine Vorstellung, warum geschossen worden ist?«, fragte Phillip. »Glaubt ihr, das hat politische Gründe?«

»Das müssen wir noch rauskriegen«, sagte Max.

Frankie sah Jamie an. »Hättest du dich bloß nicht hinter mich gestellt. Nicht, dass ich das nicht zu schätzen wüsste, aber womöglich hast du dich damit in Gefahr gebracht. Vielleicht ist es besser, du verhältst dich ab sofort neutral.«

»Ich habe in meinem ganzen Leben noch keinen neutralen Gedanken gehabt«, sagte sie. »Da werde ich jetzt nicht damit anfangen.«

Frankie seufzte schwer. »Vielleicht ist derjenige ja auch hinter Max her«, sagte er. »Ich habe angekündigt, nach den verschwundenen Steuergeldern zu forschen. Die Leute werden davon ausgehen, dass Max hier ist, um mir zu helfen, und wer schon mal irgendwas von ihm gehört hat, weiß auch, dass er in der Lage ist, an die nötigen Informationen ranzukommen. Vielleicht habe ich euch beide in Gefahr gebracht«, fügte er hinzu und schüttelte den Kopf.

»Ich sorge dafür, dass Sie alle Unterstützung bekommen, die Sie brauchen, was die Steuersache betrifft«, versprach Phillip Max. »Das ist das Mindeste, was ich für den Mann tun kann, der sein

Leben riskiert hat, um das meiner Verlobten zu retten.«

Auf der Treppe erschien die müde Deedee wie eine Prinzessin, gefolgt von Beenie, der ihr weißes Schoßhündchen trug und Deedee langsam hinunterhalf, als fürchte er, sie könne fallen. Er trug Freizeitkleidung, eine weiße Segelhose mit messerscharfer Bügelfalte und dazu ein dunkelblaues Hemd von Ralph Lauren.

»Was ist denn hier los?«, fragte Deedee. »Wieso seid ihr denn alle schon auf? Ihr esst doch wohl um diese Uhrzeit noch nichts, oder?« Sie schauderte.

Frankie sprang auf und legte den Arm um seine Frau. »Du hättest doch nicht aufzustehen brauchen, mein Herz!«

»Ich hab eure Stimmen gehört, da habe ich befürchtet, es ist schon wieder was passiert.«

»Unsere Jamie ist hier so sicher, wie es geht«, sagte Frankie und schob ihr einen Stuhl zurecht. »Sieh mal, Schatz, Phillip ist da.«

Deedee lächelte schwach. »Dann hast du es wohl schon gehört, oder?«

Phillip nickte. »Gleich als Erstes heute Morgen.«

Beenie verschwand mit Choo-Choo in der Küche. Als er zurückkam, brachte er eine Tasse mit

Deedees geliebtem Frappuccino mit. »Ich gehe schon mal mit Choo-Choo seine Morgenrunde drehen.«

»Wir haben uns schon so lange nicht mehr gesehen, Phillip«, sagte Deedee. »Ihr kommt ja gar nicht mehr zum Essen zu uns.«

»Ich würde ja gern öfter kommen, aber Jamie hat mit der Zeitung immer so viel um die Ohren. Einer der Nachteile, wenn man mit einem Workaholic verlobt ist«, fügte er lächelnd hinzu. Er langte über den Tisch und drückte Jamie die Hand. »Versuch du mal, Flitterwochen in ihrem Terminkalender unterzubringen.«

»Du musst gerade reden«, sagte Jamie.

»Ich hoffe, ihr fahrt das ein bisschen runter, wenn ihr erst mal verheiratet seid«, sagte Frankie. »Nehmt euch doch mal Zeit für die schönen Dinge des Lebens.«

Phillip kicherte. »Ich bestehe darauf, dass Jamie sofort aufhört zu arbeiten und dem Gartenclub beitritt. Dann kann sie meine Mutter zu all den Tee-Empfängen und Lunch-Veranstaltungen begleiten.« Er sah Jamie an. »Du wirst ja sicher ihre Wohltätigkeitsarbeit unterstützen wollen.«

»Ja, klar, Phillip«, murmelte Jamie, obschon sie wusste, dass er sie nur aufzog. »Am besten lade ich den Gartenclub gleich zu mir ein, dann können die gleich mal sehen, wie es um meinen grünen Daumen steht.«

Zufällig sah sie in Max' Richtung. Er lächelte sie verschwörerisch an. Sie nahm an, dass ihm klar war, dass sie niemals damit zufrieden wäre, zu Hause zu sitzen und die Gastgeberin zu spielen oder einem Kleingärtnerverein vorzustehen.

»Jamie ist ganz schön ehrgeizig«, sagte Deedee. »Finde ich klasse.«

»Ich bin auch sehr stolz auf sie«, sagte Phillip, »aber ich würde mich auch freuen, wenn sie das Leben mehr genießen würde. Ich habe vor, sie zu verwöhnen.«

Wieder spürte Jamie Max' Blick auf sich. »Lass gut sein, Phillip. Ich finde es wunderbar, meine eigene Zeitung zu haben.«

Er tätschelte ihr die Hand. »Weiß ich doch.« Dann sah er auf die Uhr. »Oh-oh, ich habe in einer halben Stunde einen Mandanten. Bist du sicher, dass alles okay ist?«, fragte er Jamie.

»Alles bestens. Geh zur Arbeit, und mach dir um mich keine Sorgen.«

»Willst du heute ins Büro?«, fragte er.

»Wahrscheinlich muss ich erst mal mit Lamar sprechen.«

»Ruf mich einfach auf dem Handy an.« Phillip küsste sie sanft. »Frankie, Deedee, danke für den

Kaffee. Max, war nett, Sie kennenzulernen. Rufen Sie mich doch mal an, dann gehen wir auf einen Drink in meinen Club.«

Max nickte.

Frankie begleitete Phillip zur Tür. Als er wiederkam, hatte er die Zeitung dabei. »Weder Regen noch Hagel noch eine Schießerei hindern unsere Zeitung am Erscheinen.«

Jamie trank noch eine Tasse Kaffee, während Frankie die Zeitung las. Sie fürchtete sich davor, Vera anzurufen, weil sie genau wusste, dass sie Jamie irgendwie für die Schießerei verantwortlich machen würde.

»Gibt es irgendwelche Sonderangebote, Schatz?«, fragte Deedee.

Frankie schaute nach. »Oh ja, Bates' Furniture macht Räumungsverkauf. Alles zum halben Preis. Ich weiß aber nicht, ob sie französische Landhausmöbel haben.«

Jamie sah von ihrem Kaffee auf. »Was hast du gesagt?«

»Und Beaumont Paints macht Ausverkauf wegen Geschäftsaufgabe«, fügte Frankie hinzu. »Ich wusste gar nicht, dass die zumachen. Könnte eine gute Gelegenheit sein, hier mal wieder zu streichen, Deedee.« Er zwinkerte Max zu.

»Lass mich mal sehen«, sagte Jamie und griff

nach der Zeitung. Die beiden Anzeigen nahmen zusammen eine ganze Seite ein. »Oh nein!«

»Was ist denn?«, fragte Max.

»Diese Anzeigen habe ich nie gesehen.«

Er stand auf, ging um den Tisch herum und sah ihr über die Schulter. »Das sind die beiden Anzeigen, die ich im letzten Moment noch reingemacht habe, hab ich dir doch gesagt. Hat Vera mir noch in die Hand gedrückt, als sie gegangen ist.«

Aus Jamies Gesicht schwand jegliche Farbe. »Verdammter Mist!«

»Was ist denn, Süße?«, fragte Deedee.

»Nicht zu fassen, dass sie mir so was antut«, sagte Jamie. »Ich bringe sie um. Ich erschieße sie mit ihrer eigenen Knarre, aber echt jetzt. Dann sieht es aus wie Selbstmord.«

»Ahne ich da irgendein Problem?«, fragte Max.

Jamie erklärte kurz, was passiert war.

Max starrte sie ungläubig an. »Ihr habt extra für meinen Besuch alles streichen und neu möblieren lassen? Wieso das denn?«

»Weil du nicht sehen solltest, wie es bei uns aussah.«

»Du meinst, vorher sah es noch schlimmer aus?«

Sie warf ihm einen vernichtenden Blick zu, erklärte aber weiter. »Vera hat Tom und Herman gebeten, na ja, also eigentlich eher gezwungen, alles ein bisschen aufzumöbeln, und das war dann die Rache der beiden.«

»Oh, Jamie«, gurrte Deedee und tätschelte ihr die Hand. »Das hätte ich doch für dich gemacht.«

Jamie konnte sich lebhaft vorstellen, was dabei herausgekommen wäre, wenn Deedee das übernommen hätte, und schämte sich sofort für diesen Gedanken. »Dafür verklagen Tom und Herman mich, die machen mich fertig. Ich muss meinen Rechtsanwalt anrufen.«

»Lass mich mal erst mit den beiden reden«, sagte Max.

Beenie fegte mit Choo-Choo durch die Schwingtüren. »Hier ist deine Mama«, erklärte er dem Hündchen und legte es in Deedees ausgestreckte Arme.

»Hat er gemacht?«, fragte sie.

»Oh ja! Choo-Choo ist so ein braver Junge. Ich hab ihm sein Leckerli gegeben, ihm die Zähne geputzt und das Fell gebürstet und ihn mit Hunde-Deo eingesprüht.«

»Mama ist sehr stolz auf ihren kleinen Jungen«, rief Deedee und küsste den Köter auf die Nase.

Plötzlich gähnte sie. »Ich gehe wieder ins Bett. So früh am Morgen kann ich keine Krisen gebrauchen. Außerdem merke ich, dass ich schon wieder Ringe unter den Augen kriege.«

»Ich hole dir eine Augenmaske aus dem Tiefkühler«, sagte Beenie und eilte durch die Schwingtür wieder davon.

Deedee wandte sich mit sehr bestimmtem Gesichtsausdruck an Jamie. »Süße, ich bestehe darauf, dass du eine Weile bei uns bleibst. Mindestens bis wir den Typen gefunden haben, der gestern dein Fenster zerschossen hat.«

»Ach was, ich komme schon zurecht«, sagte Jamie.

Deedee sah ihren Mann an. »Frankie, tu was, damit sie hier bleibt.«

»Bleib hier«, sagte Frankie. »Deedee macht sich sonst solche Sorgen.«

»Wir können ja nachher bei dir zu Hause vorbeifahren, dann kannst du ein paar Klamotten holen«, bot Max an. »Ich muss sowieso in die Stadt.«

Jamie überlegte, ob sie bei den Fontanas bleiben sollte. In der Nacht zuvor hatte sie Angst gehabt, aber jetzt, da die Sonne ins Esszimmer fiel, hatte sie das Gefühl, dass alles gut werden würde. Außerdem war sie gern zu Hause. »Ich habe keine Angst, allein zu sein«, sagte sie.

Deedee beugte sich zu ihr. »Du weißt doch genau, dass Phillip ausflippt, wenn du bei dir zu Hause bleibst«, sagte sie verschwörerisch. »Er und Annabelle werden bei dir aufmarschieren und dich zu sich nach Hause schleppen. Da kannst du nicht in Jeans rumlaufen, das passt da nicht. Da musst du Kleider tragen.«

»Iiuuh!«, sagte Jamie.

»Tja, ich wusste doch, dass ich dich damit kriege. Übrigens, du hast einen Baseballschläger unterm Bett und ich habe ein Nudelholz auf dem Nachttisch. Uns kann keiner was!«

Jamie sah Max an. Sein Lächeln sagte ihr, dass er sich freute, wenn sie blieb. Sie würde Max Holt unbedingt auf seinen Platz verweisen müssen.

FÜNF

Als Jamie die Nummer der Polizei wählte, versuchte sie lieber nicht daran zu denken, dass Tom und Herman womöglich schon Anzeige gegen sie erstattet hatten. Sie wurde gleich zu Lamar durchgestellt, der ihr versicherte, sie könne das Gebäude jetzt wieder betreten.

»Meine Leute sind jetzt da und gucken sich nochmal um, ob wir gestern Nacht auch nichts übersehen haben. Wir werden die Zeitung noch ein paar Tage im Auge behalten. Außerdem muss ich noch Ihre Angestellten befragen, wenn das okay ist.«

»Ja, klar.« Jamie legte auf und rief Vera an, die beim ersten Klingeln abnahm.

»Diesmal musst du ja irgendwen richtig auf die Palme gebracht haben«, sagte Vera, bevor Jamie den Mund aufmachen konnte. »Was, zum Teufel, hast du angestellt?«

»Vera Bankhead, wag es nicht, so auf mich loszugehen. Bist du völlig verrückt geworden? Du bist schuld, wenn Tom und Herman mich anzeigen!«

»Ach, das«, sagte Vera, als sei das keine große Sache. »Das trauen die sich doch gar nicht.«

Sie klang allerdings nicht besonders überzeugt.

»Du wirst eine Berichtigung und eine Entschuldigung veröffentlichen. Aber zuerst gehst du zu Tom und Herman in die Läden und entschuldigst dich persönlich.«

»Und wenn ich das nicht tue?«

Jamie verschlug es die Sprache. Sie liebte Vera wie eine Mutter, aber diesmal war sie zu weit gegangen und hatte die Zeitung in eine heikle Lage gebracht. Trotzdem konnte sie sie nicht rausschmeißen. Sie holte tief Luft. »Dann bekommst du die Gehaltserhöhung nicht, die ich dir zusammen mit dem neuen Titel geben wollte.«

»Du hast nie was von einer Gehaltserhöhung oder einer Beförderung gesagt.«

»Ich wollte dich überraschen.«

Einen Moment lang war es am anderen Ende der Leitung still. »Was wäre mein neuer Titel?«

Jamie seufzte. »Redaktionsassistentin. Ich will, dass du enger mit Mike und mir zusammenarbeitest. Vor allem mit Mike.«

Vera schien darüber nachzudenken. »Ich überlege es mir.«

»Und wenn der Teilzeittyp nicht langsam mal

besser arbeitet, könntest du den Anzeigenverkauf übernehmen.«

»Und wie hoch soll die Gehaltserhöhung sein?«

»Sage ich dir, sobald ich die Finanzen überblicke. Aber erst musst du dich bei Tom und Herman entschuldigen.«

Vera nuschelte etwas in ihren nicht vorhandenen Bart. »Ich werde mal sehen, was sich machen lässt.«

Jamie kam in Deedees Jeans, die ihr ein bisschen zu eng waren, und einem Baumwollpullover, der sich hübsch um ihre Brüste schmiegte, die Treppe hinunter.

Max lächelte, als er sie sah. »Bist du fertig?«

Jamie nickte und folgte ihm zu seinem Wagen. »Ich habe mit Lamar gesprochen«, sagte sie, als sie unterwegs waren. »Er hat ein paar Leute abgestellt, die mein Büro bewachen.«

Max nickte. »Muffin, aufwachen! Wir haben zu tun.«

»Dir auch einen wunderschönen guten Morgen, Max«, antwortete Muffin. »Mir geht's gut und dir?«

Jamie konnte ihre Verblüffung nicht verbergen. »Die ist ja richtig sarkastisch.«

»Guten Morgen, Miss Swift«, sagte Muffin. »Ich hoffe, Sie haben gut geschlafen, nach dem ganzen Theater gestern Nacht.«

Jamie glotzte verdattert. »Ehm, ja, äh, geht schon, danke.« Sie vergrub das Gesicht in den Händen. »Ich spreche mit einem Computer.«

»Immerhin ist sie nett zu dir«, sagte Max. »Okay, Muffin, genug Höflichkeiten ausgetauscht, kannst du mir bitte die Nummer von Bates' Furniture raussuchen? Ich will mit Herman Bates sprechen.«

»Yeah, yeah, yeah.«

»Was hast du vor?«, fragte Jamie Max.

»Ich will zwei Fliegen mit einer Klappe schlagen. Wir brauchen neue Möbel, und wir müssen Herman Bates und dem anderen Typen in den Hintern kriechen.«

»Tom Brown.«

»Genau.«

»Ich kann mir keine Renovierung leisten.«

»Aber ich. Außerdem kann ich das von der Steuer absetzen.«

Jamie schüttelte den Kopf. »Neben dir und Vera habe ich wohl echt nichts mehr zu melden.«

»Ich habe Herman Bates in der Leitung, Max«, sagte Muffin. »Die Brüder Bates scheinen die Stadt fest im Griff zu haben. Es gibt einen Bates'

Computer- und Büroladen, Bates' Furniture und Bates' Baumarkt.«

»Da hat Muffin Recht«, sagte Jamie. »Den Bates gehört die halbe Stadt. Sie haben die Macht und die Möglichkeit, mich vom Angesicht der Erde zu tilgen.«

»Und jetzt müssen wir rauskriegen, wie geizig sie sind. Muffin, stell Mr Bates bitte durch.«

Eine brummige Stimme meldete sich.

»Guten Morgen, Mr Bates«, sagte Max. »Tut mir Leid, dass Sie warten mussten.«

»Spricht da Maximilian Holt?«, fragte er. »Der immer die dicken Geschäfte macht, über die dann in *Fortune* berichtet wird?«

»Jep, das bin ich.«

»Alter Schwede. Was kann ich für Sie tun?«

»Nun ja, Herman, wo ich gerade hier in der Stadt bin, würde ich gern ein paar Geschäfte mit Ihnen und Ihrer Familie machen.«

»Da sind Sie bei mir an der richtigen Adresse.«

»Ich bin dabei, ein Unternehmen komplett zu renovieren. Großes Gebäude mit Büros und so. Da brauche ich zuerst mal einen guten Bauunternehmer und Leute für den Innenausbau, und es muss alles innen und außen gestrichen werden, eigentlich das komplette Programm, bevor wir neue

Teppiche und Möbel reintun können. Ach ja, und dann brauche ich Computer, topaktuelle Geräte natürlich. Außerdem vielleicht noch ein paar spezielle Bürogeräte.«

»Meine Brüder und ich sind auf all Ihre Bedürfnisse eingerichtet«, sagte der Mann stolz. »Um welches Gebäude geht es denn?«

»Die *Beaumont Gazette*.« Max wartete ab.

»Ach, die *Gazette*? Ich fürchte, mit denen mache ich keine Geschäfte mehr. Die sind total verrückt. Ich habe gleich einen Termin bei meinem Anwalt wegen eines kleinen Problems mit dem Laden.«

Jamie zuckte zusammen. Sie würde die Zeitung einstellen müssen.

»Ach, das ist aber schlecht, Herman. Ich hatte auf Sie gezählt. Können Sie mir vielleicht jemand anderes nennen, der das übernehmen kann?«

Herman war einen Moment lang still. »Also gut. Ich weiß zwar nicht, was für Verbindungen Sie zu dem Blatt haben, aber Sie klingen ja ganz vernünftig. Kommen Sie doch gleich bei mir im Laden vorbei, bevor ich aufmache. Heute werden eine Menge genervte Kunden hier aufkreuzen, sobald ich öffne, da kann ich mich nicht mehr um Sie kümmern.«

»Ja, ich weiß Bescheid wegen der Anzeige«, sagte Max. »Ich fürchte, das war ein Scherz, aber ich kann Ihnen versichern, dass Miss Swift damit nichts zu tun hatte.«

»Das ändert nichts an der Sache«, sagte Herman. »Sie ist für das verantwortlich, was in der Zeitung steht.« Er machte eine kurze Pause und sprach dann etwas milder gestimmt weiter. »Ich habe natürlich gehört, was dort letzte Nacht passiert ist. Das tut mir Leid.«

»Danke, Herman. Ich habe eine Idee, wie Sie die wütende Kundenmeute fernhalten können.«

»Ach ja?«

»Hängen Sie einen Trauerflor an die Tür.«

»Wie bitte?«

»Es kann doch niemand was dagegen sagen, wenn der Laden zu ist, weil ein Familienmitglied verstorben ist.«

Herman kicherte. »Der ist neu.«

»Sie haben doch bestimmt irgendwo eine alte Tante oder einen Onkel, den Sie betrauern können.«

»Da machen wir aber Verlust bei.«

»Das kriegen Sie durch meinen Auftrag locker wieder rein. Können Sie wetten.«

»Es ist jetzt halb neun. Kommen Sie doch einfach vorbei, dann können wir weiterreden.«

»Ich bin in zwanzig Minuten da.«

Muffin beendete das Gespräch. »Also, das beweist jedenfalls zwei meiner Theorien«, sagte sie. »Jeder ist käuflich.«

»Und die andere?«

»Du hast kein Herz. Einen Trauerflor an die Tür hängen. Das ist echt geschmacklos, Max.«

Jamie nickte. »Da hat sie Recht.«

»Okay, ich bin vielleicht manchmal skrupellos, aber damit verhindern wir immerhin eine Anzeige und kriegen die Zeitung renoviert. Für uns zahlt sich das doch klar aus. Ach ja, Muffin. Ich will ein paar Wachmänner im *Gazette*-Gebäude haben, und zwar fix. Falls Frankie nicht schon die ganze Stadt angeheuert hat«, fügte er hinzu. »Und wie weit bist du mit der anderen Sache? Fast fertig?«

Muffin seufzte. »Ich bin dran, Max, aber das dauert eine Weile. Das ist keine leichte Aufgabe, und ich werde rund um die Uhr von Technikern mit Informationen versorgt. Dauernd ›Muffin, tu dies‹, ›Muffin, tu das‹. Ich kann doch nicht alles machen. Ich brauche einen Assistenten, und zwar einen männlichen mit britischem Akzent.«

Jamie sah von Max zu Muffin und wieder zurück zu Max. »Womit hast du sie denn beauftragt?«

»Sie überprüft die Konten, hier und im Ausland, von der Hälfte der Einwohner dieser Stadt.«

»Und diese Informationen soll ich mal eben ausspucken«, sagte Muffin. »Ich bin gut, sogar saugut, aber was er da von mir verlangt, ist schlicht unmöglich.«

»Wessen Konten überprüfst du denn?«, fragte Jamie.

»Erst mal die der städtischen Beamten«, sagte Max. »Man kann keine Steuergelder veruntreuen, ohne dass die hohen Tiere mit drinstecken.«

»Und sagst du mir dann, was du rauskriegst?«

»Ich weiß nicht, ob du vertrauenswürdig bist.«

»Ach, hau doch ab, Holt.« Sie bemerkte seinen amüsierten Blick, aber Jamie fand das überhaupt nicht witzig. »Langsam gehst du mir *wirklich* auf den Keks.«

»Willkommen im Club«, sagte Muffin. »Ich muss ihn jeden Tag ertragen.«

»Komm schon, Muffin«, sagte Max. »Nachher denkt Jamie noch schlecht von mir, und dann kriege ich sie nie rum, obwohl sie sich so zu mir hingezogen fühlt.«

Muffin schnaubte.

Jamie sah ihn nur an. »Du hältst dich wohl für ganz schön toll, oder? So was habe ich ja noch nie erlebt.«

»Denk doch mal drüber nach, Jamie. Du und ich, weißer Sandstrand, kristallklares Wasser und …«

»Und die Erde ist eine Scheibe.«

Max lachte laut auf. »Ich mag es, wenn Frauen

nicht so leicht zu haben sind. Ich liebe die Herausforderung.«

Jamie schüttelte ungläubig den Kopf und sah aus dem Seitenfenster.

»Also, was meinst du?«, fragte er. »Meinst du, wir könnten mehr als Freunde sein?«

»Du bist reichlich anmaßend«, antwortete sie. »Ich habe nie gesagt, dass ich mit dir befreundet sein will. Außerdem, reicht es dir nicht, dass du alle möglichen Frauen haben kannst? Musst du unbedingt *jede* rumkriegen?«

»Du bist nicht ›jede‹, Jamie. Ganz sicher nicht.«

»Du kennst mich doch überhaupt nicht.«

»Ich weiß genug über dich. Ich weiß, dass du eine toughe Frau bist, die nicht lange fackelt und ihr Ding durchzieht, egal, was kommt.«

»Ich bin geschmeichelt, Max, aber an keiner Affäre interessiert. Ich glaube an Liebe und Monogamie, Begriffe, die in deinem Vokabular offensichtlich nicht vorkommen.«

»Du schätzt mich völlig falsch ein.«

»Ich lese die *People*.«

»Ach, Süße, du kannst doch nicht alles glauben, was du so liest. Ich gebe ja zu, dass ich ein paar Affären hatte, aber ich bin echt ein netter Kerl.«

»Dieses ganze Gespräch ist nutzlos, Max. Ich bin verlobt.«

»Ich kann mir nur nicht vorstellen, wie du mit jemandem wie Phillip Standish verheiratet sein sollst.«

»Was hast du denn gegen Phillip?«

»Er wohnt noch bei seiner Mutter, das ist schon mal das eine.«

»Er wohnt auf dem Familiensitz, den er eines Tages erben wird.«

»Er kommt mir so …«, Max machte eine Pause, »vorhersehbar vor.«

»Ich mag das.«

»Aber du liebst doch auch das Risiko, genau wie ich. Du hast bis zum Anschlag Hypotheken auf dein Elternhaus aufgenommen, um die Zeitung zu retten. Das erfordert schon Mut.«

Sie sah ihn an. »Woher weißt du das denn?«

»Überrascht es dich, dass ich mir deine Finanzen angesehen habe, bevor ich in dein Unternehmen investiert habe?«

»Was weißt du sonst noch?«

»Ich weiß, dass du eine der besten Journalisten-Schulen des Landes besucht und zu den besten fünf Prozent deines Jahrgangs gehört hast. Ich weiß auch, dass man dir eine Stelle bei der *Atlanta Journal-Constitution* angeboten hat, du aber nach Beaumont zurückwolltest.«

»Ich gehöre hierher. Es ist mein Zuhause. Ich

habe eine Weile gebraucht, um das zu kapieren, aber es ist so.«

Er fuhr auf den Parkplatz vor der *Beaumont Gazette* und stellte den Wagen ab.

Jamie fuhr fort: »Ich verstehe ja, dass du die Solvenz meiner Firma überprüft hast. Hätte ich auch gemacht. Aber in meinem Privatleben rumzuschnüffeln geht zu weit.«

»Das würde ich nie tun«, antwortete Max.

»Danke.«

»Max, kann ich mal mit dir sprechen?«, fragte Muffin.

»Später«, sagte er.

Jamie stieg aus dem Wagen und schlug die Tür zu. Sie ging an einem Streifenwagen vorbei. Darin lag ein Beamter auf dem Sitz, die Kappe ins Gesicht gezogen. Jamie klopfte ans Fenster, der Mann zuckte zusammen und griff nach seiner Pistole.

»Herrgott, Jamie, wollen Sie, dass ich Sie erschieße?«

»Wachen Sie auf, Fred. Sie sollen das Gebäude doch bewachen. Wenn Sie schlafen wollen, können Sie das genauso gut in der Sitznische bei Coot Hathaways Dougnut Shop machen.«

»Jetzt machen Sie mal halblang«, sagte er. »Ich sitze hier schon die ganze Nacht.«

»Tja, na ja, ich habe auch nicht gerade viel geschlafen.«

Max folgte Jamie ins Gebäude. Einige Angestellte waren bereits da und nahmen den Schaden in Augenschein. Vera war mit den Telefonen beschäftigt und reichte Jamie einen Stapel Nachrichten. Sie legte die Hand über die Muschel. »Das Scheißding hat den ganzen Morgen geklingelt. Ich hab versucht, die Schießerei runterzuspielen. Ich erzähle allen, das wäre ein entflohener Häftling gewesen, der einbrechen wollte, weil er was zu essen gesucht hat.«

Jamie plumpste auf einen Stuhl. »Tolle Idee, Vera. Das nächste Mal, wenn ich Lust auf einen Burger und Pommes habe, weiß ich ja dann Bescheid.«

»Sei nicht so frech, junge Frau. Ich musste mir ja schnell was ausdenken. Lamar gefällt die Geschichte vom entflohenen Sträfling bestimmt. Da kommt er sich noch ein bisschen wichtiger vor.«

Jamie sah sich die Nachrichten an. Sie wünschte sich eine Valium. »Wie haben die anderen reagiert?«

»Sind alle ein bisschen durcheinander.«

»Bin ich auch.« Trotzdem war Jamie klar, dass sie ihre Leute beruhigen musste.

Max zog sie beiseite. »Ich weiß, dass es im Moment schlimm aussieht, aber wir kriegen das schon hin.«

»Wir?«

»Ich lass dich doch jetzt nicht im Stich.«

»Ich komme mit meinen Problemen schon allein klar.«

»Deswegen fahre ich ja jetzt auch zu Herman Bates und schmier ihm Honig ums Maul, nicht wahr?«, sagte er. »Also, ich muss los.« Er zwinkerte ihr zu und ging zur Tür.

»Was war das jetzt schon wieder?«, fragte Vera, sobald Max weg war.

»Max Holt hält sich für einen ganz tollen Hecht.«

»Er *ist* ein toller Hecht.«

»Na, dann soll er woanders ein toller Hecht sein, ich habe nämlich zu tun. Ich muss mit meinen Leuten reden. Sagst du ihnen bitte Bescheid, in zehn Minuten im Konferenzraum?« Sie ging in ihr Büro. Der Boden war immer noch voller Glasscherben, aber Lamar hatte immerhin ihr Fenster mit Brettern vernageln lassen, wie er es versprochen hatte.

Mike segelte durch den Empfangsbereich und in Jamies Büro, wo er verdattert stehen blieb. »Was ist denn hier passiert?«

Jamie suchte nach dem Notizblock, den sie immer parat hatte. »Wir treffen uns in zehn Minuten alle im Konferenzraum. Dann erkläre ich das alles.«

Als Jamie im Konferenzraum eintraf, waren ihre Angestellten schon längst dort versammelt. Sie berichtete kurz, was am Vorabend passiert war. »Ich weiß nicht, warum derjenige oder diejenigen das getan haben. Chief Tevis hat jedenfalls einige Beamte abgestellt, die das Gebäude im Auge behalten.«

»Glauben Sie, wir sind in Gefahr?«, fragte Jamies Buchhalterin.

»Ich weiß es nicht, Helen, aber Sie können alle selbst entscheiden, ob Sie hierbleiben oder lieber freinehmen möchten, bis der Fall geklärt ist.«

»Hat Mr Holt irgendwas mit den Ermittlungen zu tun?«

»Mr Holt ist mein Partner. Die meisten von Ihnen haben wahrscheinlich schon von Maximilian Holt gehört.« Sie sahen beeindruckt aus. »Sie wissen sicher, dass er ein erfolgreicher Geschäftsmann ist, und wir sind froh um seine finanzielle Unterstützung und seinen Sachverstand. Er hat viel Erfahrung im Zeitungswesen, und ich hoffe, dass Sie alle konstruktiv mit ihm zusammenarbeiten.« Sie machte eine Pause, damit sie das verdauen konnten. Sie war erleichtert, dass Max nicht da war und sie mit ihm angeben hörte.

»Er wird unsere Ausstattung ein bisschen modernisieren, auch die Computer. Das meiste, was wir hier haben, ist ja völlig veraltet.«

»Das kannst du wohl laut sagen«, sagte Vera und erntete dafür einen finsteren Blick von Jamie.

»Mr Holt hat außerdem großzügigerweise angeboten, das Gebäude zu renovieren und die Büros streichen und neu einrichten zu lassen. Mit Geschmack«, fügte sie hinzu.

Die Gruppe applaudierte.

»Das ist nicht witzig«, sagte Jamie, obwohl sie selbst lächeln musste. »Haben Sie noch Fragen?«

Mike hob die Hand. »Jamie, glauben Sie, die Schießerei hatte irgendwas mit dem Wahlkampf zu tun? Ich habe gehört, Frankie Fontana kriegt Drohbriefe.«

»Ich weiß es nicht, Mike. Lamar Tevis wird auch das untersuchen. Wie gesagt, wenn irgendjemand Angst hat, unter diesen Umständen zu arbeiten, kann er selbstverständlich freinehmen, bis der Fall abgeschlossen ist.«

»Also, ich gehe nirgendwo hin«, sagte Vera.

»Ich auch nicht«, antwortete Mike.

Helen zögerte. »Ich bleibe auch.«

Jamie war nicht überrascht, dass die ganze

Mannschaft es gemeinsam durchstehen wollte. Sie waren ihr auch treu geblieben, als es so ausgesehen hatte, als würde die Zeitung nicht überleben.

»Aber seien Sie bloß alle vorsichtig.« Jamie machte eine Pause, als sie die Glocke über der Eingangstür mehrfach klingeln hörte. Offensichtlich war jemand gekommen. Vera schoss vom Stuhl hoch, griff sich in die hintere Hosentasche und zog ihre Pistole hervor. Alle im Raum duckten sich.

»Vera!«, schrie Jamie. »Steck sofort die Knarre weg!«

Vera grunzte, tat aber, was ihr gesagt wurde.

Jamie sah zwei Sicherheitsleute am Empfang stehen und hatte plötzlich Pudding in den Beinen. Sie mochte sich gar nicht vorstellen, was passiert wäre, wenn Vera mit der Pistole fuchtelnd hinausgelaufen wäre.

Als Max um kurz vor zehn bei Bates' Furniture ankam, hing ein Trauerflor an der Tür. Herman, Tom und Hermans Bruder George kamen zur Tür, alle in Schwarz gekleidet und mit Trauerminen.

»Mein herzliches Beileid«, sagte Max.

»Ja, ach ja, Daisy war eine gute Hofkatze«, antwortete Herman. »Sie ist vierzehn Jahre alt geworden.«

»Wann ist sie denn gestorben?«, fragte Max.

»Letztes Jahr Weihnachten. Wir sind nur bisher nicht dazu gekommen, um sie zu trauern.«

»Der Herr behüte sie«, sagte George demütig.

Tom Brown nickte. »Ich habe Daisy nicht persönlich gekannt, aber ich bin ein Freund der Familie, daher habe ich meinen Laden auch zugemacht, um Herman und George in dieser schweren Stunde beizustehen.«

»Gehen wir doch in mein Büro«, sagte Herman. Er wartete, bis alle saßen, und sprach dann. »Hoffentlich lohnt sich das, Holt«, sagte er und lehnte sich auf dem Stuhl zurück, die Hände hinter dem Kopf verschränkt. »Jamie hatte kein Recht, diese Anzeigen ins Blatt zu nehmen.«

»Ich glaube, sie war von Ihren Renovierungsarbeiten nicht allzu begeistert.«

»Das hat sie davon, dass Vera uns gedroht hat«, sagte Tom. »Mann, wir hätten das schon richtig gemacht, für Jamie, wenn sie persönlich gekommen wäre. Auf der Highschool war ich in Jamie Swift verknallt.« Er sah die anderen Männer an. »Sagt das bloß nicht meiner Frau. Ihr wisst ja, wie eifersüchtig Lorraine ist.«

»Ich schlage vor, wir lassen die Vergangenheit ruhen«, schlug Max vor. »Und reden jetzt lieber übers Geschäft.«

»Alter, was ist das denn bitte für eine Scheiße? Der hat nicht mal ’n blauen Fleck.«

Vito murmelte eine Reihe von Flüchen, als er Max in Bates’ Furniture verschwinden sah. »Das wird dem Boss aber gar nicht gefallen.«

»Dann rufen wir ihn halt nicht an, Mann. Wir warten ab, bis wir das erledigt haben, und rufen ihn dann erst an.«

»Lenny, du bescheuerter Haufen Scheiße. Du hast ja keine Ahnung, was das für einer ist. Wenn wir die Sache vermasseln, enden wir beide in Leichensäcken.«

»Das hättest du mir echt mal früher sagen können. Ich meine, was verstehen wir schon vom Leute-Umlegen? Ich hab noch nie jemanden umgebracht, du etwa? Ich hab noch nicht mal ’n Waschbär platt gefahren.«

»Mit so was kann man richtig Asche machen«, sagte Vito. »Wenn du zu feige bist, dann steig jetzt aus.«

Lenny schien kurz nachzudenken. »Ich kann dich doch jetzt nicht im Stich lassen, Alter.«

»Okay, dann hör auf zu jammern. Wir müssen uns jetzt überlegen, wie wir an Holt rankommen, ohne dass ein Haufen Leute um ihn rumschwirrt. Wir müssen ständig wissen, wo er ist. Wenn er bei seinem Schwager ist, müssen wir uns überlegen, wie wir an den ganzen Sicherheitsleuten vorbeikommen. An die Zeitung kommen wir nicht ran, da wimmelt es nur so von Bullen, wie die Kakerlaken.«

»Tja, Alter, wir brauchen 'n Plan.«

»Lass uns mal ein paar Schritte gehen«, sagte Vito. »Dass man uns hier nicht so rumlungern sieht, auch nicht in dieser Verkleidung. Ich muss nachdenken.«

Lenny nickte. »Ja, wir müssen ihm immer einen Schritt voraus sein.«

Vito blieb stehen und sah ihn an. »Weißt du was, du hast Recht. Scheiße, Lenny, immer, wenn ich gerade denke, du hast dir endgültig das Hirn mit Spiritus weggeschnüffelt, kommst du mit was Intelligentem um die Ecke.«

»Echt?«

»Also, was glaubst du, wo Max als Nächstes hingeht?«

»Hm, mal überlegen.« Lenny sah plötzlich auf. »Mir fallen nur ein paar Möglichkeiten ein, und an zwei davon kommen wir nicht ran, nämlich die Zeitung und Fontanas Haus.«

»Und wo sonst noch?«

»Du hast Jamie Swift doch gesehen. Wo würdest *du* denn da hingehen?«

»Schnurstracks ins nächste Motel«, antwortete

Vito. Plötzlich hellte sich sein Gesicht auf. »Aber warum ein Motelzimmer mieten, wenn sie ein eigenes Haus hat?«

Sie ließen ihre Handflächen aneinander klatschen.

Abends folgte Max Jamie nach Hause. Sie stellte das Mustang-Cabrio in die Garage, und Max parkte in der Einfahrt. Zusammen gingen sie auf die Eingangstür des lang gestreckten Holzhauses zu. Der Rasen hätte dringend gemäht werden müssen.

»Ich komme einfach nicht dazu, den Garten zu machen«, sagte Jamie entschuldigend. »Der einzige Trost ist, dass das Gras nebenan doppelt so hoch steht.«

Max betrachtete das Nachbarhaus, wo neben dem Briefkasten ein Schild »Zu verkaufen« hing. »Sieht aus, als wollten deine Nachbarn umziehen.«

»Sie sind schon längst weg. Deswegen ist auch der Rasen nicht gemäht.«

Max folgte ihr ins Haus. »Schön hast du's. Sieht gemütlich aus.«

Jamie sah sich im Wohnzimmer um. Ihr dunkelbeiges Sofa und die passenden Sessel waren alt, aber gepflegt, ebenso wie der antike Couchtisch und der Schreibtisch, die sie von ihrer Großmutter geerbt hatte. Jamie hatte sich nicht davon trennen können, als sie alles andere verkauft hatte, um die Zeitung zu retten. An einer Wand hingen zwei Drucke von Andrew Wyeth. Alles war schlicht und ordentlich, so, wie sie es mochte, aber sie konnte sich nicht vorstellen, dass ein Mann, der so reich war wie Max, es zu schätzen wusste. »Du hast es doch bestimmt viel schöner.«

»Im Moment herrscht bei mir ein einziges Chaos, weil ich am Renovieren bin.«

»Warum machst du das denn selbst, wenn du es dir doch leisten könntest, jemanden dafür zu bezahlen?«

Er zuckte die Achseln. »Warum nicht? Macht Spaß.« Er sah sich noch einmal um. »Und hier bist du aufgewachsen?«

»Ja. Komm mal mit, ich will dir was zeigen.«

Er folgte Jamie zur Hintertür. »Schöner Garten.«

Sie lächelte. »Ich müsste dringend mal in den Blumenbeeten Unkraut jäten, aber dazu komme ich auch nicht.« Sie zeigte auf etwas. »Siehst du die Reifenschaukel? Die hat mein Daddy aufgehängt, als ich klein war. Sie hängt schon all die Jahre da.«

»Ihr habt euch sehr nahe gestanden, oder?«

»Ja.« Sie spürte Max' Blick auf sich. »Meine Mutter hat uns verlassen, als ich noch in den Windeln lag. Ich glaube, mein Dad hat das nie richtig verwunden.«

»Und du? Bist du drüber weggekommen?«

Sie sah ihn an. »Ich hatte ja keine Wahl.«

»Und seitdem hast du sie nicht mehr gesehen?«

»Nein. Vielleicht klingt das kaltherzig, aber ich glaube, ich will sie auch gar nicht sehen. Möchtest du einen Kaffee?«, fragte sie, um das Thema zu wechseln.

»Gerne.« Sie gingen wieder ins Haus.

»Das hier ist mein Lieblingszimmer«, sagte Jamie. »An dem Tisch hier habe ich oft mit meinem Vater gesessen und Karten gespielt. Er war ein großer Romméspieler. Manchmal haben wir stundenlang gespielt.« Sie lächelte bei dem Gedanken daran. »Ich habe meistens gewonnen, aber ich glaube, er hat mich gewinnen lassen.« Sie zeigte auf einen Stuhl. »Setz dich doch.«

Max setzte sich an den runden Eichentisch, und Jamie kochte Kaffee. »Ist Phillip sauer, weil du nicht bei ihm bleiben wolltest?«, fragte er.

»Ach nein, er ist ganz entspannt. Bei uns bin ich die Schwierigere.« Sie lächelte. »Man könnte sagen, er hat mit mir alle Hände voll zu tun.«

Max beobachtete sie, wie sie Tassen und Untertassen herausholte. Einen Moment lang schwiegen sie beide. »Wie ist denn seine Mutter?«

Jamie hörte einen Rasenmäher und wünschte sich, es sei ihr Rasen, der da gemäht wurde. »Annabelle ist manchmal etwas kapriziös. Ein bisschen wie Deedee. Aber sie hat viel für die Stadt getan.« Jamie holte Sahne aus dem Kühlschrank und stellte sie zusammen mit einer Zuckerdose auf den Tisch. »Annabelle hat sich für das Frauenhaus eingesetzt, für das Help Center, und jetzt kämpft sie gerade für ein Pflegeheim.«

»Ganz schön aktiv.«

»Ich finde das auch wirklich toll. Sie tut eine ganze Menge für die Stadt. Aber manchmal geht sie mir mit ihrem ständigen Geplapper ganz schön auf die Nerven.« Jamie setzte sich zu ihm an den Tisch und schenkte frischen Kaffee ein. Max fragte sie, wie es gewesen sei, in Beaumont aufzuwachsen, und sie erzählte ihm von ihrer Kindheit.

»In der Highschool hatten wir so unsere Treffpunkte«, sagte sie. »Wir haben immer auf der Bowlingbahn rumgehangen, weil wir da flippern konnten und die Getränke billig waren. Das war natürlich, bevor sie die Spielhalle gebaut haben. Und dann gab es noch das Autokino.« Sie kicherte. »Ich weiß gar nicht, wie viele Gruselfilme ich gesehen habe und wie viele Jungs versucht haben, mich auf den Rücksitz zu kriegen.«

»Kluge Jungs.«

Sie ging erst gar nicht auf diese Bemerkung ein. »Das ist jetzt schon seit Jahren geschlossen. Ach ja, und dann bin ich Rollerskates gefahren.«

»Das hast du bestimmt gut gekonnt.«

Jamie war überrascht, was für ein guter Zuhörer Max war. Vielleicht war er deswegen so erfolgreich. Wenn man mit Max Holt sprach, hatte man seine ungeteilte Aufmerksamkeit. »Es war damals echt ein Kuhkaff«, fügte sie hinzu, »verglichen mit der pulsierenden Metropole, die es heute ist.«

Max lächelte. »Ach, Kleinstädte haben doch auch ihren Reiz.«

Jamie schwieg einen Augenblick. »Ich habe mich noch nicht getraut zu fragen, aber wie ist es denn mit Tom und Herman gelaufen?«

»Die sind froh wie der Mops im Haferstroh. Ich habe ihnen jede Menge zu tun gegeben. Allerdings trauern sie immer noch um ihre Katze Daisy.«

Jamie verdrehte die Augen. »Da frage ich wohl besser nicht groß nach, aber wenigstens zeigen Tom und Herman mich nicht an. Da fällt mir echt ein Stein vom Herzen!«

»Hey, ich bin gut.«

»Oh, Mann.«

»Gib's zu.«

Jamie wusste, wenn sie zustimmte, würde sein Selbstbewusstsein ins Unermessliche steigen. »Na ja, du machst das schon ganz okay.«

»Schön zu hören, dass du langsam Respekt vor mir bekommst. Ich finde, das ist wichtig in einer Beziehung.«

Jamies Gesicht war undurchdringlich. »Vielleicht hast du das vergessen, aber wir führen keine Beziehung. Außer vielleicht in deiner Phantasie.«

»Du bist ein ganz schön harter Brocken, Swifty.«

»Du meinst, weil ich nicht Butter in deinen Händen bin? Und nenn mich nicht Swifty.«

»Meine Hände sind ganz geschickt.«

»Alle Männer halten sich für toll, Max. Und es ist die Aufgabe der Frauen, sie immer wieder davon zu überzeugen selbst wenn sie es nicht sind.«

»Sprichst du aus Erfahrung?«

Jamie wurde feuerrot. »Ich mache nur Konversation.«

»Klar, ist auch egal. Manche von uns sind wirklich toll.«

Jamie musste lachen. »Du bist echt ein hoffnungsloser Fall.«

»Ja, aber was kann ich dagegen tun?«

Sie merkte, dass er scherzte, und das Geplänkel

gefiel ihr. Das Leben war in letzter Zeit viel zu ernst gewesen. Sie wurde nachdenklich. »Wahrscheinlich bist du wirklich kein schlechter Typ, auch wenn du manchmal unerträglich sein kannst.«

»Na also, ich wusste doch, dass ich dich noch rumkriege. Das dauert nicht mehr lange, dann frisst du mir aus der Hand.«

Sie machte ein abfälliges Geräusch. »Genau das meine ich.«

Er war amüsiert. »Dann spiel mit, Jamie. Bescheidenheit ist nicht so mein Ding.«

»Ich bin gar nicht so zickig, wie du glaubst. Ich werde nur nicht so schnell warm mit fremden Leuten, und manchmal habe ich Schwierigkeiten, mich auf sie einzulassen.«

»Erzähl mir was Neues.«

Jamie reckte das Kinn vor. »Genau so was meine ich, Holt. Ich erzähle dir etwas über mich, und du machst nur einen dummen Spruch dazu. Immer wenn ich gerade denke, du bist doch ganz passabel, bringst du so was.«

»Ich *bin* ganz passabel.«

»Und ich wollte dir gerade schon was Nettes sagen.«

»Ach ja? Was denn?«

»Herrgott, das werde ich dir jetzt bestimmt nicht mehr auf die Nase binden.«

»Ach, komm, Jamie. Sag was Nettes. Ich werde dich auch nicht drauf festnageln.«

»Du bist echt unerträglich.«

Er runzelte die Stirn. »Und das soll nett sein?«

»Ich wollte eigentlich sagen, dass du gut mit Leuten umgehen kannst. Du scheinst immer reinzupassen, egal, wo du bist. Anscheinend tust und sagst du immer genau das Richtige.«

»Aber du hast doch auch keine Probleme, dich anzupassen, und kommst auch gut an die Leute heran. Du und Deedee, ihr seid doch wie Schwestern.«

»Das ist ja auch kein Kunststück. Deedee *muss* man doch einfach mögen. Sie ist so herrlich unberechenbar.«

»Ich dachte, du liebst das Vorhersehbare.«

»Okay, dann ist Deedee auf vorhersehbare Weise unberechenbar. Was ich an ihr besonders schätze, ist, dass sie trotz ihres Geldes und ihrer Extravaganz so aufrichtig und bodenständig ist. Jedenfalls mir gegenüber«, fügte Jamie hinzu. »Sie tut nicht so vornehm. Man weiß, woran man bei ihr ist.«

»Genau wie bei dir«, sagte er mit sanfter Stimme. Er hatte die Worte kaum ausgesprochen, da ging draußen ein ohrenbetäubender Lärm los.

Jamie fuhr hoch. »Was ist das denn?«

»Mein Auto!« Max raste zur Haustür hinaus, wo er beinahe einen bärtigen, schweren Mann in Arbeitskleidung umrannte.

»Was ist denn hier los?«, fragte Max.

»Ihre Alarmanlage ist gerade losgegangen, aber das wissen Sie ja wohl schon.«

»Haben Sie jemanden in der Nähe des Wagens gesehen?«

Der Mann wischte sich mit einem schmutzigen Tuch über die Stirn. »Mein Kollege und ich waren hinten, als das losging.«

Max nahm nur am Rande einen großen, dünnen Mann im Hintergrund wahr, als er auf seinen Wagen zurannte. Er riss die Tür auf.

Muffin sprach sofort. »Max?«

»Was ist passiert?«

»Geh vom Wagen weg. Jemand hat daran rumgefummelt.«

Er ignorierte die Warnung und fing an, unter den Sitzen nachzusehen. Nichts. Dann öffnete er den Kofferraum. »Scheiße!«, schrie er.

»Was ist denn?«, fragte Jamie und sah ihm über die Schulter. Was sie da sah, ließ sie erstarren. »Heiliger Bimbam, ist das das, was ich glaube?«

»Das ist Sprengstoff«, sagte Max. »Geh weg vom Wagen. Der Timer steht auf vierzig Sekunden.«

SECHS

»Scheiße!«, schrie Jamie. »Verdammter Mist!« Beinahe fiel sie über ihre eigenen Füße, als sie weglief und im Kopf die Sekunden mitzählte. »Hau da ab, Max!«, rief sie ihm zu. »Bitte!«

»Max, geh weg«, wiederholte Muffin laut. »Ich rufe das Räumungskommando.«

»Keine Zeit«, brüllte er. Max schnappte sich die kleine Werkzeugkiste, die er immer im Kofferraum hatte, und klappte den Deckel auf. Er holte den Drahtschneider heraus und betrachtete die Drähte, die von der Uhr zu den Dynamitstangen liefen. Noch fünfundzwanzig Sekunden.

Eine Riesenfaust schien Jamies Magen zu umklammern und so fest zuzudrücken, dass sie fürchtete, sie müsste sich übergeben. »Max, um Himmels willen, komm von dem Auto weg!« Plötzlich merkte sie, dass sie weinte.

Max lehnte sich in den Kofferraum. »Ich schaffe das schon, Jamie.«

»Okay, Max«, sagte Muffin. »Vergessen wir das Räumungskommando, ich rufe gleich den Leichenwagen. Wobei der allerdings nicht viel zu transportieren haben wird.«

Zehn Sekunden. Max zog sehr vorsichtig die Kabel auseinander, legte den Drahtschneider an und durchtrennte einen Draht. Er grinste und stieß die Faust in die Luft. »Das ist, wie wenn man einem Kleinkind Süßigkeiten wegnimmt. Und nur zwei Sekunden vor Schluss.« Er sah in Jamies Richtung. »Bin ich gut, oder was?«

Sehr ruhig, ohne den Blick von ihm zu wenden, ging Jamie auf ihn zu, die Augen zusammengekniffen und die Fäuste an der Seite geballt. »Dafür sollte ich dir richtig eine reinhauen«, sagte sie.

»Nur zu«, sagte Muffin, »meine Unterstützung hast du.«

Max guckte überrascht. »Was hab ich denn verbrochen?«

»Du bescheuerter Idiot!«, schrie sie. »Du Schwachkopf!«

Max legte den Kopf schräg. »Vielleicht liege ich ja falsch mit meiner Vermutung. Aber ich habe irgendwie das Gefühl, du bist nicht ganz glücklich.«

Jamie fürchtete, ihr würden die Knie wegsacken. »Jetzt wäre ich gerne ein Mann. Ein *großer* Mann«, fügte sie hinzu. »dann würde ich dir in den Arsch treten, dass du bis zum Mond fliegst. Bist du total bekloppt?«, kreischte sie.

»Komplett bekloppt«, sagte Muffin. »Herzlich willkommen in Max' Welt.«

»Jamie, jetzt beruhig dich doch mal.«

»Sprich nicht so mit mir! Und wag es nicht, meinen Namen auszusprechen!«

»Aber, Jamie …«

»Was glaubst du eigentlich, wer du bist, Holt? Superman? Oder bist du lebensmüde?«

»Ich kenne mich mit Bomben aus, Jamie. Ich hatte gute Lehrer. Ich hätte es nicht gemacht, wenn ich nicht genau gewusst hätte, was ich da tue.«

»Du liebst so was doch, Max. Gibt dir wahrscheinlich irgendeinen kranken Kick. Und weißt du was? Damit will ich nichts zu tun haben. Ich habe keine Lust, dich vom Bürgersteig zu kratzen, wenn dein Glück dich mal im Stich lässt.«

Aus dem Auto dröhnte Countrymusik. Max zuckte zusammen. »Da siehst du, was du angerichtet hast. Jetzt ist Muffin sauer.« Er ging zum Wagen. »Mach das aus, Muffin«, befahl er.

»Zur Hölle mit dir«, sagte Muffin. »Du hast meine Warnung missachtet.«

Max seufzte, als sie mit Discomusik weitermachte. »Wo findest du das Zeug immer?«

»Ich bin darauf programmiert, dich zu schützen, Max. Einige der intelligentesten Menschen der Welt füttern mich rund um die Uhr mit Informationen. Was nützt das, wenn du nicht mitarbeitest? Das ist ein echter Scheißjob, das kann ich dir sagen.«

Max stellte das Radio aus. Dann stand er einen Moment lang da und sammelte sich. »Es ist vorbei«, sagte er. »Es ist alles in Ordnung.« Sehr vorsichtig nahm er das Dynamit aus dem Kofferraum und trug den Sprengstoff zu Jamies metallenem Mülleimer. Dann nahm er den Gartenschlauch, drehte den Wasserhahn auf und füllte den Mülleimer mit Wasser.

Jamie war ihm gefolgt und beobachtete ihn mit in die Hüften gestemmten Armen. »Willst du jetzt meinen Mülleimer in die Luft sprengen?«

»Ich habe die Bombe entschärft. Das ist nur eine zusätzliche Vorsichtsmaßnahme.« Er trat einen Schritt zurück. »Das dürfte reichen. Das Ding macht uns keinen Ärger mehr.«

Ein paar Minuten später drehte Max, von Jamie gefolgt, eine Runde ums Haus. Plötzlich sah er auf. »Wo sind eigentlich die beiden, die nebenan den Rasen gemäht haben?«

»Woher soll ich das wissen? Ich hab die Sekunden gezählt. Ich dachte schon, du würdest in tausend Stücke gesprengt werden!«

»Komisch«, sagte er, als er den Rasenmäher erblickte, der mitten im Garten stand.

Jamie war immer noch wütend. »Vielleicht machen sie Mittagspause. Oder sie haben das Wort ›Dynamit‹ gehört und zugesehen, dass sie Land gewinnen. Manche Leute laufen vor so was weg, Holt.«

Max starrte in Gedanken auf den verwilderten Rasen. »Hast du zufällig gesehen, ob die ein Auto dabeihatten?«

Jamie wunderte sich, dass er sich so für die Gärtner interessierte. Wahrscheinlich wollte er sie nur von dem Gedanken ablenken, dass er in eine Gummizelle gehörte. »Nein, warum?« Plötzlich fiel der Groschen. »Glaubst du, die haben den Sprengstoff in deinen Kofferraum getan?«

»Sie hatten auf jeden Fall die Gelegenheit, und es ist doch seltsam, dass sie so schnell verschwunden sind. Ob die Nachbarn irgendwas gesehen haben?«

Jamie sah sich um. »Sieht nicht so aus, als wäre schon jemand von der Arbeit zurück. Die Einzige, die normalerweise da ist und was hätte sehen können, ist Mrs Chadwick, aber sie ist alt und senil und verbringt ihre Zeit im Bett vor dem Fernseher. Sie würde sich wahrscheinlich nur fürchten, wenn wir ihr jetzt Fragen stellen, und da würde eh nichts rauskommen.«

Max nickte. »Geh doch einfach schon mal deine Sachen packen.«

Jamie schluckte, und es fühlte sich an, als würde sie ein ganzes Hühnerei hinunterschlucken. Sie war Waffen und Bomben und Verrückte nicht gewohnt. Sie wandte sich zur Tür und blieb dann nochmal stehen. »Der einzige Grund, warum ich mich gerade zusammenreiße, ist, dass wir uns in einer gefährlichen Situation befinden. Aber ich bin immer noch stocksauer und will in meinem ganzen Leben nicht mehr mit dir reden.«

Als Jamie ihre Tasche packte, überlegte sie, ob ihr Leben je wieder normal werden würde. Max Holt war geradezu in ihr Leben gestürmt und hatte alles auf den Kopf gestellt, und er schien wild entschlossen, damit weiterzumachen.

Sie musste möglichst schnell Phillip heiraten, dachte sie. Phillip war sicher und normal. Max Holt war alles andere. Er war gefährlich. Wahrscheinlich gefährlicher als die Person, die hinter ihnen her war.

Jamie und Max trafen mit reichlich Zeit vor dem Abendessen bei den Fontanas ein. Jamie aalte sich in einer heißen Badewanne mit Lavendel-Badesalz, das sie von Deedee bekommen hatte, trocknete sich mit einem flauschigen Handtuch ab und cremte sich dann mit einer speziellen Lotion ein, von der Deedee der Meinung war, jede Frau müsse sie haben. Statt ihres eigenen Schlafshirts zog Jamie ein Satinnachthemd über, das eigens für Besuch bereitlag. Deedee verwöhnte ihre Gäste gern.

Schließlich ließ sie sich in einem weich gepolsterten Sessel nieder und blätterte durch einige Zeitschriften mit Schönheitstipps, die sie noch nie ausprobiert hatte. Herrje, sie zupfte sich nicht einmal die Augenbrauen und schminkte sich nur sehr dezent. Sie hatte einfach keine Zeit, vor der Arbeit noch so einen Aufwand zu betreiben. Einen Lockenstab hatte sie zuletzt für die Beerdigung ihres Vaters benutzt, inzwischen würde sie ihn wahrscheinlich nicht einmal wiederfinden. Mit ihrem Haar tat sie das Gleiche wie mit einem Großteil ihrer Kleidung: waschen und fertig, das reichte ihr.

Jamie döste ein bisschen und wachte erst eine Stunde später auf, nur zwanzig Minuten vor dem Aperitif. In Rekordzeit zog sie sich die einzige Leinenhose, die sie besaß, und eine Baumwollbluse an und wusste genau, dass sie sich dafür verfluchen würde, wenn sie sie wieder bügeln musste. Unten fand sie Deedee, die in einem grasgrünen, seidenen Abendkleid, das ihre Kurven umschmeichelte, aussah, als sei sie geradewegs der *Vogue* entsprungen.

»Oh, ich wusste gar nicht, dass wir uns zum Abendessen schick machen sollen«, sagte Jamie und fragte sich, wie ihre Freundin es schaffte, zu jeder Tages- und Nachtzeit blendend auszusehen. Deedee hatte offensichtlich gute Erbanlagen, und das bedeutete, dass Max sie wahrscheinlich auch hatte.

»Quatsch, du siehst doch gut aus«, sagte Deedee. »Das machen Frankie und ich nur, um sozusagen ein bisschen Romantik in den Alltag zu bringen.«

Frankie und sein Wahlkampfmanager kamen aus der Bibliothek und gingen zur Tür. Wenig später kam Frankie wieder. Er trug einen Smoking, der ihm zwar etwas Weltmännisches verlieh, aber an seinem massigen Körper irgendwie fehl am Platze wirkte. Er verbeugte sich respektvoll vor den Frauen. »Ich bin vielleicht ein Glückspilz«, sagte er, »dass ich mit den schönsten Frauen der Stadt zu Abend essen darf.«

»Ich hatte schon Angst, ihr würdet den ganzen Abend über die Kampagne reden«, sagte Deedee. »Nach der Wahl erwarte ich dann aber bevorzugte Behandlung.«

Frankie ging zu seiner Frau, zog sie vom Sofa

hoch und küsste sie innig auf den Mund. »Wie gefällt dir das, Mausezähnchen?« Er zwinkerte Jamie zu. »Ich muss zusehen, dass das kleine Frauchen zufrieden ist, sonst schleppt sie mich zum Juwelier. Und mit Deedee zum Juwelier zu gehen ist so eine Sache.«

»Es ist eine Investition, Frankie«, sagte Deedee. »Diamanten sind wertbeständig.«

»Ja, das hast du schon mal erwähnt«, sagte er und kitzelte sie.

»Schatz, wir haben Gäste, hast du das vergessen?« Aber ihre grünen Augen glitzerten vor Vergnügen. »Wo ist eigentlich Max?«

Wie aufs Stichwort rief Max von oben: »Bin schon unterwegs!«

»Wir haben schon drauf gewartet, dass du uns mit deiner Anwesenheit beglückst, Bruderherz.«

»Das Warten hat ein Ende.« Er hauchte ihr einen Kuss auf die Stirn.

Frankie wandte sich an Jamie. »Hat Deedee dir gesagt, dass Phillip zum Dinner kommt?«

»Dazu bin ich noch nicht gekommen«, sagte Deedee. Sie sah Jamie an. »Phillip hat angerufen, als du im Bad warst, und wollte wissen, ob du schon zu Hause bist. Da habe ich ihn eingeladen.«

Jamie war gerührt, dass ihr Verlobter eingeladen war, aber sie hoffte, dass Phillip nicht lauter Fragen stellen würde, die sie nicht beantworten konnte. Sie spürte Max' Blick auf sich, sah ihn aber nicht an. »Das ist ja nett. Danke.«

»Er hat gesagt, wir sollen ruhig schon einen Aperitif trinken, er hat noch spät einen Termin. Hört sich an, als heiratest du einen Workaholic. Wobei, du bist ja selbst einer«, fügte Deedee hinzu. »Wir beide sollten uns mal eine Woche freinehmen und in dieses tolle Wellnesshotel in Atlanta fahren. Das würde uns bestimmt gut tun, und wir könnten mal richtig schick einkaufen gehen.«

Jamie lächelte, aber sie wäre für Wellnesshotels selbst dann nicht besonders zu haben gewesen, wenn sie es sich hätte leisten können. Sie fragte sich oft, warum ihre Freundin überhaupt nach Beaumont gezogen war. Zuvor hatten Frankie und Deedee einige Jahre in Scottsdale, Arizona, gewohnt, und Deedee hatte es dort gut gefallen. Im Gegensatz zu Frankie, der die Wüste nicht recht mochte.

Auf Beaumont waren sie zufällig gestoßen, als Frankie für eine wohltätige Organisation unterwegs war und das Privatflugzeug einen Maschinenschaden hatte. Die beiden mussten für ein paar Tage in einer Pension absteigen, während sie auf ein Ersatzteil warteten, und Frankie hatte sich in die Gegend hier verliebt.

»Frankie, sei doch bitte so lieb und schenk unseren Gästen ein Glas Wein ein«, flötete Deedee.

»Aber gerne doch.«

Am Fuß der Treppe erschien Beenie mit Deedees Hund auf dem Arm. Er war tadellos gekleidet, wie immer. »Choo-Choo will seiner Mama nur gute Nacht sagen«, sagte er. »Ich habe ihm ein paar Teelöffel Joghurt gegeben, damit er heute Nacht gut schläft.«

Deedee nahm Beenie den fluffigen weißen Hund ab und schnuffelte sich an ihn. »Er duftet wie Babypuder.«

»Ich hab ihn ein bisschen eingepudert, bevor ich ihn gebürstet habe. Jetzt ist er fertig für die Heia. Gib Mama ein Küsschen!«, sagte Beenie zu dem Tier. »Sie hat Gäste zum Dinner.«

Deedee küsste ihren Hund auf die Nase, und Beenie trug ihn nach oben.

Der Koch schickte die Hors d'œuvres aus der Küche, die Frankie besonders liebte, eingelegte Eier und Wiener Würstchen, und ein Stück Brie mit Aprikosen und edlen Crackern.

Frankie hatte gerade den Wein eingeschenkt und wollte Jamie ein Glas reichen, als hinter ihnen das Fenster zersplitterte.

Deedee schrie auf. Jamie duckte sich automatisch, sah aber noch eine Art Feuerball. Er schlug auf dem Boden auf, und die Flasche, in der ein brennendes Tuch steckte, zersprang. Aus der Flasche spritzte eine Flüssigkeit, das Feuer loderte auf und folgte der nach Kerosin riechenden Flüssigkeit über den Teppich und die Vorhänge hinauf.

Max verlor keine Zeit. »Runter!«, befahl er Deedee und stieß sie so fest, dass sie vom Sofa fiel. »Frankie, hol einen Feuerlöscher. Jamie, ruf die Polizei.«

Jamie griff automatisch zum Telefon. Während sie die Polizei benachrichtigte, riss Max die Vorhänge von der Stange und warf sie in den Kamin. Dann schnappte er sich die Topfpflanzen und kippte die Erde auf die Flammen. Frankie kam mit dem Feuerlöscher. Im Haus ging der Feueralarm los, und das Personal strömte herbei. Wie aus dem Nichts erschien der Koch und warf einen Riesensack Mehl aufs Feuer.

»Ach du Scheiße!«, rief Phillip von der Tür aus, als er mit einigen Sicherheitsleuten zu der fieberhaft arbeitenden Gruppe stieß und ein paar kleinere Flammen austrat, damit sie sich nicht noch weiter ausbreiteten.

Max wartete, bis das Feuer unter Kontrolle war, dann raste er zum Fenster und sprang buchstäblich hindurch. Er landete unsanft und ließ schnell den Blick durch den Garten schweifen. Es hatte nur ein paar Minuten gedauert, das Feuer zu löschen, aber es hatte dem Eindringling Zeit zur Flucht gegeben.

Mehrere Hektar Land wurden erleuchtet wie ein Baseballfeld. In Bäumen, auf Pfosten und Zäunen gingen die Lampen an. Sicherheitsleute rannten an Max vorbei, manche mit laut jaulenden Spürhunden. Die Männer informierten einander über Walkie-Talkies und richteten die Strahlen ihrer Taschenlampen in alle Ecken. Max nahm einem Wachmann eine überzählige Taschenlampe ab und ging am Rande des Geländes entlang, wo in einer hohen Hecke ein Elektrozaun versteckt war.

Schließlich hörte er auf zu rennen. Einen Augenblick lang stand er da und verschnaufte. In der Ferne hörte er Sirenen.

Tim Duncan, der Chef der Sicherheitsfirma, kam zu ihm. »Haben Sie was gesehen?«

Max schüttelte den Kopf. »Ich glaube, wir haben seine Spur verloren.«

»So schnell geben wir nicht auf.«

»Ich muss noch mal gucken, wie es im Haus aussieht«, sagte Max. »Die Feuerwehr ist unterwegs.« Er machte kehrt und ging aufs Haus zu, während die Männer weitersuchten. Unterwegs leuchtete Max ins Gebüsch. Abrupt blieb er stehen, als er in einem Busch etwas entdeckte. »Hierher!«, rief er.

Sofort war er von Wachleuten und Hunden umringt. Eine behandschuhte Hand zog ein blaugelbes Bandana aus dem Busch und hielt es den Hunden unter die Nase. Sie jaulten auf wie vor Schmerz. Der Mann roch selbst an dem Tuch und zuckte zusammen. »Scheiße, Ammoniak.«

Max und Duncan hielten das Gestrüpp beiseite und leuchteten hinein. »Der Zaun ist durchtrennt«, sagte Max dumpf. »Er ist weg.«

Duncan ging wieder ans Walkie-Talkie. »Alle verfügbaren Fahrzeuge patrouillieren um das Grundstück«, sagte er. »Der Typ ist wahrscheinlich zu Fuß geflüchtet, aber irgendwie muss er ja hierher gefahren sein. Seht zu, dass ihr ihn schnappt.«

Die Martinshörner kamen näher, Feuerwehrwagen und Polizeiautos mit blitzendem Blaulicht fuhren auf das Gelände und hielten vor dem Haus. Ein paar Sekunden später fuhren bullige Jeeps und Pick-ups die Straßen um das Grundstück herum auf und ab und leuchteten in alle Richtungen.

Eine Stunde später suchten sie immer noch. Frankie und Lamar Tevis gesellten sich zu Max. »Wie, zum Teufel, konnte der so schnell entkommen?«, fragte Frankie.

Max seufzte angewidert. »Er hat uns ausgetrickst, ganz einfach. Er hat uns eine Falle gestellt.«

»Wie meinen Sie das?«, fragte Lamar.

»Ich glaube, wer auch immer das war, er war vorher schon mal hier. Er hat den Zaun durchtrennt und das Stirntuch hinterlegt, damit wir es finden. Heute ist er irgendwie anders auf das Grundstück und wieder weg gekommen.« Max machte eine Pause. »Oder er ist noch hier.«

Lamar sah sich um. »Glauben Sie auch, was ich glaube? Dass er vielleicht so tut, als wäre er auf unserer Seite?«

»Möglich ist es.«

»Also, wenn das stimmt, macht es die Sache deutlich komplizierter.« Lamar schüttelte den Kopf und ging.

»Wie sieht es drinnen aus?«, fragte Max Frankie.

»Jamie, Beenie und Phillip versuchen, Deedee zu beruhigen, die wiederum versucht, das Personal zu beruhigen. Der Feuerwehrchef begutachtet gerade die Schäden, aber wir haben ja immerhin verhindert, dass der Brand sich ausbreitet. Wir sollten Deedee sagen, dass das nur ein dummer Streich war.«

»Das zieht doch nicht. Nicht mal bei Deedee.«

»Ich will nicht, dass sie sich Sorgen macht.«

»Da hat sie aber allen Grund dazu. Du bekommst Drohbriefe, auf Jamie und mich ist geschossen worden, vorhin hat mir jemand eine Bombe ins Auto gelegt, und jemand anders hat dir gerade eben einen Molotow-Cocktail durchs Fenster geworfen. Mann, da mache sogar ich mir Sorgen.«

»Warte mal«, sagte Frankie. »Was war das gerade mit der Bombe? Das hast du ja gar nicht erzählt.«

»Ich hatte ja noch keine Gelegenheit.«

»Scheiße, Max, da hättet ihr beide draufgehen können, Jamie und du.«

»Das war wohl Zweck der Übung.«

Frankie rieb sich das Gesicht. »Ich weiß gar nicht, was ich davon halten soll.«

»Es kommt mir auch alles so unsinnig vor«, sagte Max. »Wenn der, der die Flasche durchs Fenster geworfen hat, einen von uns hätte umbringen wollen, hätte er doch eine richtige Waffe benutzen können. So nah wie der an uns dran war.«

»Und wenn er uns wirklich umbringen wollte, hätte er die Flasche auch besser erst in der Nacht geworfen, nachdem wir ins Bett gegangen wären. Wäre auch für ihn weniger riskant gewesen.«

»Die Rauchmelder hätten uns schon geweckt«, sagte Max, »und wir hätten immer noch genug Zeit gehabt, uns in Sicherheit zu bringen. Und was das Risiko angeht: Wenn es tatsächlich jemand ist, der hier ein und aus geht, wäre er den Wachen in jedem Fall nicht groß aufgefallen.«

»Der Einzige, der gekommen und gegangen ist, war mein Wahlkampfmanager. Und Phillip natürlich.«

»Der zufällig gerade ein paar Minuten später reinkam.«

Frankie schüttelte den Kopf. »Phillip gehört doch fast zur Familie. Außerdem würde er nie was tun, was Jamie in Gefahr bringt.«

Deedee warf so heftig den Kopf zurück, dass eine ältere Frau davon ein Schleudertrauma erlitten hätte. »Beenie, hau bloß mit dem ekelhaften Zeug ab!«, heulte sie. »Was ist das denn?«

»Riechsalz, Schnuffelchen. Das benutzen Südstaatlerinnen, wenn sie hysterisch werden.«

»Man hat mir gerade fast das Haus abgefackelt. Da habe ich ja wohl das *Recht*, hysterisch zu werden. Was, zum Teufel, heißt eigentlich hysterisch?«

»Keine Ahnung, hört sich aber gefährlich an.«

»Wenn du mir das Zeug noch einmal unter die Nase hältst, werde *ich* gefährlich.«

Jamie fand, es war Zeit, sich einzumischen. Sie

waren in die Bibliothek gegangen, damit der Feuerwehrkommandant in Ruhe seiner Arbeit nachgehen konnte, aber der stechende Rauchgeruch hing im ganzen Haus. »Die Frauen im Süden sind da heute etwas cooler«, sagte sie. »Die werden nicht mehr hysterisch. Wenn die die Krise kriegen, kippen sie einfach ein paar Tequilas.«

»Klingt doch vernünftig«, sagte Deedee.

»Und den nennen sie dann Magnolienblüten-Tonic oder so, dann macht es nicht so einen schlechten Eindruck«, fügte Phillip lächelnd hinzu.

Deedees Gesicht war feuerrot. »Himmel, es ist so heiß hier, ich zerfließe. Kann vielleicht mal einer die Klimaanlage anmachen, bevor ich plötzlich spontan verpuffe?«

Phillip eilte zum Thermostat. »Steht schon auf 15 Grad. Wenn ich das noch weiter runterdrehe, erfrieren wir hier.«

»Genau das Richtige. Eis.«

»Kann ich sonst noch was tun?«, fragte Phillip. Als Deedee den Kopf schüttelte, ging er zur Tür. »Ich gehe mal gucken, wie es draußen aussieht.«

»Oh Gott, hoffentlich ist mit Frankie und Max alles in Ordnung!«, schrie Deedee.

»Hier, nimm das, Deedee«, bot Beenie an.

»Was ist das?«

»Nur eine kleine Beruhigungspille. Ist gut für die Nerven.«

Jamie trat näher heran. »Warten Sie mal, Beenie. Lassen Sie mich mal sehen.«

»Das ist Xanax, Süße. Nehme ich auch immer, wenn ich die Krise habe.«

»Machen die nicht abhängig?«

»Ich gebe ihr doch nur eine, Schätzchen. Davon landet sie nicht gleich an der nächsten Straßenecke und verkauft sich für den nächsten Schuss. Es ist nur, um sie ein bisschen runterzuholen.«

Deedee schob seine Hand beiseite. »Ich will keine Pillen, Beenie. Ich will, dass du mir aus dem Weg gehst, damit ich wieder Luft kriege. Guck doch mal nach Choo-Choo. Der Arme hat sich bestimmt irgendwo verkrochen, bei dem ganzen Theater hier.«

»Ich hole ihn, und dann mache ich dir einen Frappuccino. Das kühlt ab.«

»Alles klar?«, fragte Jamie, als Beenie gegangen war.

»Ich fühle mich wie ein Wrack. Ich habe im Leben nicht damit gerechnet, dass so was passiert, bloß, weil Frankie in die Politik geht. Wir sind ja in unseren eigenen Betten nicht mehr sicher. Ich kann das Haus nicht mehr verlassen. Wie soll ich denn da shoppen gehen? Nicht, dass sich das in diesem gottverlassenen Kaff lohnen würde. Ich kann nur noch aus Katalogen bestellen. Das macht doch überhaupt keinen Spaß!«

»Du kannst auch im Internet einkaufen.«

»Das ist doch nicht dasselbe, Jamie. Ich hab einfach Spaß dran, auf diesen reizenden kleinen Sofas zu sitzen und Champagner zu schlürfen und mir von Models die neueste Mode vorführen zu lassen. Ich mag den Geruch von Designerklamotten. Manchmal wünsche ich mir, Frankie hätte diese Stadt nie entdeckt.«

Jamie versuchte, sie zu beruhigen, aber das Feuer hatte auch sie verstört. Sie fragte sich, ob es Max gut ging. Wenn er nicht so schnell reagiert hätte, als das Feuer ausgebrochen war, wäre das Haus höchstwahrscheinlich abgebrannt.

»Hoffentlich hat Max sich nicht verletzt, als er aus dem Fenster gesprungen ist«, sagte Deedee, als hätte sie Jamies Gedanken gelesen. »Ich hab so was noch nie gesehen, außer im Fernsehen, und da sind das meistens Stuntmen.«

»Manche Schauspieler benutzen keine Stuntmen«, sagte Beenie, der mit einem Frappuccino in einer Hand und Choo-Choo hinter sich hereinkam. »Ich glaube, Clint Eastwood hat nie einen Stuntman gehabt.«

»Und Harrison Ford?«, fragte Deedee und nahm

ihren Hund auf den Arm. »Nein, sagt's mir nicht, da wäre ich enttäuscht, wenn er das getan hätte.«

Jamie hörte gar nicht zu. Sie fragte sich, wie es jemand aufs Grundstück und so dicht ans Haus heran geschafft haben konnte, wo doch überall so viele Sicherheitsleute herumliefen. Das Anwesen war natürlich riesig, und die Männer konnten nicht jeden Quadratzentimeter überwachen, aber sie hatten es offensichtlich mit jemandem zu tun, der gerissen genug war, sich unbemerkt an- und wieder wegzuschleichen. Oder es war einer der Angestellten. Sie konnte sich allerdings nicht vorstellen, dass jemand vom Personal auf irgendeine Weise Frankie oder Deedee schaden würde. Sie waren ihren Angestellten gegenüber immer freundlich und fast schon zu großzügig.

»Ich würde mein halbes Gehalt drauf verwetten, dass Brad Pitt einen Stuntman benutzt«, sagte Beenie. »Kann man ihm ja auch nicht verübeln, so wie der aussieht. Diese Jennifer Aniston hat's echt gut.« Beenie seufzte und klopfte sich mit dem Zeigefinger an die Lippen. »Was für ein Mann.«

An der Tür erschien die Haushälterin. Sie wirkte durcheinander. »Möchte jemand etwas essen, wo sich das Dinner jetzt verzögert hat?«

»Ich könnte jetzt nicht mal was essen, wenn man mir eine Pistole an den Kopf halten würde«, sagte Deedee, dann zuckte sie zusammen. »Ärks, so wie das im Moment aussieht, kann das glatt passieren. Jamie, möchtest du irgendwas?«

Jamie hatte auch keinen besonderen Appetit. »Nein, danke.«

Phillip kam ins Zimmer. »Sie suchen immer noch«, sagte er, »aber ich gehe jede Wette ein, dass der Schuldige längst über alle Berge ist.«

»Sie sollen doch lieber wieder reinkommen«, sagte Deedee. »Was ist denn, wenn der Bekloppte Frankie nur rauslocken wollte, damit er ihn …« Sie brach ab und schauderte.

»Frankie und Max können gut auf sich selbst aufpassen«, sagte Jamie. Sie hatte den Verdacht, dass Max jeder Situation gewachsen wäre. Sie hatte miterlebt, wie schnell sein Gehirn arbeitete, und obwohl er ihr meist auf die Nerven ging, war sie beeindruckt, wie schnell er Dinge anpackte.

»Jamie hat Recht«, sagte Phillip. »Sie scheinen alles unter Kontrolle zu haben. Versuch, dich zu entspannen.«

Frankie betrat den Raum und sah sofort zu seiner Frau. »Alles in Ordnung, mein Herz?«

Deedee sprang auf die Füße. »Habt ihr ihn?«

Frankie zögerte. »Sie suchen noch.«

Deedee starrte ihren Mann mit schreckensweiten Augen an. Sie wandte sich ab. »Ich kann so nicht leben, Frankie. Ich weiß, wie wichtig dir diese Wahl ist, aber ich halte das nicht aus, dass du verletzt werden könntest …«, sie schluckte, »oder Schlimmeres.«

Frankie trat näher und ergriff ihre Hand. »Soll ich die Kandidatur zurückziehen, Deedee? Wenn du das willst, tue ich es.«

Sie sah ihm in die Augen. »Ich will nur, dass mein Mann und meine Freunde sicher sind.«

Einige Minuten später stieß Max zu ihnen. »Ich habe mit dem Feuerwehrchef gesprochen. Er und die anderen fahren gleich. Er sagt, er ruft morgen an.«

Der Koch erschien in der Tür. »Ich würde dann gerne das Abendessen servieren, bevor es völlig verkocht ist.«

»Ja, klar«, sagte Frankie und reichte Deedee die Hand. Sie lächelte ihre Gäste tapfer an, aber ihre grünen Augen lächelten nicht mit.

Alle waren sehr still, als sie in das eindrucksvolle Esszimmer traten. Jamie fragte sich, was das überhaupt sollte. Essen war gerade das Letzte, woran sie dachte. Als spüre er ihr Unbehagen, tätschelte Phillip ihr die Hand, wartete aber mit dem Sprechen, bis die Hummercremesuppe serviert war.

»Ich habe vor lauter Aufregung noch gar nicht gefragt, wie es heute bei der Arbeit war«, sagte er.

»Heute Morgen war es erst ein bisschen angespannt, aber ich glaube, jetzt ist wieder alles okay.«

»Ich hab gegen Abend ein paarmal versucht, dich anzurufen, aber da warst du wohl schon weg.«

»Max und ich mussten kurz bei mir zu Hause vorbeifahren, um ein paar Sachen zu holen.«

Phillip wandte sich an Max. »Danke, dass Sie auf meine Verlobte aufpassen«, sagte er. »Ich versuche, mir ein paar Zeitfenster offen zu halten, damit ich jederzeit verfügbar bin.«

»Das ist gar nicht nötig, Phillip«, sagte sie. »Ich brauche weder dich noch Max als Babysitter. Ich kann gut auf mich selbst aufpassen.« Jamie merkte, dass alle sie anschauten, und ärgerte sich, dass sie ihn so scharf zurechtgewiesen hatte. »Tut mir Leid«, sagte sie und sah von Phillip zu Max. »Ich bin wohl nach all dem ein bisschen nervös.«

»Die Nachrichten sind auch schon voll davon«, sagte Phillip. »Der Sender hat Lamar ein paarmal interviewt. Meine Mutter war völlig hysterisch, als sie gehört hat, was für eine Waffe das war.«

Jamie und Max sahen sich an. Frankie rutschte unruhig auf dem Stuhl herum.

»Ich denke, das war eine Jagdbüchse«, sagte Dedee.

Phillip lachte. »Wohl kaum.«

»Lasst uns doch von was anderem reden«, schlug Frankie vor.

»Was für eine Waffe war es denn, Phillip?«, fragte Deedee.

Phillip sah sich am Tisch um. Er spürte, dass er etwas Falsches gesagt hatte. »Das weißt du nicht?«

»Was für eine Waffe *war* es?«, wiederholte Deedee, diesmal sehr bestimmt.

Phillip zögerte. »Eine Schnellfeuerwaffe«, sagte er. »Mehr sagt die Polizei im Moment noch nicht.«

Deedee schnappte nach Luft. »Bist du sicher?«

Phillip sah Jamie an, als hoffte er, sie könne seinen Fehler wieder ausbügeln. »Das habe ich auch nur so gehört, Deedee«, sagte er. »Du weißt ja, wie das in den Medien ist, die bauschen doch immer alles gleich so auf.«

Deedee wirbelte auf dem Stuhl herum und sah Frankie an. »Warum hast du mir das nicht gesagt?«, rief sie. »Jäger benutzen solche Waffen nicht, und das weißt du ganz genau.«

»Ich wollte nicht, dass du dir Sorgen machst.«

»*Sorgen*? Wie kannst du mir so was verschweigen, Frankie? Du warst doch sonst immer ehrlich zu mir.«

»Beruhige dich, Schwesterchen«, sagte Max. »In

Wirklichkeit weiß noch niemand was, nicht einmal Chief Tevis, da brauchen wir jetzt auch nicht wild rumzuspekulieren.« Er sah sich um. »Uns fällt doch bestimmt ein angenehmeres Gesprächsthema ein als das.« Er lächelte Jamie an. »Erzähl uns doch was von deinen Hochzeitsplänen!«

Jamie warf ihm einen Blick zu, der einen rasenden Stier hätte töten können. »Ich fürchte, da musst du Phillips Mutter fragen. Sie erledigt das meiste.«

»Willst du in Weiß heiraten?«, fragte Max mit schalkblitzenden Augen.

Phillip sah ihn neugierig an. »Warum sollte sie denn nicht?«

»Max versucht nur, witzig zu sein, Schatz«, sagte Jamie. »Ignorier ihn einfach, vielleicht haut er dann ab.«

Phillip entspannte sich. »Sie sollten einfach zu unserer Hochzeit kommen, Max. Ich schicke Ihnen eine Einladung.«

»Hey, das lasse ich mir doch nicht entgehen, dass Jamie sich mal so richtig aufbrezelt. Vielleicht lasse ich mir sogar ein Hochzeitsgeschenk einfallen.«

»Deedee, kannst du mich noch wegen dem Hochzeitskleid beraten?«, fragte Jamie und hoffte, ihre Freundin von ihren Sorgen abzulenken.

»Klar«, sagte Deedee, aber sie klang weniger begeistert als sonst, wenn es um Kleiderfragen ging.

Während des gesamten Essens war die Stimmung angespannt, und niemand schien Appetit zu haben. Deedee rührte ihr Essen nicht an, obwohl Frankie ihr gut zuredete. Schließlich stand sie auf. »Ich will ja nicht unhöflich sein«, sagte sie, »aber ich muss ins Bett. Ich habe höllische Kopfschmerzen.«

SIEBEN

Frankie ließ sich aufs Sofa fallen und sah Max an. »Was soll ich denn bloß tun?«

»Meine Meinung kennst du ja. Wenn du die Kandidatur jetzt zurückziehst, wirst du ganz viele Leute enttäuschen. All die Menschen, die sich darauf verlassen, dass du hier frischen Wind reinbringst.«

Er seufzte. »Ich weiß. Ich spreche dauernd mit Leuten, die nur mit Müh und Not zurechtkommen, weil es hier einfach keine Arbeitsplätze gibt. Manche leben vom Arbeitslosengeld, und zwar stolze Leute, die es gewohnt sind, für sich selbst zu sorgen.« Er schüttelte traurig den Kopf. »Die Stadt braucht mehr Betriebe, damit die Menschen Arbeit haben.«

»Ich weiß auch nicht, was ich an deiner Stelle tun würde«, sagte Phillip. »Ich würde aber auch die Sicherheit meiner Familie nicht aufs Spiel setzen wollen.«

»Ohne Deedee könnte ich nicht weitermachen«, sagte Frankie elend. »Sie ist doch mein Ein und Alles.«

Jamie war sehr gerührt. Sie kannte kein Paar, das sich so nahe stand, und fragte sich, ob sie und Phillip es je so weit bringen würden. »Du bist wirklich süß, Frankie.«

Phillip sah Jamie an. »Willst du heute Nacht hierbleiben?«

Sie nickte. »Ich will für Deedee da sein.«

»Verstehe.« Er sah auf die Uhr. »Es ist schon spät, ich mache mich mal vom Acker und lasse euch ins Bett gehen. Frankie, danke für das wunderbare Abendessen.«

»Ich bringe dich noch zur Tür«, sagte Jamie und folgte ihm.

»Pass gut auf dich auf«, sagte Phillip. »Ich will nicht, dass dir was zustößt.« Er küsste sie sanft und ging zum Auto.

Jamie kehrte ins Wohnzimmer zurück. »Soll ich noch nach Deedee sehen?«, fragte sie Frankie.

»Lass mal, das mache ich schon«, sagte er.

Max wartete, bis er mit Jamie allein war, bevor er etwas sagte. »Ist alles in Ordnung?«

»Ja.«

»Er ist uns ganz knapp durch die Lappen gegangen, Jamie.«

»Meinst du, es könnte einer der Sicherheitsleute gewesen sein?«

»Ist alles möglich.«

Jamie zitterte.

»Ist dir kalt?«

»Na ja, das lässt sich in diesem Hause ja nicht vermeiden, aber es geht schon. Es macht mir Angst, dass jemand unbemerkt so nah herankommen konnte.«

Max betrachtete sie. »Ich wollte dir keine Angst machen. Wahrscheinlich habe ich schon viel zu viel gesagt.«

»Ich bin doch nicht Deedee. Ich will nicht, dass man mir irgendwelche Informationen vorenthält. Außerdem stecke ich ja auch mit drin.«

Wie um sie zu trösten, legte Max ihr die Hand aufs Knie. Jamie spürte, wie ihre Haut seine Wärme aufsaugte. Sie wurde unruhig. Max zögerte einen Moment und zog die Hand dann weg. »Wir müssten mal miteinander reden.«

Seine Stimme war warm und vertraulich, und ihr stellten sich die Nackenhaare auf.

»Wir reden doch«, sagte Jamie in dem Versuch, dem Gespräch eine andere Richtung zu geben. »Wir müssen rauskriegen, was da läuft.«

»Was wo läuft? Hier läuft im Moment alles Mögliche.«

»Das ist mir vollkommen klar.« Sie stand auf und durchquerte den Raum, spürte seine Berührung aber immer noch. Sie musste ihn nicht anschauen, um zu wissen, wie gut er in seinem weißen Hemd und der braunen Leinenhose aussah, wie seine dunklen Augen alles auf einmal wahrzunehmen schienen, obwohl er nur sie ansah.

Sie konnte nicht länger leugnen, dass sie sich zu ihm hingezogen fühlte, und seine dunklen Augen sagten ihr, dass die Anziehung gegenseitig war. Sie hatte sich dabei erwischt, wie sie sein schönes Gesicht betrachtete, wenn er es nicht bemerkte. Sie hätte gern sein Haar berührt, weil sie sich genau vorstellen konnte, wie es sich anfühlen würde. Sie dachte auch daran, wie es wäre, seine Arme um ihren Körper zu spüren, und bekam auf der Stelle ein schlechtes Gewissen. Sie war Phillip versprochen und hatte kein Recht, an einen anderen Mann zu denken.

Plötzlich stand Max hinter ihr. Sie hatte gar nicht gehört, dass er aufgestanden und zu ihr gekommen war. Nur den Luftzug hatte sie gespürt, die plötzliche, unwillkürliche Spannung in ihrem Körper, und da wusste sie, dass er in ihrer Nähe war. Er legte ihr die Hände auf die Schultern, und ihr Körper reagierte sofort.

»Jamie?«

»Hör auf, Max«, sagte sie und trat einen Schritt beiseite. Sie wusste, dass sie das nicht näher zu erläutern brauchte.

»Und wenn nicht?«

Sie drehte sich um und sah ihn an. »Die Möglichkeit besteht nicht. Ich habe mich doch die ganze Zeit über klar verständlich gemacht. Ich will nicht.«

Er betrachtete sie. »Bist du wirklich so verliebt in Phillip?«

»Natürlich.«

»So wie Frankie und Deedee?«

Es entbehrte nicht einer gewissen Ironie, dass Max ihr ausgerechnet die Frage stellte, die sie sich vorher ebenfalls gestellt hatte. »Wieso interessiert dich mein Verhältnis zu Phillip denn so?«

»Weil ich weiß, wie es ist, den falschen Menschen zu heiraten.«

»Und du glaubst, das tue ich?«

Er zuckte mit den Schultern. »Jedenfalls ist keine große Leidenschaft zwischen dir und deinem Verlobten zu spüren.«

»Ich bin zufrieden mit Phillip. Vielleicht ist da nicht diese große Leidenschaft, die du meinst, aber in den wichtigen Dingen sind wir uns einig. Wir lieben uns, und wir haben eine Menge gemein. Wir fühlen uns wohl zusammen, und ich genieße seine Familie. Ich wollte schon immer eine große Familie haben, Max.«

»Was war damals bei euch los, Jamie?«

Seine Stimme war so sanft und einladend und gab ihr ein Gefühl der Vertrautheit. Jamie kämpfte dagegen an, aber er war so ernst, dass sie sich verpflichtet fühlte zu antworten. Sie seufzte schwer. »Ich wärme nicht gern alte Kamellen auf, aber wenn ich es dir erzähle, lässt du mich dann in Ruhe?«

»Okay.«

»Mein Dad war nicht gesund, Max. Er war sozusagen emotional gestört. Wahrscheinlich ist er nie über den Verlust meiner Mutter hinweggekommen. Oder vielleicht hatte er auch schon immer Probleme gehabt, ich weiß es nicht. Vielleicht hat meine Mutter ihn deswegen verlassen. Er und ich, wir haben nie darüber gesprochen, aber meist hatte er ernsthaft Depressionen.«

»Und deswegen bist du wieder nach Hause gegangen statt zu einer größeren Zeitung?«

»Er hat mich gebraucht. Das hättest du doch auch getan, wenn ein Familienmitglied schlimm krank gewesen wäre, oder?«

Er dachte nach. »Ich bin froh, dass ich nie vor so einer Entscheidung gestanden habe. An deiner Stelle hätte ich wahrscheinlich versucht, es irgendwie so hinzukriegen, dass beide etwas davon haben, aber das kann ich auch leicht sagen, denn ich war ja nicht in der Situation.«

»Ich weiß einfach gerne heute schon, was morgen passiert, weil ich diese Sicherheit früher nie hatte.« Jamie hielt kurz inne. »Ich beklage meine Vergangenheit nicht, Max, aber ich weiß, dass sie einen Teil meiner heutigen Entscheidungen beeinflusst.«

Er wirkte verwirrt. »Dann heiratest du wegen der finanziellen Sicherheit?«

»Nein. Mein Sicherheitsbedürfnis hat mit Geld nichts zu tun.« Sie zuckte die Achseln. »Ach, das verstehst du bestimmt nicht.«

»Ich will nur, dass du glücklich bist, Jamie, das ist alles.«

Am nächsten Morgen stiegen Max und Jamie in sein Auto und fuhren in die Stadt.

»Ich habe nachgedacht«, sagte Jamie.

»Über uns?« Er grinste.

Jamie bemühte sich, nicht zu lächeln. »Nö.«

»Was dann?«

»Es ist nur eine Möglichkeit, aber ich kenne da jemanden oder noch besser gesagt ich *weiß* von jemandem, der wahrscheinlich in der Lage wäre, sich unbemerkt auf ein Grundstück zu schleichen.«

»Ich höre.«

»Er wird Swamp Dog genannt. Ich weiß nicht,

wie er wirklich heißt, aber er ist ein total unheimlicher Typ. Ich habe mal gehört, wenn jemand Drecksarbeit zu erledigen hätte, dann könnte er sich auf Swamp Dog verlassen.«

»Hast du ihn mal zu Gesicht bekommen?«

»Nein. Ich weiß nicht mal, ob er überhaupt noch lebt, aber ich weiß, wo er mal gewohnt hat. In einem baufälligen alten Hausboot mitten im …«

»Sumpf?«

»Kluger Junge. Jedenfalls, ich konnte gestern nicht einschlafen …«

»Echt nicht?« Max sah sie an. »Ich nämlich auch nicht. Ich musste die ganze Zeit an dich denken.«

»Ich war ganz schön fertig.«

»Und du weißt natürlich auch, warum.«

Sie sah ihn an. »Du wirst mir jetzt sicher gleich erzählen, dass es was mit dir zu tun hat.«

Er grinste nur.

Jamie verdrehte die Augen. »Können wir vielleicht mal wieder sachlich werden?«

»Wenn du drauf bestehst.«

»Jemand ist nah genug ans Haus herangekommen, um einen Molotow-Cocktail durchs Fenster zu werfen. Das ist schon eine Leistung, wenn man bedenkt, dass es da von Sicherheitsleuten nur so wimmelt. Also habe ich mir überlegt, wer wäre zu so was in der Lage, ohne sich erwischen zu lassen?«

»Und da ist dir dieser Swamp Dog eingefallen.«

»Genau. Und er hat auch die richtige Ausbildung für so was. Er war in einer militärischen Spezialeinheit. Anscheinend hat er das nicht gepackt.«

»Definier mal ›nicht gepackt‹.«

»Er ist ausgeklinkt.«

»Richtig durchgeknallt? Erzähl weiter.«

»Er ist ein Wilderer. Er schmeißt Dynamit in den Fluss, das die Fische betäubt. Dann schwimmen sie oben, und er fischt sie mit einem Netz raus. Angeblich ist dabei mal ein Unfall passiert, und er hat ein Auge verloren.«

»Daran wäre er ja ziemlich leicht zu erkennen. Woher weißt du, wo er wohnt?«

»Damals in der Highschool haben ein paar von uns beschlossen, ihn ausfindig zu machen. Wir sind rausgefahren, haben das Hausboot auch gefunden, aber als wir näher kamen, ist auf uns geschossen worden, und da sind wir schnell wieder abgehauen.«

»Aber du hast niemanden gesehen?«

»Nein, der Wildhüter hat allerdings von der Wilderei Wind bekommen und wollte da mal nachsehen. Man hat ihn ein paar Tage später mit einer Kugel im Kopf in seinem Boot gefunden. Man konnte nichts beweisen, aber Swamp Dog hatte man in Verdacht.«

»Ich freue mich schon drauf, ihn zu treffen.« Max dachte nach. »Ich weiß nicht, Jamie. Klingt ein bisschen weit hergeholt. Warum sollte er hinter uns her sein?«

»Vielleicht wird er von jemandem bezahlt, der nicht will, dass du und Frankie aufdecken, wo die Steuergelder geblieben sind. Jemand, der sich selbst nicht die Hände schmutzig machen will. Ich finde, wir sollten das auf jeden Fall überprüfen. Er ist der einzige irgendwie gefährliche Typ in der Gegend.«

»Okay, dann statten wir ihm einen kleinen Besuch ab.«

Jamie lachte. »Ich glaube kaum, dass Swamp Dog Audienzen gewährt.«

»Du meinst, er wird uns nicht Tee und Gebäck anbieten?«

»Eher erschießt er uns.«

»Dann fahre ich wohl besser allein.«

»Da findest du alleine nicht hin.«

Muffin schaltete sich ein. »Ich sage Leuten ja nicht gerne, was sie zu tun und zu lassen haben, aber in dem Fall mache ich mal eine Ausnahme. Das klingt reichlich gefährlich.«

»Wie sollen wir denn sonst rauskriegen, ob Swamp Dog was damit zu tun hat?«, fragte Jamie.

»Könnt ihr mir nicht seinen richtigen Namen besorgen?«, fragte Muffin. »Dann könnte ich ein bisschen was über ihn herausfinden.«

»Ich weiß nicht, ob überhaupt jemand seinen richtigen Namen kennt.« Jamie sah Max an. »Wir brauchen ein Boot, um da hinzufahren. Glücklicherweise kenne ich jemanden, der eins hat. Ich erledige schnell meinen Kram im Büro, und dann können wir gegen Mittag los.«

»Das gefällt mir alles nicht«, antwortete Muffin. »Aber überhaupt nicht. Ihr spielt mit dem Feuer.«

»Das soll ein Boot sein?«, fragte Max etwa vier Stunden später und betrachtete die Nussschale, die sie über den Fluss tragen sollte.

»Du hast wohl eine Yacht erwartet, was? Ich glaube kaum, dass der Fluss für die Sorte Boot geeignet ist, die du gewohnt bist.« Jamie schämte sich ein bisschen für das Boot. So schäbig hatte sie es gar nicht in Erinnerung gehabt. Die Farbe war längst verblichen, ein Sitz war abgebrochen, und sie war nicht sicher, ob der schwache Motor sie überhaupt aus dem Hafen bringen würde.

»Das Ding sieht aus, als würde es nicht mal in der Badewanne schwimmen«, sagte Max.

»Dann sag ich dir mal was, Holt: Nächstes Mal besorgst du das Boot.«

»Nächstes Mal? Das hört sich ja an, als wolltest du eine längere Beziehung.«

»Ich bin echt froh, dass du dein Selbstbewusstsein mit an Bord bringst.« Es würde eine lange Fahrt werden, sagte Jamie sich, und es war gut möglich, dass sie vergeblich unterwegs waren. Swamp Dog konnte längst tot und unter der Erde sein. »Also, fährst du mit oder nicht?«

»Hey, das lasse ich mir doch nicht entgehen!«

Jamie hängte sich ihre Handtasche um, nahm den Stoffbeutel mit den Utensilien, die Max besorgt hatte – Snacks, Taschenlampen, Erste-Hilfe-Set, Insektenspray –, zog sich Gummistiefel über und stieg vorsichtig ins Boot. Es schaukelte vor und zurück. Sie klammerte sich an der Karte fest, die Muffin ausgedruckt hatte, damit sie sich den Fluss vorher einprägen konnten. Sie war froh, dass sie noch schnell Jeans und eine langärmlige Bluse angezogen hatte. Die würden sie vor den Mücken schützen. Zusätzlich zum Insektenspray.

Max beobachtete sie verwirrt bei ihrem Bemühen, nicht das Gleichgewicht zu verlieren. Schließlich hielt sie sich an einem Sitz fest, den Po in die

Luft gereckt, und wartete, dass das Boot zu schaukeln aufhörte. Max zog eine Augenbraue hoch. »Du fährst nicht oft Boot, oder?«, fragte er.

Jamie setzte sich. »Okay, ich bin kein großer Matrose. Steig einfach ein in das Scheißding, dass wir loskommen.«

»Lass uns erst mal was klären, Swifty«, sagte Max und bemühte sich, streng zu gucken, was ihm aber misslang. »Wer den Motor bedient, ist der Captain. Das bedeutet, dass du der erste Offizier bist und kein Recht hast, so mit mir zu reden.«

»Ach so, um Macht geht es!«, sagte Jamie. »Da hast du aber was vergessen, Holt: Ich habe das Boot aufgetrieben, und ich weiß, wie wir zu Swamp Dog kommen. Gib's zu, du brauchst mich.« Dabei war ihr völlig klar, dass sie Unrecht hatte. Jamie hatte den Verdacht, dass Max Holt alles schaffte, was er sich in den Kopf setzte.

»Du hast Recht«, sagte er. »Ohne dich bin ich aufgeschmissen.« Er stieg ins Boot und hob dann die kleine Kühlbox mit Getränken und die beiden Gasflaschen, die er für die Fahrt gekauft und aufgefüllt hatte, hinein. »Na, dann mach mal die Leine los«, sagte er, als er saß.

Jamie tat wie ihr geheißen. Sie holte das Seil ein und stieß das Boot vom Anleger ab.

Max umfasste den kleinen Griff an der Anlasserschnur des Motors und zog daran. Es brauchte einige Versuche, aber schließlich sprang der Motor an. Max steuerte das Boot über den Fluss. »Fahre ich in die richtige Richtung?«

»Sehr witzig. Sieht man doch, dass es nur einen Weg gibt.«

»Ich wollte nur sichergehen, du bist ja unsere Steuerfrau.«

Nach einer knappen Stunde Fahrt zeigte Jamie auf einen Seitenarm. Sie nahm sich ein Ruder und steckte es ins Wasser. »Bleib in der Mitte«, sagte sie, »hier ist es ziemlich flach.«

»Gut, dass du diesen hochmodernen Tiefenmesser dabei hast«, sagte Max. »Wäre wirklich blöd, auf Grund zu laufen.« Nach einer Weile stellte er den Motor aus und zog ihn hoch, sodass die Schraube aus dem Wasser kam, und paddelte weiter. Schließlich stieß das Boot ans Ufer.

Jamie betrachtete den grünen Film auf dem Wasser, unter dem sich weiß der Teufel was verbarg. Sie unterdrückte ein Schaudern.

»Und jetzt?«, fragte Max.

»Jetzt gehen wir zu Fuß weiter.«

Max machte das Boot fest. Jamie nahm ihre Handtasche, schlang sich den Riemen um die Schulter und wartete, bis Max ausgestiegen war. Er drehte sich um und half ihr hinaus. Sie rollten die Ärmel runter und sprühten sich Insektenspray auf Hals und Hände.

»Dann mal los«, sagte er.

Die Hitze machte Jamie ziemlich zu schaffen. Auf dem Fluss hatte sich kein Lüftchen geregt. Es war heiß, ihre Bluse war durchgeschwitzt und klebte ihr am Rücken. Sie fand einen stabilen Ast, den sie als Wanderstock benutzte und den sie, so hoffte sie, auch zur Verteidigung gegen wilde Tiere einsetzen konnte. Max tat es ihr nach. »So richtig hilfreich werden diese Gummistiefel nicht sein, wenn wir einem Alligator begegnen«, sagte sie.

»Dann sollten wir das unter allen Umständen vermeiden. Übrigens haben die mehr Angst vor uns als wir vor denen.«

»Klar. Das erklärt auch, warum wir die mit den Gummistiefeln und Stöcken sind, und nicht die.«

»Jetzt sei doch nicht so gereizt«, sagte Max. »Das ist überhaupt nicht sexy.«

Jamie verkniff sich eine Antwort. Sie war fest entschlossen, Max Holt zu zeigen, dass sie hart im Nehmen war.

Sie gingen am Ufer entlang und fanden sich schon bald wieder in flachem Wasser. Jamies Angst wurde noch größer, als ihr das schlammige Wasser bis zum Knöchel reichte.

»Alles klar?«, fragte Max, der bemerkt hatte, dass sie vor jedem Schritt zögerte.

»Es gibt schon Dinge, die ich jetzt lieber täte, falls du das meinst.«

»Es war doch deine Idee.«

»Versucht denn sonst noch jemand, die Sache aufzuklären? Du wirst kaum Lamar Tevis und seine Leute dabei erwischen, wie sie den Sumpf nach einem Verrückten durchkämmen.«

»Nach Lamar wollte ich dich sowieso schon fragen«, sagte Max. »Irrsinnig qualifiziert kommt er mir nicht vor.«

»Sein Vater war eine Weile lang Sheriff, und er war sehr beliebt. Lamar ist sozusagen in seine Fußstapfen getreten. Meistens macht er das ganz okay.«

»Das hört sich ja an, als würden in dieser Stadt alle Jobs vererbt.«

»Um das rauszufinden, braucht man auch nicht besonders clever zu sein.« Jamie zuckte zusammen, als sie einen dürren Ast sah. Sie hätte schwören können, dass es eine Schlange war.

Der Gedanke, Swamp Dog zu suchen, war ihr anfangs spannend erschienen, aber so langsam bereute sie ihn.

Jamie versuchte, sich auf die Landschaft zu konzentrieren, die Sumpfzypressen, Tupelobäume und Amberbäume. Ein Baldachin aus Blättern umschloss den Sumpf und verlieh ihm etwas Unheimliches, das ihr eine Gänsehaut machte.

»Jetzt hätte ich gerne Veras Pistole.«

»Damit würdest du dir nur selbst in den Fuß schießen«, sagte Max.

»Verdammter Mist, ich gehe bei dieser Aktion eh drauf.« Jamie spürte bei jedem Schritt, wie der Schlamm unter ihr nachgab und ein schmatzendes Geräusch machte. »Oh Mann«, sagte sie. »Das ist echt krass. Siehst du Schlangen? Wassermokassinschlangen oder so?«

Max kicherte. »Stell dich doch nicht so mädchenhaft an!«

»Ich bin ein Mädchen. Damit musst du dich schon abfinden.«

Max grinste. »Es ist ja nicht so, dass ich das nicht bemerkt hätte. Bist du eigentlich sicher, dass wir in die richtige Richtung gehen?«

»Ich bin nicht mal sicher, dass wir den Abend noch erleben.« Jamie blieb stehen und sah auf die Karte. »Ich dachte, es wäre hinter der letzten Kurve gewesen.« Das Wasser stand ihr inzwischen fast bis zu den Knien. »Es hat in den letzten Monaten mehr geregnet als sonst. Das verändert hier natürlich alles.«

Max blieb stehen und starrte sie an. »Willst

du damit andeuten, dass wir uns verlaufen haben?«

»Das liegt durchaus im Bereich des Möglichen.«

Er seufzte. »Hätte ich mir doch gleich denken können, das war ja sowieso eine Schnapsidee. Langsam glaube ich, dieser ganze Swamp Dog ist eine Ente.«

»Warum bist du dann mitgekommen?«

»Weil ich wusste, dass du ihn unbedingt finden willst und sonst wahrscheinlich allein losgezogen wärst. Und irgendwer muss schließlich auf dich aufpassen. Ohne mich würdest du es hier keine fünf Minuten überstehen. Gib's zu.«

Jamie erstarrte. Etwas Langes, Schwarzes kam auf sie zu, und diesmal war es kein Ast. »Oh, verdammter Mist.«

»Das ist doch nur eine kleine Wasserschlange«, sagte Max.

Jamie wagte nicht zu atmen, als die Schlange durchs Wasser glitt und sich geradewegs zwischen ihren Beinen hindurchschlängelte. Sie drehte sich um, als die Schlange hinter ihr weiterschwamm. »Ich fasse es nicht, dass ich das tue«, sagte sie. »Das ist alles deine Schuld. Du hättest dich nicht dazu überreden lassen dürfen.«

Max nahm nur flüchtig wahr, was sie sagte,

weil er etwas bemerkte. »Still«, sagte er. »Da ist das Hausboot.«

Jamie sah auf. Tatsächlich erkannte sie die Umrisse einer Holzkonstruktion durch die Bäume. »Das ist es«, flüsterte sie.

»Vielleicht solltest du hier bleiben und ich gehe mal gucken.«

Sie schüttelte den Kopf. »Jetzt bin ich so weit gekommen, da wird jetzt nicht gekniffen.«

Sie bewegten sich geräuschlos durchs Wasser. Jamie fürchtete allerdings, Swamp Dog müsse ihr laut klopfendes Herz und ihren keuchenden Atem hören. Schließlich hatten sie wieder trockenen Boden unter den Füßen. Das Boot lag keine hundert Meter vor ihnen und schaukelte sanft auf dem Fluss, vielleicht sechs Meter vom Ufer entfernt. Sie näherten sich ihm vorsichtig, wobei sie darauf achteten, hinter Bäumen und Büschen zu bleiben.

»Da ist er«, flüsterte Jamie so leise, dass sie sich selbst kaum hörte. Sie starrte den grobschlächtigen Mann mit dem schulterlangen, eisengrauen Haar und der schwarzen Augenklappe an. Er watete im Fluss neben seinem Boot. Sie gingen weiter und achteten noch mehr auf jeden Schritt. Jamie zuckte zusammen, als sie einen Schuss hörte. Sie schnappte nach Luft, als eine Schlange in die Luft flog und mit einem Klatschen im Wasser landete. Swamp Dog packte sie und schleuderte sie gegen das Boot. Dann drehte er sich ohne Vorwarnung um und hielt die Pistole in ihre Richtung. »Raus aus dem Gebüsch«, sagte er. »Hände hoch.«

ACHT

»Wir sind tot«, sagte Jamie.

»Tu lieber, was er sagt«, antwortete Max.

Sie hoben die Hände über die Köpfe und traten hinter den Büschen hervor. »Wir sind nicht bewaffnet«, sagte Max.

»Das ist mir so was von scheißegal«, antwortete Swamp Dog. »Ihr habt hier nichts zu suchen. Das reicht mir, um euch 'ne Kugel in den Kopf zu jagen.«

»Wir brauchen Hilfe«, sagte Jamie, als sie näher kamen. »Uns ist der Motor kaputtgegangen. Wir sind liegen geblieben.« Swamp Dog ließ die Pistole nicht sinken, während er aus dem Wasser stieg. »Da habt ihr euch den Falschen ausgesucht.«

Jamie versuchte an ihm vorbeizuschauen, seine ledrige Haut und der muskulöse Körper fielen ihr aber doch auf. Über Bauch und Brustkorb zogen sich im Zickzack violette Narben. Seine linke Gesichtshälfte war entstellt, wahrscheinlich durch den Unfall, bei dem er das Auge verloren hatte. Sein drohender Blick verriet, dass er sie eher erschießen als gehen lassen würde.

»Na dann«, sagte Jamie leichthin, »dann machen wir uns wohl lieber wieder davon. Entschuldigen Sie bitte die Störung.«

»Noch eine Bewegung und ihr seid tot.«

Max wandte sich an Jamie. »Vielleicht sollten wir ihm sagen, warum wir wirklich hier sind.«

Jamie nickte. Wovon, zum Teufel, sprach er? »Hm, ja, sag *du* es.«

»Miss Swift gehört die *Beaumont Gazette*«, sagte Max. »Sie möchte Sie gerne interviewen.«

»Und das soll ich jetzt toll finden, oder was?« Swamp Dog griff nach einem Handtuch und schlang es sich um die Hüften.

Jamie sah Max nur an. Wenn er nicht noch einen besseren Plan hatte, waren sie verloren. »Äh, ja«, bestätigte Jamie, der alles lieber war als ein sofortiger Tod. »Ich hatte gehofft, ich könnte eine *Geschichte, die das Leben schrieb* über Sie bringen.«

Swamp Dog ließ die Pistole sinken, wandte den Blick aber nicht von Jamie. »Ihr verarscht mich doch.«

»Quatsch«, sagte Jamie. »Wenn wir Sie verarschen wollten, hätten wir uns was Besseres ausgedacht. Sie müssen zugeben, dass Sie hier in der Gegend eine Art lebende Legende sind.«

Der Mann glaubte ihr offensichtlich kein Wort. Er schwenkte die Pistole. »Rein da.«

»Anscheinend haben wir einen schlechten Zeitpunkt erwischt«, sagte Jamie. »Wir können auch einen Termin ausmachen, wenn es Ihnen besser passt. Dann kann ich gleich meinen Fotografen mitbringen und alles in einem Aufwasch erledigen.«

»Sehe ich aus, als würde ich mich fotografieren lassen?«, fragte Swamp Dog.

Jamie zuckte mit den Schultern. »Warum nicht?«

»Hören Sie auf, mir so einen Scheiß zu erzählen, und gehen Sie rein, Lady.«

Max und Jamie gingen über wacklige Planken vom Ufer ins Boot.

»Hier lang«, befahl Swamp Dog.

Sie gingen auf die Tür zu, die in die Wohnkabine führte. Der Raum war schmutzig und roch nach ungewaschener Wäsche und vergammelten Lebensmitteln.

»Hinsetzen.« Er deutete auf ein Sofa.

Jamie hatte fast Angst, sich auf das räudige Sofa zu setzen, aber noch mehr fürchtete sie sich vor der Pistole. Max setzte sich neben sie. Sie sah sich um. »Äh, hübsch haben Sie's.«

»Ja, hab ich bei 'ner Wohnzeitschrift abgeguckt.« Swamp Dog setzte sich auf einen Stuhl ihnen gegenüber und griff nach einem Block und einem Stift auf einem klapprigen Tischchen. Er warf beides Jamie zu, deren Hände so zitterten, dass sie es nicht fing. Max hob die Sachen auf und reichte sie ihr.

»Also, was wollt ihr wissen?«, fragte der Mann. »Denkt gut drüber nach, weil, wenn ihr die falschen Fragen stellt, werde ich sauer.«

Jamie riss sich zusammen und versuchte, einen professionellen Eindruck zu vermitteln, während sie darüber nachdachte, was sie ihn fragen konnte, ohne ihn auf die Palme zu bringen. Er sah unheilvoll aus mit der schwarzen Augenklappe, und sie vermied es, ihm ins Gesicht zu sehen. »Okay, fangen wir ganz vorne an«, sagte sie selbstbewusster, als sie war. »Wie heißen Sie?«

Swamp Dog schoss fünf Zentimeter an ihrem Kopf vorbei. Jamie machte einen Hechtsprung zu Max.

»Was soll das denn?«, sagte Max. »Warum tun Sie das?«

»Ich kann persönliche Fragen nicht ausstehen.«

Jamie versuchte zu schlucken. »Okay, okay, jetzt verstehe ich die Regeln«, sagte sie und suchte krampfhaft nach einem unverfänglichen Thema. Die Gerüchte stimmten: Der Mann hatte sie nicht mehr alle. Sie würde das Interview seicht und oberflächlich halten.

»Vielleicht können Sie uns etwas über Ihre Hobbys erzählen. Arbeiten Sie gern im Garten?«

»Was?«, fragten er und Max unisono.

»Das ist die beknackteste Frage, die mir je jemand gestellt hat«, sagte Swamp Dog. »Sehe ich aus wie ein Gärtner?«

»Himmel, Jamie«, presste Max hervor.

Sie sah von einem zum anderen. »Also, entschuldigt mal bitte«, fauchte sie, »aber so einfach ist das nicht, mit vorgehaltener Pistole ein Interview zu führen. Ich versuche hier, meine Arbeit zu machen, und mit Unhöflichkeit kann ich schlecht umgehen. Mir ist heiß, ich bin kaputt und habe Hunger. Ich bin extra hier rausgekommen, um diesem *Menschen* ein paar Fragen zu stellen, und da werde ich so behandelt? Ach, vergesst das Interview doch.« Sie warf den Block beiseite und griff nach ihrer Handtasche.

»Stillhalten«, sagte Swamp Dog.

»Ich will doch nur eine Zigarette!« Sie holte das Päckchen und ein Feuerzeug heraus. In der Ferne hörte sie ein kleines Flugzeug und dachte, dass wahrscheinlich gegen Mücken gesprüht wurde. Sie wünschte, sie säße darin.

»Hier wird nicht geraucht.«

Jamie sah sich im Dreck um. »Das ist ja wohl ein Scherz.« Gleichzeitig bemerkte sie, dass er unruhig wurde. Offensichtlich mochte Swamp Dog keine Kleinflugzeuge. Vielleicht erinnerten sie ihn an andere Dinge, die er lieber vergessen hätte.

»So langsam geht ihr mir echt auf den Keks«, sagte er. »Ich kann geschwätzige Weiber nicht ab.« Langsam hob er die Pistole.

»Ich bin kein Weib, und ich mag es nicht …«

»Schnauze!« Swamp Dog atmete schwer, und sein Auge bekam etwas Wildes, als das Flugzeug näher kam. Er wirkte vollkommen verwirrt, trotzdem spannte er den Abzugshahn und zielte. Das Flugzeug kam tiefer.

Max sah zum Fenster. »Alle runter!«, brüllte er.

Swamp Dog wirbelte unwillkürlich herum und richtete die Pistole auf das Flugzeug, als es aufs Wasser niederging, sodass das Hausboot erzitterte und eine Wolke Insektenspray die Luft erfüllte. »Arschlöcher«, murmelte er.

In einer fließenden Bewegung glitt Max vom Sofa und trat Swamp Dog die Pistole aus der Hand. Sie fiel auf den Boden, und es löste sich ein Schuss. Swamp Dog stürzte sich, immer noch verdattert, auf die Pistole, aber Max war schneller. Er packte die Waffe, nahm den älteren Mann in den Schwitzkasten und hielt ihm die Waffe an den Kopf. Das Flugzeug flog weiter.

»Okay, Sie ungehobelter Mistkerl. Dann wollen wir Ihnen mal Manieren beibringen.«

»Leck mich, Holt.«

Max war erstaunt. »Sie wissen, wer ich bin?«

Swamp Dog lächelte und zeigte seine gelben Zähne. »Wundert dich das?«

»Für wen arbeiten Sie?«

»Das binde ich dir doch nicht auf die Nase. Erschieß mich halt, ich hab keine Angst.«

»Mach schon, erschieß ihn«, sagte Jamie. »Wir können sagen, es war Notwehr.«

»Im Moment hätte ich lieber ein paar Antworten«, sagte Max, ohne den Blick von dem Mann zu wenden. »Irgendwer bezahlt Sie dafür, meinem Schwager eins auszuwischen. Sie haben versucht, Jamie und mich umzubringen. Warum?«

Er schaute Max selbstgefällig an. »Wenn ich euch umbringen wollte, hätte ich das längst getan.«

Max setzte sich auf die Fersen, hielt die Pistole aber auf Swamp Dog gerichtet. »Gefällt mir, wenn jemand so selbstbewusst ist.«

»Dann sind wir ja dicke Freunde.«

»Dicke Freunde muss ja nicht gleich sein, aber ich kann Ihnen einen gut bezahlten Job anbieten.

Ich brauche Sie für mein sogenanntes Besonderes Projektteam. Und zwar sofort«, fügte er hinzu. »Ihr erster Job wäre es, einen Freund von mir zu beschützen.«

»Frankie Fontana. Der hat doch schon eine ganze Sicherheitsmannschaft.«

»Ja, und die machen ihre Sache nicht besonders gut. Ich brauche jemanden, auf den ich mich verlassen kann, damit Frankie und seine Frau wirklich sicher sind. Wenn Sie den Job übernehmen, überweise ich eine ordentliche Stange Geld auf ein Konto mit Ihrem Namen.«

»Und wenn nicht?«

Max zuckte die Achseln. »Dann sind Sie nicht so schlau, wie ich dachte.« Er warf die Pistole beiseite und stand auf.

Swamp Dog sprang auf die Füße und grabschte nach der Waffe. »Jetzt hast du dein Todesurteil unterschrieben, Holt.«

»Du bist mir vielleicht ein Cleverle«, murmelte Jamie. »Wenn er uns vorhin nicht umgebracht hat, tut er es jetzt bestimmt. Was glaubst du, was der mit uns vorhat? Den Alligatoren zum Fraß vorwerfen natürlich. Hast du schon mal gesehen, was so ein Alligator mit Menschen macht?«

Er schüttelte den Kopf. »Du etwa?«

»Nein, aber ich habe davon gehört. Sie zerren

das Opfer unter Wasser, damit es ertrinkt. Die Leiche fressen sie dann erst ein paar Tage später.«

Swamp Dog lachte. »Es ist noch viel schlimmer, Miss Swift. Ich hab es gesehen. Und jeden Moment genossen, wenn ich das so sagen darf.«

Beide starrten ihn an.

»Mach dich mal locker«, sagte Max schließlich. »Er erschießt uns nicht. Das hätte er längst getan.« Er griff in seine Hemdtasche, zog eine Visitenkarte hervor und legte sie auf den Tisch neben dem Stuhl, auf dem Swamp Dog gesessen hatte. »Rufen Sie an, wenn Sie den Job wollen.«

Jamie hielt die Luft an, als Max sie aus dem Hausboot geleitete. Swamp Dog war wahrscheinlich ein guter Schütze und würde sie sofort töten. Sie würde nicht lange leiden und qualvoll sterben müssen, während Mokassinschlangen und wer weiß was alles sich über ihren Körper schlängelten. Und sie würde nicht mit Annabelle Standish unter einem Dach leben müssen.

Sie gingen über die Planken von Bord. Sie spürte Swamp Dogs Blick auf sich.

»Geh einfach weiter«, sagte Max.

Als sie zu ihrem Boot zurückgingen, lag der Sumpf im Schatten. In der Nähe quakte ein Ochsenfrosch, die Vögel zwitscherten. Jamie watete durchs Wasser und achtete auf alles, was sich bewegte.

»Alles klar?«, fragte Max.

»Alles klar, außer dass du uns fast umgebracht hättest.«

»Ich? *Du* hast dich doch verplappert!«

»Der Mann ist krank, mir knapp übern Kopf zu schießen, bloß weil ich die falsche Frage stelle. Das war ja wie im Western, wo der Bösewicht irgendwem vor die Füße schießt, damit er tanzt. Ich weigere mich, mich so behandeln zu lassen. Soll er mir doch lieber gleich in den Kopf schießen, und fertig ist die Laube. Du hättest dir das auch nicht gefallen lassen, Max.«

Er war still.

»Oder?«

»Kommt drauf an. Wenn ich allein gewesen wäre, nein. Aber wenn ich jemanden schützen will, der mir wichtig ist, würde ich wahrscheinlich mitspielen, bis mir ein Ausweg einfällt.«

Jamie dachte nach, als sie weitergingen. »Glaubst du, er ist wirklich der, der hinter uns her ist?«

Max zuckte die Achseln. »Er wusste, wer wir sind. Und er ist schlau genug, um Frankies Sicherheitsleute auszutricksen.«

Jamie sah ihn an. »Das verstehe ich nicht. Warum hat er uns dann jetzt nicht umgebracht? War doch die perfekte Gelegenheit.«

»Das wäre zu einfach gewesen. Der Mann ist

ein Jäger, ein Raubtier. Wir waren zu leichte Beute, es war keine Herausforderung. Er war ja auch beim Militär, und wie du gesagt hast, wahrscheinlich sogar bei einer Spezialeinheit.«

»Das weiß ich aber nicht sicher. Ich weiß nicht mal, ob er wirklich beim Militär war. Wahrscheinlich auch wieder nur so ein Gerücht.«

»Hast du den Tisch neben seinem Stuhl bemerkt? Zum Teil lag ein Wachstuch drauf, aber das war eine Feldkiste. Und es stand auch ein Name drauf, J. Hodges.«

»Dann haben wir ja immerhin schon mal seinen Namen.«

»Swamp Dog, ich meine Hodges, macht nur die Drecksarbeit. Er ist gerissen und bösartig, aber nicht gerade Einstein. Ich wüsste lieber, wer ihn engagiert hat.«

»Es war doch wohl nicht dein Ernst, ihm einen Job anzubieten.«

»Mein voller Ernst.«

»Warum, um Gottes willen?«

»Hier draußen kann ich den Kerl nicht im Auge behalten. Ich will ihn in der Nähe haben, um ihn zu beobachten.«

»Verdammt, Max, du bringst uns alle in Gefahr.«

»Vertrau mir einfach mal, ja? Swamp Dog ist

nur eine Figur in einem viel größeren Spiel, in dem es offensichtlich um eine Menge Geld geht. Wer auch immer dahinter steckt, er ist schlauer und gefährlicher als er.«

»Du verschweigst mir doch was. Stimmt's?«

»Muffin und ich arbeiten da noch dran. Ich sage es dir, sobald ich was habe.«

Jamie hatte viel zu viele offene Fragen im Kopf. Sie war in Beaumont aufgewachsen und mit einer Reihe derer zur Schule gegangen, die heute die Geschicke der Stadt lenkten. Sie ging zu Hochzeiten und Beerdigungen, ihre Freunde bekamen Kinder, und sie wollte nicht glauben, dass einer von ihnen sich unrechtmäßig bereicherte.

»Du bist so still«, sagte Max.

»Ich muss über alles Mögliche nachdenken.«

Sie gelangten zum Boot. Jamie stieg ein, und Max schob sie vom Ufer weg. Er paddelte ein kleines Stück und überprüfte mit einem Ruder, ob das Wasser tief genug war, den Motor hineinzulassen. Dann griff er nach der Anlasserschnur und zog daran. Ohne Erfolg. Er versuchte es noch einmal, vergeblich.

Jamie sah sich zu ihm um. »Was ist denn?«

Er zuckte mit den Schultern. »Keine Ahnung. Wir haben genug Treibstoff.« Er sah näher hin. »Ach du Scheiße!«

»Was denn?«

Max hielt einen schwarzen Schlauch hoch, der zum Motor führte. »Der ist durchgeschnitten.«

Jamie riss den Mund auf. »Wer tut denn so was?«

»Keine Ahnung.«

Sie sah sich verzweifelt um, sah aber nur Bäume und Gebüsch. »Vielleicht beobachten sie uns«, sagte sie leise.

Max folgte ihrem Blick. »Ich sehe niemanden, aber das muss nicht heißen, dass da niemand ist.« Er griff nach den Rudern. »Je schneller wir von hier fortkommen, desto besser.«

»Du willst doch wohl nicht den ganzen Weg zurückrudern.«

»Hast du einen besseren Vorschlag?«

Jamie versuchte nachzudenken. »Das dauert ja ewig.«

Max ruderte weiter und beobachtete dabei genau, ob sich in der näheren Umgebung etwas regte. »Guck mal unter der Sitzbank nach, ob da vielleicht irgendwo Klebeband ist, mit dem wir den Schlauch flicken können.«

Jamie fing an zu suchen. Sie fand eine Angelkiste mit Ködern und rostigen Haken. Und einen Stapel Decken, die so aussahen, als wären sie seit Jahren nicht gewaschen worden. »Oh Mann, hier liegt ein toter Fisch, kein Wunder, dass das ganze Boot so stinkt.« Sie nahm einen rostigen Eispickel, spießte den Fisch auf und warf ihn ins Wasser.

Max, der unter seinem Sitz nachguckte, sah auf. »Das war jetzt vielleicht nicht so schlau«, sagte er, als der Fisch wieder an der Oberfläche auftauchte.

»Er ist ekelhaft.«

»Es gibt Schlimmeres.«

»Ja, diese fiesen Decken hier zum Beispiel. Ich kann es gar nicht fassen, dass mein Freund das Boot so hat runterkommen lassen. Welch ein Wunder, dass es überhaupt noch schwimmt.« Sie seufzte. »Tut mir Leid, kein Klebeband da.« Während sie sprach, sah sie sich weiterhin unruhig um. »Glaubst du, Swamp Dog hat den Schlauch durchgeschnitten? Der kennt doch bestimmt Abkürzungen durch den Sumpf. Vielleicht hat er das Boot gefunden, den Schlauch durchgeschnitten und war schon wieder weg, als wir ankamen.«

»Möglich ist das«, sagte Max.

»Das würde auch erklären, warum er uns nicht umgebracht hat. Er sieht uns lieber dabei zu, wie wir im Sumpf verenden.«

»Wir verenden nicht. Du hast doch mich, Häschen, und ich habe zufällig ein paar Überlebenstricks auf Lager.«

»Ach ja, klar. Zum Beispiel immer die Goldene Visakarte dabeizuhaben, falls das Restaurant kein American Express nimmt.«

»Du unterschätzt mich.«

Plötzlich schlug etwas gegen das Boot. Jamie schnappte nach Luft und sprang auf die Füße. Das Boot schwankte bedrohlich.

»Setz dich hin!«, schrie Max. »Das ist so ein Scheißalligator.«

Jamie versuchte, das Gleichgewicht wiederzufinden, reagierte aber zu heftig. Das Boot kippte zur Seite, und sie fiel in den Fluss. Jamie kreischte.

Max sah den Alligator sich in ihre Richtung bewegen. Es blieb keine Zeit, sie aus dem Wasser zu ziehen. »Halt still und schrei nicht so«, sagte er und hielt das Ruder hoch in die Luft. Der Alligator war nur noch einen Meter von Jamie entfernt, als Max ihm das Ruder auf die Schnauze knallen ließ. Jamie schrie auf, als das Tier um sich schlug. Max hieb noch fester auf das Tier ein und zielte auf seine Augen. Der Alligator wurde ruhiger und sank unter die Wasseroberfläche.

Jamie konnte vor lauter Angst nicht mehr klar denken. Sie war sicher, dass der Alligator direkt neben ihr war. Sie konnte sich nur zu gut vorstellen, wie er ihr die Zähne ins Bein schlug und sie unter Wasser zog. Wie von Sinnen versuchte sie, sich ins Boot zu ziehen. »Lass dir doch helfen«, rief Max. »Du bringst sonst noch dieses Ding hier zum Kentern …«

Zu spät. Das Bötchen kippte plötzlich gefährlich zur Seite. Wasser schwappte hinein. Max rettete sich mit einem Sprung in den Fluss, das Wasser reichte ihm bis zu den Schultern. »Jetzt beruhig dich mal«, befahl er und griff nach Jamie. »Wir müssen an Land.« Er zerrte sie förmlich ans Ufer. Sie ließ sich aufs Gras plumpsen und schluckte den Kloß hinunter, der ihr im Hals steckte.

»Mann, Mann, Mann, hast du gesehen, wie groß der war?«

Max sah, dass sie fast hysterisch wurde, aber er musste die Sachen aus dem Boot holen. »Bleib hier sitzen.« Er nahm sich einen kurzen, aber dicken Stock und ging wieder ins Wasser. Wenn der Alligator oder einer seiner Verwandten wiederkam, hätte er im Kampf vielleicht eine Chance.

Jamie sprang auf. »Max, geh da nicht hin!«, schrie sie. »Der bringt dich um!« Als er dennoch weiter aufs Boot zuging, stampfte sie mit dem Fuß auf. »Verdammte Scheiße, Max, willst du mich *zwingen* zuzugucken, wie der Scheißalligator dich bei lebendigem Leib auffrisst? Das ist das Egoistischste, was du je gemacht hast, gleich nach der Sache mit dem Dynamit. Und pass auf, dass meine Handtasche nicht nass wird, da sind meine Zigaretten drin.«

Jamie schaute, ob sich im Wasser etwas bewegte, während Max auf das Boot zuwatete. Hoffentlich hatte er dem Alligator genug zugesetzt, dass er abgehauen war. Sie wusste, dass Alligatoren Menschen normalerweise mieden, außer wenn sie daran gewöhnt waren, von ihnen gefüttert zu werden. Es gab aber auch bösartige Exemplare, die sich vor nichts fürchteten und die einem Mann eher den Kopf abreißen würden, als ihn auch nur eines Blickes zu würdigen. Auf einem Baumstamm in der Nähe sah sie eine Schildkröte in der Sonne liegen und überlegte, ob sie sie fangen sollte. Vielleicht könnten sie sie essen, wenn sie hier länger festsäßen. Als hätte sie ihre Gedanken gelesen, glitt die Schildkröte ins Wasser und verschwand.

Max erreichte das Boot. Jamie beobachtete ihn, wie er so viel wie möglich herausholte und die Sachen, als er zum Ufer zurückging, hoch über den Kopf hielt. An Land kippte er alles aus der Kühlbox.

»Was machst du denn?«, fragte Jamie.

»Ich will das Boot retten.«

»Du gehst da doch nicht wieder rein! Sag, dass du da nicht wieder …« Aber er war schon weg, und wieder stand sie da und fühlte sich hilflos.

Sie sah ihn Wasser aus dem Boot schöpfen, indem er die Kühlbox als Eimer benutzte. Er hatte erst wenig abgeschöpft, als Jamie im Wasser etwas bemerkte, das wie ein auf ihn zutreibender Baumstamm aussah. Sie wusste es besser.

»Komm aus dem Wasser, Max!«

Max sah in die Richtung, in die sie zeigte.

Jamie wusste, dass er die Entfernung zwischen sich und dem Alligator abschätzte, weil er möglichst viel Wasser abschöpfen wollte, bevor das Tier ihm zu nahe kam. Der Mann war entweder ein Vollidiot oder lebensmüde.

»Komm aus dem Wasser, Max! Er kommt direkt auf dich zu! Der ist riesig!« Sie hatte den Verdacht, dass Max den anderen Alligator ernsthaft verletzt hatte, und dieser hier hatte das Blut gerochen, ebenso wie der tote Fisch den ersten angelockt hatte.

»Ich schwör's!«, rief Jamie. »Wenn du nicht sofort da rauskommst, komme ich dich holen!« Ihr hämmerte das Herz in der Brust. Sie sah sich nach einem Stock oder einem Stein um. Dann fiel ihr ihre Metall-Nagelfeile ein. Sie kippte ihre Handtasche aus und suchte nach der Nagelfeile. Dann ging sie in den Fluss.

Max sah in ihre Richtung, fand sie hüfttief im Wasser stehend und stieß eine Reihe Flüche aus. »Geh zurück!«, befahl er. »Ich komme.« Er schwamm vom Boot weg zu Jamie ans Ufer. »Bist du verrückt geworden?«, schrie er sie an.

»Nicht so verrückt wie du.«

»Was ist das denn?«, fragte er, als er ihre Hand sah. »Eine Nagelfeile?« Er schaute ungläubig. »Du wolltest einen drei Meter langen Alligator mit einer Nagelfeile erdolchen?«

»Irgendwas musste ich ja tun, du warst ja zu blöd, um aus dem Wasser zu kommen.«

»Ich wollte das Boot retten. Wie sollen wir denn ohne Boot hier rauskommen?«

»Seit du in der Stadt aufgetaucht bist, habe ich nichts als Ärger. Ich brauche mich bloß umzudrehen, schon versucht wieder jemand, mich umzubringen.« Sie war so wütend, dass sie ihre eigenen Tränen nicht einmal bemerkte.

»Du weinst ja.«

»Ich *weine* nicht! Ich baue Stress ab. Das ist die einzige Möglichkeit, die mir einfällt, außer dir den Kopf abzureißen.«

Sein Mundwinkel zuckte.

»Weißt du was, du bist sehr süß, so mit nassen Haaren und festklebenden Kleidern. Ist vielleicht gar nicht so schlecht, dass wir beide hier draußen festsitzen. Da können wir mal in Ruhe unsere Gefühle füreinander ausloten.«

Jamie starrte ihn mit offenem Mund an. Es war schwer zu sagen, ob er das ernst meinte, in seinen Augen lag so ein verräterisches Blitzen. »Ich fasse es nicht«, sagte sie. Sie presste die Hände gegen die Schläfen. Sie fürchtete fast, verrückt zu werden, wenn er noch ein Wort sagte.

»Sieh es ein, Jamie, du bist mir ausgeliefert. Jedenfalls bis wir hier rauskommen. Aber es hätte schlimmer kommen können. Stell dir vor, du würdest mit Phillip hier festsitzen.«

»Das ist überhaupt nicht witzig. Phillip würde mit so einer Situation spielend fertig werden.« Jamie stutzte. »Oh nein.«

»Was?«

Sie sahen es beide. Während sie diskutiert hatten, war das Boot davongetrieben und kaum noch zu sehen. Dort, wo es vorhin noch gelegen hatte, wartete der Alligator.

»Das war's dann wohl«, sagte Max.

NEUN

Deedee quiekte erfreut, als Frankie drei überdimensionierte Ex-Wrestler durch die Haustür und ins Wohnzimmer führte. »Du liebe Güte«, sagte sie. Neben den Männern, die alle über zwei Meter groß waren, wirkte sie winzig. »Wir haben uns ja schon ewig nicht gesehen.« Sie eilte zu Snakeman, der sie so fest in den Arm nahm, dass er ihr beinahe die Knochen brach. »Wo hast du denn deine Boa?«

»Ist an Altersschwäche gestorben. Ich wollte ja erst eine neue, aber jetzt, wo ich nicht mehr aktiv bin, reise ich gerne rum. Und die Fluggesellschaften nehmen keine Schlangen mit, obwohl ich sogar angeboten habe, eine ganze Reihe in der ersten Klasse zu bezahlen.«

Snakemans blondes Haar war etwas stumpf geworden und an den Schläfen ein bisschen grau, aber er war immer noch topfit.

Deedee umarmte Big John und Choker. Choker trug seinen Namen, »der Würger«, weil er die Headlocks perfektioniert hatte, für die der Wrestler Ed »Strangler« Lewis Anfang des zwanzigsten Jahrhunderts berühmt gewesen war.

»Das ist ja wie früher«, sagte Frankie und legte den Arm um Deedees Schultern.

»Warum habt ihr mir denn nicht gesagt, dass ihr kommt?«, fragte Deedee.

Snakeman tauschte einen Blick mit Frankie. »Wir haben gehört, dass ihr Probleme habt, da dachten wir, wir kommen euch helfen. Du glaubst doch wohl nicht, dass wir Däumchen drehen, wenn ihr uns braucht.«

»Das ist ja total süß«, sagte Deedee und schaute vom einen zum anderen. »Aber ich wüsste nicht, was ihr da tun könntet.«

»Frankie hat Leute, die das Haus von draußen bewachen. Wir passen drinnen auf.« Er machte eine Pause. »Und außerdem wollen wir auf keinen Fall Frankies Wahl verpassen.«

Deedees Lächeln wurde dünner. »Wir freuen uns so, dass ihr da seid«, sagte sie in dem offensichtlichen Bemühen, als freundliche Gastgeberin aufzutreten. »Wie wär's denn, wenn ich euch eine Kleinigkeit zu essen kommen lasse und euch ein bisschen Zeit unter Männern lasse? Ich muss noch ein paar Anrufe erledigen.«

»Hast du was von Max oder Jamie gehört?«, fragte Frankie, bevor sie das Zimmer verließ.

»Nein.« Ohne ein weiteres Wort eilte sie hinaus.

»Deine Frau wird immer schöner«, sagte Snakeman, »aber sie wirkt, als hätte sie Kummer. Vielleicht hätte ich ihr gar nicht sagen sollen, warum wir hier sind.«

»Das hätte sie sich sowieso denken können«, sagte Frankie.

»Warum hast du uns denn nicht früher Bescheid gesagt?«, fragte Big John.

Frankie zuckte die Achseln. »Ich weiß doch, dass ihr viel zu tun habt.«

Choker grunzte. »Aber doch nicht so viel, dass wir einem alten Freund nicht helfen würden.«

Beenie kam mit Choo-Choo auf dem Arm herein und rieb sich die Augen. »Ach du liebes Lieschen«, sagte er und strich sich das Haar glatt. »Ich wusste ja gar nicht, dass wir Besuch haben.«

Frankie stellte ihm die Wrestler vor. »Und das ist Beenie, Deedees persönlicher Assistent.«

Die drei Wrestler nickten stumm.

»Ich will die Herren auch gar nicht groß stören. Ich suche Deedee.«

»Sie wollte telefonieren«, sagte Frankie.

»Ach, dann finde ich sie schon.« Beenie betrachtete die Wrestler einen nach dem anderen und ging dann zur Tür. Dort stieß er beinahe mit dem Butler zusammen, der mit einem Silbertablett mit gekühlten Gläsern und verschiedenen Biersorten hereinkam. Die Haushälterin folgte ihm mit einem Imbiss.

»Oh, Mann, Wiener Würstchen«, sagte Snakeman. »Und eingelegte Eier. Geil.«

»Dachte ich mir doch, dass euch das gefällt. Deedee besteht sonst immer auf irgendwelchen Delikatessen, wenn wir Gäste haben.«

Als alle saßen, wurde Frankie ernst. »Ich habe euch angerufen, weil ich nicht mehr weiterweiß. Deedee fürchtet sich zu Tode, seit dauernd diese Sachen passieren. Ich versuche, möglichst viel von ihr fernzuhalten.«

»Gibt es irgendwas Neues, seit wir das letzte Mal telefoniert haben?«, fragte Big John.

»Seit dem Feuer nicht.« Frankie legte seine Pranken gegeneinander. »Ich mache mir Sorgen um Deedee. Ich hatte gehofft, dass ihr sie ein bisschen ablenkt und ihr gleichzeitig ein Gefühl der Sicherheit gebt.«

Snakeman ließ die Fingerknöchel knacken. Seine Hände waren so groß wie kleine Schinken. »Sag uns einfach, was wir tun sollen. Wer an mir vorbei will, ist ein toter Mann.«

»Ihr seht aus wie zwei Volltrottel«, sagte Mitzi. »Und Vito, zieh deine fette Wampe ein, sonst sprengst du noch die Knöpfe vom Hemd.«

»Halt doch einfach mal die Schnauze«, bellte er. »Die hatten keine Uniform in meiner Größe.«

»Hättest ja gleich nach einem Zelt fragen können. Was sollt ihr eigentlich darstellen?«

»Sicherheitsleute«, sagte Lenny.

»Ach du lieber Gott. Wie seid ihr zwei Verbrecher da denn drangekommen?«

Vito sah sie herablassend an. »Weil ich zufällig Freunde in wichtigen Positionen habe, Mitzi. Das hättest du wohl nicht gedacht, was?«

Sie lachte laut. »Das erklärt natürlich auch, warum wir ein zwanzig Jahre altes Auto fahren und dauernd den Strom abgedreht kriegen.«

»Ich brauche was, um meinen Bauch einzuzwängen«, sagte Vito zu Lenny.

Mitzi ächzte. »Ich schlage Fettabsaugen vor, nur brauchen die bei dir einen Feuerwehrschlauch, um den ganzen Glibber rauszuziehen.«

Vito wischte sich den Schweiß von der Stirn. »Halt endlich dein dreckiges Maul, Mitzi, verstanden? Ich kann es nicht mehr hören.«

»Klar, mach nur weiter so. Du siehst aus wie ein Spacko, aber das hat dich ja noch nie gestört. Ich geh baden.« Sie ging ins Badezimmer und knallte die Tür zu.

»Mann, die Alte macht mich wahnsinnig«, sagte Vito.

»Du kannst ja einfach mal netter zu ihr sein«, antwortete Lenny, »statt ihr immer gleich übers Maul zu fahren.«

»Was verstehst du denn schon von der Ehe? Versuch du mal, mit so einer Schlampe zusammenzuleben.«

»Ey, Mitzi ist doch immer noch 'ne sexy Frau. Hör doch einfach auf, hinter den Weibern herzujagen, und kümmer dich lieber um deine Frau. Kauf ihr Blumen oder so.«

»Halt einfach die Fresse, okay? Ich hab jetzt keine Zeit, hier meine Eheprobleme zu diskutieren, wir haben zu tun.« Wieder rieb er sich die Stirn. »Ich krieg noch einen Herzinfarkt mit der Alten. Also, hör zu. Wir dürfen nicht viel Zeit verplempern, wenn wir morgen auf dem Grundstück sind.«

»Wo du gerade dabei bist: Wie hast du das denn hingekriegt, dass wir diesen Job da kriegen?«

»Unser Auftraggeber hat den ganzen Papierkram erledigt. Er hat Vitamin B, und er ist fix.« Vito zog die oberste Schublade einer klapprigen Kommode auf und entnahm ihr eine Mappe. »Guck dir das genau an, falls Fontanas Sicherheitschef irgendwelche Fragen stellt.«

Lenny öffnete den Ordner und las. »Mann, das ist ja krass. Mit dem Lebenslauf würden die mich ja sogar für den Sicherheitsdienst im Weißen Haus nehmen. So nennt man das doch, Lebenslauf, oder?«

»Ja. Und guck mal, wir haben auch beide ein Empfehlungsschreiben. Kann nichts mehr schiefgehen, Alter. Also, wie gesagt, wir müssen Holt finden, sobald wir auf dem Gelände sind. Wer ihn zuerst erwischt, erledigt ihn, verstanden?«

Lenny runzelte die Stirn. »Und wenn ich nicht treffe?«

Vito packte ihn am Kragen. »Du triffst gefälligst, Arschloch, weil, wenn nicht, erschieße ich *dich*. Max Holt sieht die Sonne morgen Abend nicht mehr untergehen, klar?«

»Okay, keine Panik«, sagte Max. Jamie marschierte mit einer Zigarette in der Hand am Ufer auf und ab. »Das ist *kein* Weltuntergang.«

Sie blieb stehen und starrte ihn an. »Du hast wohl nicht kapiert, was hier Sache ist«, sagte sie. »Kein Mensch kommt hier jemals hin. Wir sind meilenweit von der Zivilisation entfernt. Selbst wenn ich den Weg *wüsste*, wäre es unmöglich, durch das Dickicht zu kommen. Wir bräuchten eine Machete.«

»Mach dir nicht so viele Sorgen, Süße. Sobald Frankie feststellt, dass wir verschwunden sind, ruft er die Polizei. Kommt drauf an, wie schlau Lamar Tevis sich anstellt, aber früher oder später finden sie mein Auto am Hafen.«

Sie verschränkte die Arme und tappte ungeduldig mit einem Fuß. »Und was sollen wir in der Zwischenzeit tun?«

»Wir müssen uns hier einrichten.«

»Du meinst, wir sollen die Nacht hier verbringen?«

»Denk doch mal nach, Jamie. Deedee macht sich erst Sorgen, wenn wir nicht zum Dinner erscheinen. Aber dann ist es schon dunkel. Selbst wenn sie mein Auto dann noch finden, vor morgen früh können sie keinen Suchtrupp mehr losschicken.«

»Ach, verdammter Mist.«

»Lass uns mal gucken, was wir so alles dabeihaben, und dann gehen wir Holz sammeln.« Er zog zwei Taschenlampen und eine Packung Batterien aus dem Stoffbeutel und reichte sie Jamie. »Wenn du so nett wärst?«

Als Jamie die Batterien in die Taschenlampen eingelegt und sie ausprobiert hatte, war Max mit seiner Bestandsaufnahme fertig. »Sieht gar nicht so schlecht aus. Die Decken könnten eine Wäsche vertragen, aber immerhin müssen wir heute Nacht nicht frieren.«

Jamie versuchte, nicht an die bevorstehende Nacht zu denken.

»Wir haben noch ein paar Stunden Tageslicht«, sagte Max. »Am besten fangen wir gleich an, Holz zu sammeln.«

Sie machten sich an die Arbeit. Max fand ein Büschel Schilf, brach ein Rohr ab und band ein Stück Angelschnur an das dünnere Ende. Während Jamie Holz sammelte, grub er im Lehm nach Würmern. Dann befestigte er die Beute an seiner Angel. »Du kannst ja angeln, dann suche ich weiter Holz«, sagte er.

Jamie tat, was er sagte. Wenn sie die Nacht überleben wollten, was ihnen kaum gelingen dürfte, mussten sie zusammenarbeiten. Max hatte das Hemd ausgezogen und fing an, mithilfe von Stöcken und Steinen in der Nähe des Ufers ein Loch zu graben. Auf den Grund des Lochs legte er einige Steine. Jamie bemühte sich, nicht das Muskelspiel in seinen Armen und an seinem Rücken anzustarren, aber sie hatte Schwierigkeiten, sich auf ihre Aufgabe zu konzentrieren, wenn er so gut aussah.

Max erwischte sie beim Gucken. Er setzte sich auf die Fersen und streckte die Arme nach ihr aus.

»Schau's dir gut an, Jamie. Das könnte alles deins sein.«

Sie ließ sich nichts anmerken. Plötzlich zuckte es an ihrer Angel. »Ich hab einen!«, schrie sie.

»Dann raus damit«, sagte Max.

»Das ist ein ganz schöner Brocken, so wie der zieht.«

Max beobachtete sie und lächelte. »Ich hätte meinen gern filetiert und in Papaya-Soße mariniert, dazu einen Caesar-Salat und frischen Spargel.«

Jamie kämpfte mit der Angel. Mit einem Ruck zog sie einen mittelgroßen Barsch heraus und riss die Augen auf. »Guck mal, der ist ja riesig!«

Max schaute Jamie immer noch an, wie sie da stand, die Angel in beiden Händen und von einem Ohr bis zum anderen strahlend. Der Fisch zuckte wild. »Hübscher Fisch«, sagte er. »Wo ist deiner?«

»Wo der war, sind noch mehr, Holt.«

In der nächsten halben Stunde zog Jamie noch zwei Fische aus dem Wasser, während Max an einer trockenen Stelle Äste und Gestrüpp entfernte, damit sie später dort schlafen konnten. Die Decken hingen immer noch in den Bäumen zum Lüften.

Jamie präsentierte ihre drei Fische. »Essen is' fertich«, sagte sie.

Max sah von seiner Arbeit auf. »Bist du gut im Ausnehmen?«

Jamie schüttelte den Kopf. »Mache ich nicht, Süßer.« Sie sah ihn prüfend an. »Und ich wette, du weißt nicht einmal, wie das geht. Du hast doch bestimmt in deinem ganzen Leben noch keinen Fisch ausgenommen. Wahrscheinlich kennst du Fische nur auf Tellern, mit einem Zitronenschnitz daneben.«

Max lächelte nur.

Die Sonne stand bereits tief am Himmel, als Max anfing, die Fische zu braten, die er zuvor fachmännisch ausgenommen und gesäubert hatte, während Jamie sich einen Schluck Wasser mit ihm geteilt hatte. Sie hatten nur zwei Flaschen dabei und waren übereingekommen, es zu rationieren.

Als die Fische fertig waren, legte Max sie auf den Deckel der Kühlbox.

Nachdem das Essen etwas abgekühlt war, probierten sie es.

»Paar Gewürze wären nicht schlecht gewesen«, sagte Jamie.

»Lass einfach nächstes Mal Bocuse für dich kochen.«

»Ich hab mich ja gar nicht beschwert«, sagte sie. »Schmeckt eigentlich echt gut.«

»Danke«, sagte Max. »Aus deinem Mund klingt das wie ein Riesenkompliment.«

Jamie sah ihn an. »Was soll das denn heißen, aus meinem Mund?«

»Du bist nicht immer ganz pflegeleicht. Einige Frauen wären gerade nur zu gerne an deiner Stelle.« Er grinste.

Jamie wusste, dass er sie aufzog. Max Holt hatte einfach Spaß daran, sie zu necken. »Bestimmt«, sagte sie todernst. »Sie hätten den Fisch bestimmt nicht nur ausgenommen, sondern auch noch für dich vorgekaut, aber so nötig habe ich's dann wieder nicht.«

Sie sahen sich über das Lagerfeuer hinweg an. Es war Nacht geworden, und es kühlte ab. Die Luft fühlte sich auf Jamies Haut gut an. Wenn sie Max so ansah, sein dunkles Haar und die dunklen Augen im Feuerschein, dann konnte sie schon verstehen, dass ihm die Frauenherzen zuflogen.

»Du siehst sehr schön aus, so am Lagerfeuer, Miss Swift, dein Haar glänzt ganz golden im Licht. Es fühlt sich bestimmt an wie Seide.«

Jamie senkte den Blick, aber sie spürte Max' Augen auf sich. Es verunsicherte sie, dass ihm nichts entging. »Guck doch nicht so«, sagte sie und sah ihn immer noch nicht an.

Seine Stimme war sanft. »Woher weißt du, dass ich dich angucke?«

»Das spüre ich.«

»Ich schaue deinen Hals an und denke …«

»Hör auf, Max.« Sie wandte sich um und schaute Richtung Wasser, das so schwarz war, dass man es gar nicht sehen konnte.

»Weißt du, was ich noch denke? Du hast ein hübsches Profil. Starkes, eigensinniges Kinn, kecke kleine Stupsnase, hohe Wangenknochen. Das perfekte Gesicht, Jamie.«

Jamie spürte einen Kloß im Hals. Aus irgendeinem Grund war sie plötzlich schrecklich traurig. Sie fühlte sich beraubt, als fehlte in ihrem Leben etwas sehr Wichtiges und sie hätte es gerade erst bemerkt.

Sie hatte ihre Zukunft bis ins letzte Detail durchgeplant, und dann trat dieser Max Holt in ihr Leben, und plötzlich stellte sie alles in Frage. Max Holt, der das Risiko liebte und ein rasantes Leben führte. Max, der sich nichts dabei dachte, beim geringsten Anlass seine Sachen zu packen und ins nächste Abenteuer zu ziehen. Genau wie ihre Mutter.

Jamie blinzelte eine Träne weg und starrte in den Nachthimmel. »Das hier erinnert mich an meine Pfadfinderzeit«, sagte sie und versuchte, sich die Rührung nicht anmerken zu lassen.

»Du warst Pfadfinderin?«

»Überrascht dich das?«

»Eigentlich nicht. Ich sehe es förmlich vor mir, wie du von Tür zu Tür ziehst und die Leute zwingst, dir Plätzchen abzukaufen.«

Sie lächelte und suchte die Sternbilder, die ihr Vater ihr vor langer Zeit gezeigt hatte. »Hey, ich war eine niedliche kleine Pfadfinderin. Und ganz schön naiv. Wahrscheinlich war ich die Letzte, die herausbekommen hat, wo die Babys herkommen.« Sie machte eine Pause. »Ich fürchte, ich bin immer noch ziemlich naiv. Entweder das, oder ich bin schlicht blöd.«

»Wieso das denn?«

Endlich sah sie ihn an. Und wünschte, das hätte sie nicht getan. Mit dem Licht- und Schattenspiel im Gesicht und dem in der Dunkelheit tiefschwarz wirkenden Haar sah er noch attraktiver aus als ohnehin schon. Sie spürte sein Verlangen geradezu, und es wäre so einfach gewesen, ihm nachzugeben. Aber was dann? Sie wischte den Gedanken beiseite. »Ich muss immer noch an diese Sache mit den verschwundenen Steuergeldern denken«, sagte sie.

»Ach ja?«

»Ich hab das alles für dummes Geschwätz gehalten, obwohl da immer wieder drüber spekuliert worden ist. Jetzt denke ich, ich *wollte* es gar nicht glauben, weil ich Angst hatte, dass irgendwelche

Leute, die ich schon ewig kenne und die ich mag, etwas damit zu tun haben.«

»Man nimmt doch immer erst mal das Beste an.«

Jamie schwieg einen Moment. Schließlich sah sie ihn an. »Wie war deine Familie eigentlich?«, fragte sie, weil sie plötzlich neugierig auf ihn war. Sie lächelte. »Mit Deedee zusammen war es doch bestimmt keine Sekunde langweilig.«

»Deedee und ich haben uns nicht besonders nah gestanden, weil wir vom Alter her so weit auseinander sind. Ich war sozusagen ein Unfall. Für meine Eltern wohl eher ein Fehler.«

»Oh.«

»Ach, keine Sorge, ich fühle mich nicht so. Mein überbordendes Selbstbewusstsein, wie du es nennst, hat mich davon überzeugt, dass ich der Welt eine ganze Menge zu geben habe. Aber eine Zeit lang habe ich schon geglaubt, sie hätten Recht.

Ich hatte echt Glück. Mein Cousin und seine Frau haben mich aufgenommen, als ich sechzehn war. Sie gaben mir ein liebevolles Zuhause und Halt. Ich hatte viel mehr als die meisten Kinder. Manchmal vermisse ich diese Normalität.«

»Ich kann mir vorstellen, dass es unter diesen Bedingungen schwierig ist, ein normales Leben zu führen. Ich meine, so bekannt, wie du bist.«

»Ich versuche, mich bedeckt zu halten. Deswegen wohne ich ja auch in Virginia. Da habe ich meine Ruhe.«

»Max?«

»Ja?«

»Wie ist das, so stinkreich zu sein?«

Er lachte. »Ich weiß es nicht, Jamie. Ich war nie arm, deswegen habe ich keinen Vergleich.«

»Du wirst wohl nie sagen können, du hast alle Facetten des Lebens kennengelernt«, sagte sie lachend. »Du wirst nie erfahren, wie es ist, einen Scheck platzen zu lassen, oder wenn vor den Augen deiner Freunde deine Kreditkarte nicht akzeptiert wird. Was ist das denn für ein Leben?«

»Ich habe das Glück, dass jemand anderes meine Rechnungen bezahlt«, sagte er, »aber du musst bedenken, dass ich über Geld überhaupt nicht erst nachdenke.«

»Weil du so viel davon hast?«

»Nein. Reiche können genauso aufs Geld fixiert sein wie Arme. Wenn ich mir aber dauernd Gedanken darüber machen würde, wo jeder Penny hingeht oder ob ich klug investiert habe, hätte ich gar keine Zeit mehr, das Leben zu genießen. Ich denke da einfach nicht drüber nach.«

Jamie konnte sich ein Leben ohne Geldsorgen überhaupt nicht vorstellen, denn sie hatte immer, selbst als ihr Vater noch lebte, jeden Penny dreimal umdrehen müssen.

»Ich gebe mir alle Mühe«, fuhr Max fort. »Ich versuche, immer den nächsten Schritt richtig zu machen. Manchmal gelingt es mir, manchmal nicht.«

Jamie genoss es, ihn so sprechen zu hören. Er hatte eine angenehme Stimme, dank der Jamie sich entspannte und sich ganz wohl fühlte. In Ufernähe klatschte etwas. Jamie richtete ihre Taschenlampe in die Richtung.

»Das war nur ein Fisch«, sagte Max. »Wenn du Angst hast, kannst du gerne näher rücken.«

»Ich hab doch keine Angst vor einem blöden, kleinen Fisch.«

»Wovor hast du denn Angst?«

Sie sah ihn mit gerunzelter Stirn an.

»Lass mich raten«, sagte er. »Du fürchtest dich davor, nicht zu wissen, was am nächsten Tag passiert. Oder?«

Es war unheimlich, wie er in sie hineinsehen konnte. »Du machst dir wohl nie Sorgen.«

»Ich kann nicht gerade behaupten, unsere momentane Lage würde mir nichts ausmachen, aber normalerweise lasse ich den nächsten Tag einfach auf mich zukommen.«

Jamie gähnte. »Ich bin ziemlich kaputt. War ein langer Tag.«

»Ruh dich doch ein bisschen aus.«

Sie zögerte. »Ja, mache ich.«

»Ich bin nicht müde. Ich wecke dich, wenn der schwarze Mann kommt.«

Einige Minuten später machte Jamie es sich auf der Decke bequem, die Max auf dem Boden ausgebreitet hatte, und deckte sich mit einer anderen zu. Überraschenderweise entspannte sie sich tatsächlich. Sie schielte zu Max hinüber, der still am Feuer saß. Er hatte zwar behauptet, er sei nicht müde, aber sie sah ihm die Erschöpfung an und wusste genau, dass er absichtlich wach blieb, um aufzupassen. Wieder spürte sie einen Kloß im Hals.

War es ein Fehler, Phillip zu heiraten? Konnte es sein, dass Liebe noch mehr zu bieten hatte als Sicherheit, Partnerschaft und einen warmen Körper neben sich im Bett? Sie war früher schon verliebt gewesen, hatte es aber nie ernst genommen, bis sie Phillip begegnet war.

Phillip pflückte frische Blumen und brachte sie ihr, weil er irgendwo gelesen hatte, das sei romantischer als gekaufte Blumen. Phillip sorgte dafür, dass Jamie im Restaurant immer an ihrem Lieblingstisch saß, sang ihr ins Ohr, wenn sie eng tanzten, und hatte ihr finanzielle Unterstützung angeboten, als er mitbekommen hatte, wie klamm sie war.

Aber als Jamie einschlief, galten ihre letzten Gedanken nicht Phillip, sondern Max.

Irgendwann in der Nacht wachte Jamie auf. »Max, schläfst du?«

Er lag neben ihr auf der anderen Decke. »Nein, ich ruhe mich nur ein bisschen aus. Ist dir kalt?«

»Ein bisschen.«

»Komm doch näher. Ich wärme dich.«

Jamie gehorchte nur zu gerne. Sie schmiegte sich an ihn und genoss seine Wärme. Geborgenheit war es, was sie fühlte, selbst an diesem gefahrvollen Ort. Sie wollte sich dem ganz hingeben, denn es war, soweit sie sich erinnerte, das erste Mal, dass es sie mit solcher Wucht traf. Dabei wunderte sie sich, dass ausgerechnet Max, der Mann, der sie wahnsinnig machte, weil er nichts ausließ, ein so überwältigendes Gefühl von Trost und Sicherheit in ihr hervorrief.

Plötzlich durchfuhr Max ein Schauer.

»Ist dir auch so kalt?«, fragte sie.

»Nein, ich zittere wegen etwas anderem.«

Oh Gott, offensichtlich wollte er mehr von ihr. Was sollte sie bloß tun? Jamie musste sich eingestehen, dass sie ebenfalls Lust auf ihn hatte. Verdammt, sie war scharf auf Max Holt. Okay, das machte sie noch nicht unbedingt zu einem schlechten Menschen. Sie hatte den Verdacht, dass jede

Frau unter neunzig neben einem Mann wie Max Holt ein Gefühl des Begehrens empfinden würde. Sie war da keine Ausnahme, nur hatte sie bereits einen wunderbaren Mann, der sie zur Frau nehmen und ihr ein ganz normales Zuhause bieten würde, mit der Betonung auf normal. Was würde Phillip denken, wenn er wüsste, dass sie sich im Gehölz in einem alligatorverseuchten Sumpf an Max kuschelte? Sie versuchte, sich zurückzuziehen. »Ich denke nicht …«

»Denk doch einfach mal nicht nach, Jamie«, sagte er.

Sie wandte das Gesicht ab.

Max stützte sich auf den Ellbogen. »Es wäre so schön, wenn du nicht immer vor mir weglaufen würdest.«

»Ich laufe doch gar …« Sie brach ab.

Er legte ihr einen Finger unters Kinn und hob sanft ihr Gesicht an. »Ich küsse dich jetzt, Jamie. Du kannst mir hinterher eine runterhauen, wenn du willst, aber das ist es mir wert.«

Sie öffnete den Mund, um ihm zu antworten, aber es war zu spät. Max verschloss ihr die Lippen mit seinen. Sie war nicht mehr in der Lage zu denken. Es war, als hätte ihr jemand in den Kopf gegriffen, ihr Gehirn gepackt und es beiseite geworfen, wie um zu sagen »das brauchst du jetzt nicht«. Ihr Körper spielte verrückt, ihre Nervenenden klapperten wie die alten Töpfe und Pfannen am Pick-up des Alteisensammlers, der immer herumfuhr und den Müll durchsuchte. Und was, zum Teufel, machte ihr Magen da? Er fühlte sich an, als würde darin ein Stepptanz aufgeführt, und zwar mit spitzen Schuhen. Und das war noch nicht das Schlimmste. Das Schlimmste war, dass sie es zutiefst genoss.

Max ließ ihr die Zunge in den Mund gleiten, und Jamie wusste, dass sie verloren war. Anstatt vernünftig zu sein und ihren gesunden Menschenverstand einzuschalten, presste Jamie sich an seinen starken Körper und wollte mehr. Wenn in diesem Moment jemand vorbeigekommen wäre und ihr gesagt hätte, dass sie mit einem anderen verlobt war, hätte sie ihn einen Lügner geschimpft, denn Phillip Standish war der Letzte, den sie gerade im Kopf hatte.

Sie zog Max näher an sich.

Er war hart wie Granit.

Und sie war heißer als ein Grill am vierten Juli.

Er schob ihr ein Knie zwischen die Beine. Sie japste und hielt die Luft an. Oh, verdammter Mist. Sie hielt ihn nicht davon ab, ihr langsam die Bluse aufzuknöpfen. Er schob ihren BH beiseite und berührte ihre Brustwarze mit der Zunge. Sie fühlte sich in der kalten Nachtluft heiß an. Jamie seufzte, als er sanft daran saugte. Das wohlige Gefühl rann ihr durch den gesamten Körper und konzentrierte sich in ihrem Unterleib. Während er mit der Zunge die eine Brustwarze umkreiste, massierte er mit der Hand die andere Brust.

Sie öffnete den Mund, um etwas zu sagen, aber Max unterband das, indem er ihr mit seinen Lippen den Mund verschloss. Er knabberte an ihrer Unterlippe und ließ seine Zunge wieder in ihren Mund gleiten. Jamie fühlte sich, als verschmelze sie mit der duftenden Erde. Sie schlang die Arme um ihn und küsste ihn wieder, genoss seinen Geschmack und die Beschaffenheit seines Mundes. Sie fuhr ihm mit den Fingern durchs Haar, wie sie es sich so oft gewünscht hatte, und es war genauso dicht und seidig wie sie es erwartet hatte.

Jamie stöhnte und bog sich ihm entgegen, selbst noch als Max den Kopf hob und zarte Küsse auf ihre Wangen, ihre Stirn und schließlich ihre geschlossenen Augen hauchte. Er legte sich auf sie und schmiegte sich dicht an sie. Jamie schnappte nach Luft.

Max zog den Kopf zurück. »Alles klar? Du atmest ja gar nicht mehr.«

»Hm?« Sie schlug die Augen auf und blinzelte.

»Bin ich zu schwer?«

»Äh, nein.«

»Ich möchte mit dir schlafen, Jamie«, sagte er, sein Gesicht nur Millimeter von ihrem entfernt. »Ich möchte dich überall küssen und mich tief in dir vergraben.«

»Und dann?«

Er schaute verwirrt. »Dann will ich dich nackt die ganze Nacht lang warm halten.«

Jamie blickte ihm ins Gesicht und sah die Leidenschaft darin. »Und dann?«, wiederholte sie.

Er schüttelte den Kopf, als wolle er ihn frei bekommen. »Ich bin durcheinander. Ich weiß nicht, wie ich das beantworten soll.«

Natürlich wusste er nicht, wie er das beantworten sollte. Er hatte ja nicht einmal die Frage verstanden. Ihr gesunder Menschenverstand kehrte mit der Wucht eines Eimers voll kaltem Wasser zurück.

»Ich sage dir, irgendwas stimmt da überhaupt nicht«, sagte Deedee und marschierte im Zimmer auf und ab, in dem Frankie und die anderen Wrestler saßen und anscheinend in Gedanken versunken waren. Sie hatte Tränen in den Augen. »Max und Jamie könnten ernsthaft verletzt sein, oder noch schlimmer.«

»Beruhige dich, Süße«, sagte Frankie und ergriff ihre Hand. »Lamar hat sämtliche Männer losgeschickt. Die sollen nach Max' Auto suchen. Er ruft bestimmt gleich an.«

»Es ist drei Uhr morgens!«, sagte Deedee. »Lamar sucht jetzt schon seit vier Stunden. So groß ist die Stadt doch überhaupt nicht.«

Frankies Wahlkampfmanager, Aaron, reichte ihr ein Taschentuch. Er war zum Abendessen gekommen und dageblieben, als Max und Jamie nicht aufgetaucht waren. »Ihr Bruder ist doch klug«, sagte er. »Der kommt in jeder Situation zurecht. Außerdem erledigt sich das sowieso alles, sobald wir Frankies Verzicht auf die Kandidatur bekannt geben.«

»Du verzichtest auf die Kandidatur?«, fragte Deedee ungläubig.

»Das wolltest du doch, oder?«

Sie sah weg.

»Ich kann das nicht, einfach so untätig rumsitzen«, sagte Snakeman. »Die Jungs und ich könnten doch losziehen und sie selber suchen. Wir haben Handys, da können wir in Kontakt bleiben.«

Big John stand auf. »Ich bin bereit.«

»Tut mir Leid, dass du da durchmusst«, sagte Frankie zu Deedee. »Ich hätte gar nicht erst kandidiert, wenn ich gewusst hätte, was da alles auf uns zukommt.«

»Du hättest mit mir reden sollen, bevor du dir überlegt hast, die Kandidatur zurückzuziehen«, antwortete sie. »Ich will nicht, dass du das meinetwegen tust, und ich will nicht, dass die Leute dich für einen Drückeberger halten. Wenn du meinst, du kannst etwas gegen die Korruption in der Stadt unternehmen, dann bleib im Rennen. Wir müssen doch wissen, wer versucht, uns etwas anzutun, Frankie.«

Frankie und sein Manager sahen sich an. Aaron rutschte vorne auf die Stuhlkante. »Mrs Fontana, ich hätte es ja auch gerne, dass Frankie im Rennen bleibt, aber dann müssen Sie darauf vorbereitet sein, das alles mitzumachen. Es wird bestimmt erst mal alles noch schlimmer, bevor es besser wird.«

Deedee hob das Kinn. »Frankie und ich geben nicht auf. Außerdem ist mein Mann ein guter und ehrlicher Mensch, und er wird in dieser Stadt aufräumen. Wir machen das *zusammen*«

Frankie nahm ihre Hand und sah sie voller Liebe an. »Ich weiß gar nicht, was ich sagen soll, Deedee.«

»Du wirst ein wunderbarer Bürgermeister, Frankie«, sagte sie, »und ich werde die beste Bürgermeistergattin, die ich hinkriege. Wenn dir diese kleine Stadt so am Herzen liegt, dann bin ich dabei.«

Das tragbare Telefon auf dem Beistelltisch klingelte, und Deedee zuckte zusammen. »Himmel!« Sie nahm ab und hörte zu. »Sind Sie sicher?«, fragte sie kurz darauf. »Okay, wir sind unterwegs.« Sie legte auf. »Sie haben Max' Auto gefunden. Es steht am Bootsanleger.«

»Dann los«, sagte Frankie.

Frankie, Deedee und Aaron waren in Rekordzeit da. Lamar Tevis saß am Funkgerät im Wagen, seine Männer durchkämmten die Gegend. Ein paar Minuten später kam Snakeman an, gefolgt von Big John und Choker. Frankie setzte sie ins Bild.

Deedee stieg in Max' Auto, ihr Mann und die anderen sahen zu. »Sprich mit mir, Muffin«, sagte sie. »Hier ist Deedee.«

Snakeman sah Frankie an. »Was macht sie da?«

»Max hat einen Computer mit Stimmerkennung da drin«, sagte er. »Der weiß immer genau, was er tut.«

Deedee wartete auf eine Antwort von Muffin, aber es kam keine. »Hör mal, Muffin, Max hat mir schon erzählt, dass du stur bist, aber das ist ein Notfall. Max ist verschwunden. Ich fürchte, er steckt in Schwierigkeiten.«

»Deedee Fontana?«, fragte eine Stimme aus einem unsichtbaren Lautsprecher.

»Ja, das bin ich.«

Big John und Choker traten näher an den Wagen heran.

»Eine Frage, Deedee«, sagte Muffin. »Du bist einmal in das Haus von eurem Cousin eingebrochen, weil du ein Schmuckstück rausholen wolltest. Wie hieß das Ding?«

»Du meinst meine Stargio?«

»Was genau ist eine Stargio?«

Deedee sah Frankie an und zuckte verwirrt die Schultern.

»Ich glaube, Muffin will nur sichergehen, dass du es wirklich bist«, flüsterte Frankie.

»Ach so.« Deedee sah das Armaturenbrett an. »Die Stargio war eine Kette, die extra für ein bestimmtes Kleid designt wurde, das ich zum Botschaftsball anziehen wollte. Ich bin bei Nick eingebrochen, und seine ganzen Alarmanlagen sind losgegangen.«

»Schön, dich kennenzulernen, Deedee«, sagte Muffin. »Was ist mit Max?«

»Er ist seit heute Nachmittag verschwunden.«

»Miss Swift ist bei ihm«, sagte Muffin. Es war eher eine Aussage als eine Frage.

»Ja.«

»Ach du Scheiße.«

Big John stieß Snakeman an. »Er flucht. Ich habe noch nie einen Computer fluchen hören.«

»Und ich habe Max so davor gewarnt, das durchzuziehen«, sagte Muffin. »Er hat sich und Miss Swift ernsthaft in Gefahr gebracht.«

»Wo ist er?«, fragte Deedee.

»Sie haben sich ein Boot geliehen, um einen Mann namens Swamp Dog zu besuchen.«

»Swamp Dog!«, kreischte Deedee. »Nicht im Ernst! Der ist doch so eine Art durchgeknalltes Mördermonster.«

»Habt ihr schon die Polizei benachrichtigt?«

»Ja, sie ist hier.«

»Ich kann ein Rettungsteam zusammenrufen«, sagte Muffin.

Nach einigen Minuten vermeldete sie: »Ich habe einen Hubschrauber organisiert, aber die können erst bei Tagesanbruch mit der Suche anfangen.«

Deedee klang überrascht. »So schnell geht das?«

»Bei deinem Bruder *muss* man fix sein. Sobald du Max siehst, sag ihm, dass ich die Informationen habe, um die er mich gebeten hat. Übrigens, hast du immer noch diese Hitzewallungen?«

Deedee blinzelte. »Ehrlich gesagt, ja. Alle glauben, das sind die Wechseljahre.«

»Dafür bist du doch viel zu jung.«

Deedee warf Frankie einen Blick zu. »Ja, ich weiß.«

»Aber vielleicht kann ich dir helfen.«

Deedee sah sich zu den Männern um. »Entschuldigt mich, Gentlemen, das ist jetzt zu persönlich.« Sie schlug die Tür zu und verschloss sie. »Okay, Muffin, ich höre.«

Die majestätische Annabelle Standish stand an der Bar im Arbeitszimmer ihres Herrenhauses und goss ihren besten Brandy in zwei Kognakschwenker. Sie trug einen Satinmorgenmantel und Hausschuhe, aber Frisur und Make-up saßen ebenso perfekt wie am Morgen, als sie das Haus verlassen hatte. Mit siebenundfünfzig war ihr Gesicht noch so glatt wie das einer Dreißigjährigen, dank ihrer täglichen Schönheitsprozedur, zu der ein allmorgendlicher forscher Spaziergang nach der ersten Tasse Kaffee gehörte. Ihr Mann war bereits seit gut zehn Jahren tot, aber sie hatte nicht wieder geheiratet. Ihre Tage waren ausgefüllt mit Einladungen zum Mittag- und Abendessen und natürlich mit ihrer karitativen Arbeit.

Sie reichte Phillip einen der Kognakschwenker. »Alles in Ordnung?«

Er antwortete nicht. Stattdessen hob er das Glas an die Lippen und leerte es in einem Zug.

»Das ist eine Beleidigung für den guten Brandy, Phillip. Den muss man langsam nippen. Du benimmst dich ja, als kämst du aus der Gosse.«

»Wie spät ist es?« Er überhörte sie demonstrativ.

»Zehn Minuten später als vorhin.« Annabelles Blick wurde sanfter. »Versuch doch, dich ein bisschen auszuruhen. Ich bewache das Telefon schon.«

»Ich hätte darauf bestehen sollen, dass Jamie zu uns kommt.«

»Das hätte doch nichts genutzt, Phillip. Das Mädchen hat seinen eigenen Kopf. Du kannst sie von nichts abhalten, wenn sie sich einmal etwas vorgenommen hat. Ich kann mich darüber nicht gut beschweren, ich bin ja genauso. Ich verstehe bloß nicht, warum sie so viel Zeit mit dieser Fontana verbringt.«

»Sie ist ihre beste Freundin.«

Annabelle rümpfte die Nase. »Na ja, sobald ich sie erst mal in die Gesellschaft eingeführt habe, wird Jamie schon neue Freunde finden, so Gott will.«

»Sei doch nicht so ein Snob, Mutter. Frankie und Deedee Fontana sind wirklich in Ordnung.«

»Das weiß ich ja, aber sie sind nicht …« Sie brach ab.

»Standesgemäß?«, sagte Phillip.

»Das meinte ich überhaupt nicht.«

»Weißt du, was dein Problem ist, Mutter?«, sagte er. »Du tust alles, um den weniger Privilegierten zu helfen, aber wenn es um deinen Umgang geht, hängst du die Latte ganz schön hoch.«

»Sei nicht unfair, Phillip. Mir ist diese Stadt ebenso wichtig wie deinem Freund Frankie Fontana. Der Unterschied ist nur, dass ich mich schon erfolgreich engagiert habe, bevor er mit seiner rothaarigen Frau hier aufgetaucht ist und dieses geschmacklose Haus gebaut hat. Das ist ja wohl wirklich ein Schandfleck in der Stadt. Würde mich nicht überraschen, wenn seine Frau da rote Satintapeten drin hat, sowas passiert doch immer, wenn die Leute mehr Geld als Geschmack haben. Ich hoffe bloß, dass sie sich die Haare vor eurer Hochzeit noch ein bisschen runtertönt.« Annabelle trank einen Schluck. »Wo wir gerade von der Familie reden, weißt du irgendwas über diesen Max Holt, außer dem, was so in der Zeitung steht?«

Phillip stand auf und ging zur Bar, wo er sich noch einen Drink einschenkte. »Ich komme nicht richtig an ihn ran. Er ist sehr zurückhaltend. Ich weiß nur, dass er Frankie hilft, die verschwundenen Steuergelder ausfindig zu machen, aber das ist auch schon alles.«

»Also, wenn du mich fragst, verbringt er auf jeden Fall viel zu viel Zeit mit Jamie. Wie sieht das denn aus, wenn eine verlobte Frau dauernd mit einem anderen Mann zusammen ist? Es dauert nicht mehr lang, dann kocht die Gerüchteküche.« Sie zog die Nase kraus. »Spätestens jetzt, wo sie zusammen vermisst werden, wird das losgehen.«

»Ich mache mir im Moment mehr Sorgen um Jamies Sicherheit als um Gerüchte«, sagte Phillip. »Außerdem vertraue ich ihr.«

»Natürlich tust du das. Wegen Jamie mache ich mir ja auch keine Gedanken. Aber soweit ich weiß, hat Max Holt einen gewissen Ruf in Bezug auf Frauen. Ich fürchte einfach, dass er sie ausnutzt.

Ich hoffe sehr, dass sie nach eurer Hochzeit ein bisschen ruhiger wird«, fuhr Annabelle fort. »Vielleicht kann ich sie ja für meine Arbeit begeistern.«

»Jamie gibt die Zeitung im Leben nicht auf«, antwortete Phillip. »Sie ist fest entschlossen, sie wieder zu dem zu machen, was sie unter ihrem Großvater war. Bevor ihr Vater alles vermasselt hat.«

Annabelle wurde nachdenklich. »Sie kann sie ja verkaufen, wenn ihr jemand genug dafür bietet.«

»Ich sehe es schon in deinem Gehirn rattern, Mutter. Aber da musst du dich einfach raushalten und Jamie tun lassen, was sie will.«

»Das verstehst du nicht, Sohnemann. Es gibt nichts Befriedigenderes, als Menschen in Not zu helfen. Die Standish-Frauen haben noch nie für Lohn gearbeitet. Wir brauchen das Geld nicht, und es macht auch keinen guten Eindruck, wenn deine Frau sechzig Stunden die Woche arbeitet. Da denken die Leute ja, du kannst sie nicht ernähren. Aber das ist natürlich alles egal, wenn sie sich mit diesem Max einlässt.«

Phillip seufzte schwach. »Geh ins Bett, Mutter, bevor du dir selbst Kopfschmerzen anquatschst. Die Sorgen um Jamie reichen mir schon.«

Jamie wurde von einem Geräusch in der Ferne geweckt. Ein Hubschrauber. Zweifellos suchte er sie. Sie setzte sich auf. Max deckte gerade das Feuer mit Erde ab. Er sah nachdenklich aus.

Der Hubschrauber kam näher. Wortlos stand Jamie auf und versuchte, sich die Kleider glatt zu streichen. Sie schüttelte die Decke aus und faltete sie zusammen. Sie wurden gerettet. Warum war sie so traurig?

»Ähm, Max?«

Er sah auf. »Ja?«

Es war unmöglich, seinen Gesichtsausdruck zu deuten. Jamie fragte sich, was er dachte. »Wegen heute Nacht.«

»Du hast überhaupt nichts falsch gemacht, Jamie. Ich hab damit angefangen. Vergiss es.«

»Vergessen? Ist das alles, was du dazu zu sagen hast?«

Er stand auf und kam näher. »Du hast dein ganzes Leben bis ins letzte Detail geplant. Offensichtlich hast du dir das gut überlegt, und das respektiere ich.« Er seufzte und rieb sich das Gesicht. »Ich muss hier meinen Job zu Ende bringen und dann nach Hause fahren.«

Jamie nickte. Max verhielt sich edelmütig. Es war besser so, also machte er es so. Er hatte mit Sicherheit einen Großteil der Nacht darüber nachgedacht, ebenso wie sie. »Ja«, stimmte sie zu. »Das ist wohl besser.«

ZEHN

Der Pilot landete den Hubschrauber in der Nähe des Anlegers. Max und Jamie warteten, bis die Rotorblätter sich nicht mehr drehten, und stiegen aus. Deedee begrüßte sie als Erste.

»Ich hab mir solche Sorgen gemacht!«, sagte sie und umarmte erst Jamie, dann Max. »Iiuuh, ihr stinkt nach Sumpf.«

Jamie entdeckte Phillip, dem die Erleichterung anzusehen war. Sie ging zu ihm. Er nahm sie fest in den Arm. »Ich habe die ganze Nacht nicht geschlafen, weil ich mir solche Sorgen gemacht habe«, sagte er. »Du glaubst gar nicht, wie erleichtert ich war, als Lamar endlich anrief und gesagt hat, dass es dir gut geht. Warum um alles in der Welt wolltet ihr zu Swamp Dog?«

Jamie wusste, dass er wegen der ganzen Sache immer noch ärgerlich war. »Es sind zwei Anschläge auf mich verübt worden, Phillip. Frankies Haus ist in Brand gesteckt worden. Da warst du doch dabei. Was soll ich denn da tun? Weggucken und mir eine Kugel in den Rücken jagen lassen?«

»Dafür haben wir doch die Polizei, Jamie. Du hast dich nicht in die Ermittlungen einzumischen. Oder seit wann bist du Polizistin?«

Sie streichelte ihm die Wange. »Jetzt bin ich ja wieder in Sicherheit, Phillip. Lass uns später darüber reden.«

»Tut mir Leid. Du siehst ziemlich erschöpft aus. Du hast bestimmt überhaupt nicht geschlafen.«

»Ehrlich gesagt habe ich besser geschlafen als ich dachte. Max ist wach geblieben, damit ich mich ausruhen konnte.«

»Lasst uns nach Hause fahren«, sagte Deedee. »Wir sind alle kaputt. Ich weiß nicht, wie es euch geht, aber ich muss mich ein bisschen hinlegen, und Max und Jamie sind bestimmt halb verhungert.«

»Ach was, Jamie hat genug Fische für eine kleine Armee gefangen«, sagte Max.

Phillip sah von einem zum anderen. »Hört sich an wie eine Episode aus *Robinson Crusoe*. Ich wusste gar nicht, dass meine Braut so eine Abenteurerin ist.«

Jamie sah ihn forschend an. »Was hast du denn?«, flüsterte sie.

Phillip zog sie beiseite. »Was läuft mit euch beiden? Wie sieht das denn aus, dass du die Nacht mit Max Holt verbracht hast? Soweit ich weiß, hat er in der Beziehung einen ganz schön heftigen Ruf.«

»Was hätten wir denn tun sollen?«, fragte Jamie. »Unser Boot ist gekentert. Ich war mehr damit beschäftigt, das zu überstehen, als mir um den Tratsch Gedanken zu machen.«

»Echt, Jamie, du machst vielleicht Sachen.«

Sie verlor die Geduld mit ihm. »Jemand hat versucht, mich *umzubringen*, Phillip. *Verstehst* du das? Findest du es so komisch, dass ich wissen will, wer das ist?« Plötzlich merkte sie, dass sie schrie.

»Das ist Lamars Job.«

»Bis Lamar irgendwas rauskriegt, kann ich längst tot und begraben sein.«

»Ich bin bald dein Mann. Ich bin dafür zuständig, dass dir nichts passiert.«

»Dann arbeite mit mir zusammen statt gegen mich.«

Er runzelte die Stirn. »Das ist wohl gerade nicht der richtige Moment für solche Diskussionen«, sagte er. »Ich habe die ganze Nacht nicht geschlafen, ich dachte, du wärst tot. Ich schätze, ich muss mich erst mal wieder beruhigen. Ich rufe dich nachher an.« Er stieg in seinen Mercedes und fuhr ab.

Jamie sah den Wagen hinter der Kurve verschwinden. Als sie aufblickte, stand Max da. »Sieht aus, als müsste ich dich mitnehmen«, sagte er.

Sie stiegen in Max' Wagen und wollten sich zu Hause wieder mit den anderen treffen.

»Guten Morgen, Muffin«, sagte Max, als sich die Sicherheitsriegel um sie geschlossen hatten. »Hast du mich vermisst?«

»Wurde auch Zeit, dass ihr wiederkommt«, sagte sie kurz angebunden. »Ich habe mir solche Sorgen gemacht, ich hätte fast mein ganzes System neu gebootet. Habt ihr Swamp Dog getroffen?«

»Ja. Ich könnte dich ja mit ihm verkuppeln.«

»Ich bin gerade nicht in der Stimmung für deine Witze, Max. Außerdem habe ich was mit einem Laptop am MIT, aber immer, wenn wir uns gerade so richtig nett unterhalten, willst du irgendwas von mir und ich muss ihn abwürgen. Was ja wohl zeigt, dass ich kein bisschen Privatsphäre habe. Deine Angestellten machen sich Sorgen um dich. Sie glauben, ich mache meine Arbeit nicht richtig. Wie sieht das denn aus.«

»Sag ihnen, dass es mir gut geht und sie sich keine Sorgen zu machen brauchen.«

»Ich bin schon dabei. Max, dieser Job ist einfach zu stressig. Ich sollte kündigen. Ich möchte für jemanden arbeiten, der ein ganz normales Leben führt.«

»Niemand ist normal, Muffin. Außerdem würde dir ganz schnell langweilig werden. Was hast du denn für mich rausgefunden?«

»Also einfach so weiter, als wäre nichts passiert?«, sagte sie.

»Okay, es tut mir Leid, dass ich dich beunruhigt habe.«

Sie seufzte. »Ab sofort behalte ich meine Gefühle für mich. Mir doch egal, ob du nackt den Mount Everest runterskatest, verstanden? Nur erzähl mir vorher nichts davon.«

»Die Infos, Muffin.«

»Sagt dir der Name Harlan Rawlins was?«

»Habe ich mal gehört.«

»Er ist eine große Nummer in der Erweckungsbewegung, aus Tennessee.«

»Ich gehe nicht oft zu solchen religiösen Veranstaltungen, aber jetzt, wo du es sagst, ja, ich habe was über ihn gelesen.«

»Harlan war einer von denen, die ein Angebot für deinen Fernsehsender abgegeben haben.«

»Den Verkauf hat mein Broker geregelt.«

»Harlan hat jede Menge Anhänger, und soweit ich weiß, ist er total fanatisch. Und verrückt.«

»Sind das nicht die meisten Fanatiker?«

»Jedenfalls war er anscheinend nicht happy, dass du den Sender an jemand anders verkauft hast. Er wollte ihn nämlich gerne nutzen, um die Frohe Botschaft zu verbreiten.«

»Hat er denn so viel Geld?«

»Wie gesagt, er hat ein Gebot abgegeben, aber dein Broker hat an ein Bildungsinstitut verkauft, und Rawlins war aus dem Rennen. Ich habe gehört, einige seiner Anhänger sind ganz schön nachtragend.«

»Wie groß ist denn seine Gemeinde?«

»Es geht um mehrere Hunderttausend Leute. Er macht einen auf Kleinstadtprediger, der gerade mal selbst zurechtkommt. Arbeitet mit Einschüchterungen, du weißt schon, Hölle und Verdammnis und so. Er hat dreimal die Woche einen Radiospot, auch sonntags. Ich habe mir gestern eine seiner sogenannten Predigten angehört. Da kriegt man Albträume.«

»Und abgesehen davon, warum sollte ich Angst vor ihm haben?«

»Er hat Freunde an den falschen Stellen.«

»Wie falsch?«

»Verbindungen in die Unterwelt. Und das bedeutet professionelle Killer.«

Max dachte nach. »Wenn das stimmt, dann würde das die Waffe erklären, die bei der *Gazette* benutzt wurde, aber es erklärt nicht die Drohungen gegen Frankie.«

»Vielleicht spielen sie Spielchen. Es gibt auch noch eine andere Möglichkeit. Vielleicht benutzen sie Frankies politische Aktivitäten, um von sich abzulenken.«

Max und Jamie sahen sich an. »Und hast du was über die Steuergelder herausbekommen?«

»Max, die Leute, die in dieser Stadt das Sagen haben, sind graue Eminenzen. Da ist alles total verfilzt, wie wir vermutet haben. Aufträge für neue Gebäude oder Parks werden so ausgeschrieben, dass von vornherein nur ein oder zwei Leute den Ansprüchen gerecht werden können.«

»Du meinst, es ist egal, wenn ein Angebot überteuert ist, weil der Auftrag sowieso an jemanden aus diesem Kreis vergeben wird?«

»Genau.«

»Hast du herausgekriegt, wer alles dazugehört?«

»Ich habe Bankkonten überprüft. Sieht alles normal aus. Ich habe keine Ahnung, wohin das Geld verschwindet.«

»Wahrscheinlich außer Landes.«

»Deedee hat gesagt, dass drei Wrestler bei ihnen sind«, sagte Muffin. »Wie gut kennst du sie, und was wollen die hier?«

»Ich kenne sie schon von Kind an. Wahrscheinlich sind sie da, um den beiden den Rücken zu stärken, aber es würde mich auch nicht überraschen, wenn sie sich als Sicherheitskräfte anbieten würden.«

»Wir müssen alle Möglichkeiten in Betracht ziehen«, sagte Muffin.

»Hör mal, ich brauche noch was.«

»Ja, ja, ja«, grollte sie. »Was ist es diesmal?«

»Was hast du denn?«

»Was ich habe? Ist es dir jemals in den Sinn gekommen, mal danke zu sagen für das, was ich bisher getan habe? Mein Job ist nicht ganz einfach, ist dir das eigentlich klar? Du schläfst nachts, ich nicht. Ich muss Doppelschichten fahren, um hinterherzukommen. Ich bin müde, Max.«

»Und reichlich gereizt.«

»Sitz du doch mal den ganzen Tag in diesem heißen Auto. Du könntest wenigstens ...« Sie machte eine Kunstpause und schniefte. »... im Schatten parken.«

Max und Jamie sahen sich vielsagend an. »Um Himmels willen, weinst du?«, fragte er.

»Nein.« Ihre Stimme versagte.

»Tust du wohl.«

»Du hast sie ganz schön verärgert, Max«, sagte Jamie.

»Herrgott, Muffin, ich fasse es nicht.«

»Du nimmst mich überhaupt nicht ernst. Du fragst mich nie, wie es mir geht oder ob ich einen schönen Tag hatte. Du lässt mich den ganzen Tag in der Sonne schmoren und stellst eine Forderung nach der anderen. Ich hab's echt satt. Du stehst als supertoller Multimillionär und als Supergenie da, und ich sitze den ganzen Tag hier fest und warte auf den nächsten Auftrag. Dich finden alle toll, und mir wird es nie gedankt.«

»Da hat sie recht, Max«, sagte Jamie. »Du könntest wirklich ein bisschen mehr Dankbarkeit zeigen.«

Max saß da und war offensichtlich völlig verdattert. »Ich habe sie gemacht, Jamie. Ihre Speicherbank ist so groß, dass sie rund um die Uhr Informationen speichern kann. Ich habe sie zu dem gemacht, was sie ist.«

»Und er lässt keine Gelegenheit aus, mich daran zu erinnern«, sagte Muffin.

»Was willst du, Muff?«, fragte er.

»Erstmal könntest du zum Beispiel die Klimaanlage einschalten. Mir ist dermaßen heiß, ich habe das Gefühl, mir schmelzen die Drähte.«

»Hast du mit Deedee gesprochen?«

»Ja. Ich bin die Einzige, die der armen Frau zuhört. Ich bin die Einzige, die sich um sie kümmert. Sie ist in der Prämenopause, und keinen interessiert's. Ihr habt ja keine Ahnung, was das mit den Hormonen einer Frau anstellt.«

Max schüttelte traurig den Kopf und drehte sich zu Jamie. »Offensichtlich hat sie alles verarbeitet, was Deedee ihr erzählt hat, genauso wie sie alles verarbeitet, was meine Leute und ich in sie einspeisen. Sie hat auch Deedees Eigenheiten übernommen, und jetzt glaubt sie, sie hätte Hitzewallungen.«

»Ich *habe* Hitzewallungen«, sagte Muffin.

»Ich muss sie neu programmieren«, flüsterte Max Jamie zu, »aber dazu habe ich jetzt keine Zeit.«

»Hört doch auf, über mich zu reden, als wäre ich nicht da«, fauchte Muffin.

»Weißt du was, Muff«, sagte er. »Ich verspreche dir, ab sofort aufmerksamer zu sein.«

Schweigen.

»Und es tut mir Leid, okay? Ich bemühe mich auch, im Schatten zu parken.«

Sie schniefte. »Danke, Max.«

Zu Hause angekommen stellte Max erleichtert fest, dass noch zusätzliche Wachleute eingestellt worden waren. Während Jamie mit Vera und Mike Henderson telefonierte, sprach Max mit Frankie und dem Sicherheitschef Tim Duncan.

»Nur, dass Sie's wissen, ich habe noch ein paar Männer angeheuert, falls Sie neue Gesichter sehen«, sagte Duncan.

Max lächelte. »Klasse, dass Sie überhaupt noch

Leute gefunden haben. Wir haben ja schon eine kleine Armee hier und bei der Zeitung. Ich nehme an, Sie haben sie alle überprüft?«

»Sind alle sauber.«

Der Butler klopfte und trat ein, wie meistens im wärmenden Mantel. »Entschuldigen Sie bitte, Mr Fontana, aber da ist ein, äh, *Mensch*, der Mr Holt sprechen will.«

»Wer denn?«, fragte Max.

»Er wollte seinen Namen nicht nennen, und ich habe nicht drauf bestanden. Ich hatte auch Bedenken, ihn hereinzubitten.«

»Ich bin gleich wieder da«, sagte Max. Er verstand den Widerwillen des Butlers, als er die Haustür öffnete. Ihm gegenüber stand Swamp Dog, umringt von einer Handvoll Sicherheitsleute. Max legte die Stirn in Falten. »Ich bin einigermaßen überrascht, Sie hier zu sehen.«

Swamp Dog betrachtete die Leute vom Sicherheitsdienst verächtlich. »Haut ab«, sagte er.

Max nickte den Männern zu. »Ist schon okay.« Er wartete, bis sie verschwunden waren, dann sprach er. »Was kann ich für Sie tun?«

»Ich wollte noch mal mit Ihnen über das Jobangebot reden.«

Max führte den Mann ins Arbeitszimmer und stellte ihn Frankie und Duncan vor. Beide waren perplex. »Swamp Dog wird für uns arbeiten«, erklärte Max.

»Ich arbeite allein«, antwortete Swamp Dog. »Ich komme und gehe, wie ich will, und ich lasse mir von niemandem was vorschreiben. Wenn mir einer blöd kommt, dem schneid ich den Magen raus und zwinge ihn, den zu essen.«

»Ja, gut, das klingt vernünftig«, sagte Frankie und beäugte Max. »Was brauchen Sie für den Anfang?«, fragte er.

Swamp Dog zog eine .47er Magnum aus dem Hosenbund und ein Jagdmesser aus einem Stiefel. Die schmale Klinge blitzte im Morgenlicht auf. »Das reicht erst mal. Wo krieg ich hier was zu fressen? Mit leerem Bauch fang ich nicht an.«

Frankie rief den Butler, der in der Nähe wartete. »Nehmen Sie Mr, äh, unseren Gast doch bitte mit in die Küche, und sorgen Sie dafür, dass der Koch ihm was zu essen macht.«

Sobald sie allein waren, wandte Duncan sich an Max. »Sind Sie sicher, dass der Typ sauber ist? Der sieht aus, als würde er ohne mit der Wimper zu zucken seiner Mutter im Schlaf ein Loch in den Kopf schießen.«

»Vielleicht behalten Sie ihn ein bisschen im Auge«, war alles, was Max dazu sagte.

Frankie vergrub den Kopf in den Händen. »Ich

ziehe das mit dir durch, Max, obwohl ich so meine Zweifel habe. Aber Deedee darf ihn nicht sehen.« Er hatte es kaum ausgesprochen, da kam ein Kreischen aus der Küche.

»Iiuuh!«, schrie Deedee so laut, dass fast die Scheiben zersprungen wären. »Wer sind Sie denn?«

Frankie schüttelte traurig den Kopf. »Zu spät.«

Eine Stunde später hatten Max und Jamie geduscht und ein paar Tassen Kaffee getrunken, stiegen in sein Auto und fuhren zur Zeitung. Jamies verdatterter Gesichtsausdruck sagte Max, dass sie Swamp Dog ebenfalls gesehen hatte.

»Das gefällt mir nicht, Max. Ich traue dem Kerl nicht über den Weg.«

»Mach dich mal locker«, sagte er, »ich weiß schon, was ich tue.«

Muffin sprach. »Max, mach doch die Scheißklimaanlage an.«

Er tat wie ihm geheißen. »Die Klimakteriumsanlage, hm? Immer noch Hitzewallungen?«

Muffin grunzte. »Mir ist so heiß, ich überhitze noch den Motor.«

»Das tut mir Leid, Muffin«, sagte Jamie. »Zu blöd, dass du keine Hormonbehandlung machen kannst.« Sie sah Max an und schüttelte den Kopf. »Ich fasse es nicht, dass ich das gesagt habe.«

Er lächelte. »Muffin, genau mit dir wollte ich gerade sprechen.«

»Was ist denn *jetzt* schon wieder?«

»Ich brauche die Namen von allen, die in dieser Stadt irgendeinen Posten haben. Alle, auch den Stadtdirektor und den Rechnungsprüfer. Wenn du die hast, überprüf sie bitte alle vollständig.«

»Schon angefangen.«

»Danke. Hast du schon was über Hodges oder diesen Prediger?«

»Ich konzentriere mich im Moment auf Hodges, weil der erstmal dringender zu sein scheint, aber du weißt ja, wie es ist, die Firewall von Militärrechnern zu knacken. Ich sage Bescheid, sobald ich was habe.«

Als Jamie und Max bei der Zeitung ankamen, fanden sie dort eine Baustelle vor; das Gebäude wurde komplett renoviert. Das große Fenster auf der Straßenseite war ersetzt worden, und Männer auf Leitern verputzten Risse im Beton. Innen sah es so ähnlich aus.

Vera sah von ihrem ramponierten Computer auf. Sie starrte Jamie an. »Wenn du nicht erwachsen wärst, würde ich dich übers Knie legen und dir die Tracht Prügel deines Lebens verpassen.«

»Guten Morgen, Vera.«

»Jetzt tu bloß nicht, als wäre nichts gewesen.

Ich habe kein Auge zugemacht, nachdem Lamar mich heute Nacht angerufen hat. Bist du völlig bescheuert geworden, einfach abzuschwirren, um mitten im Sumpf einen durchgeknallten Killer zu suchen?«

Sie sah Max an. »Von Jamie war so was ja zu erwarten, sie ist so kapriziös und verantwortungslos …«

»Kapriziös und verantwortungslos?«, quiekte Jamie.

»Aber von Ihnen hätte ich das nicht gedacht«, sagte Vera zu Max.

»Ich wollte ja auch nicht«, sagte er, »aber Jamie hat gedroht, dann würde sie allein hinfahren.«

Jamie klappte die Kinnlade herunter, als sie zu ihm herumwirbelte. Ihre Verärgerung loderte noch auf, als sie seinen Mundwinkel zucken sah. »Also, du bist doch ein …«

»Versuch es gar nicht erst«, sagte Vera. »Nach dem, was du mir heute Nacht angetan hast, dulde ich jetzt garantiert keine Schimpfwörter.« Sie grabschte nach ein paar rosafarbenen Zetteln. »Willst du deine Nachrichten noch haben, bevor du wieder nach Gott-weiß-wohin verschwindest?«

Jamie warf finstere Blicke in Max' Richtung und nahm die Zettel von Vera entgegen. »Ich bin in meinem Büro«, sagte sie.

»Da kannst du nicht rein, da sind die Anstreicher drin.«

»Dann arbeite ich im Konferenzraum. Allein.«

»Da sind sie auch.«

»Verdammt. Wo, zum Teufel, soll ich denn arbeiten?«

Vera hielt die Kasse hoch. »Fünfundzwanzig Cent, bitte.«

»Ich mach das schon«, sagte Max und angelte in seiner Hosentasche nach einer Münze.

»Keine Chance«, sagte Jamie. »Das zahle ich verdammt noch mal selbst. Ach, verdammter Mist …« Sie schlug die Hand vor den Mund.

»Damit wären wir bei fünfundsiebzig Cent«, sagte Vera. »An deiner Stelle würde ich einfach mal die Klappe halten.«

»Das ist das Lächerlichste, was ich je gehört habe«, fauchte Jamie und suchte in ihrem Portemonnaie nach Geld. »Ich bin ein erwachsener Mensch, und ich sage, was ich will.« Sie reichte Vera einen Dollar. »Und vergiss ja nicht, dass ich noch einen Vierteldollar guthabe.«

Vera stopfte den Schein durch den Schlitz des Plastikdeckels. »Die Maler sagen, sie brauchen etwa eine Woche für das ganze Gebäude, mit den Ausbesserungsarbeiten, die gemacht werden müssen. Sie wollen die Innenräume nachts streichen, damit wir nicht schließen müssen, aber wahrscheinlich müssen wir sämtliche Fenster offen lassen. Das wird irre heiß hier drin.«

»Dann ziehen Sie mal los, und kaufen Sie so viele Ventilatoren, wie Sie wollen«, sagte Max. Er sah Jamie an. »Wir müssen eh nicht hier rumhängen, wir haben anderes zu tun.«

»Zum Beispiel?«, fragten Jamie und Vera im Chor.

»Wir müssen mal dem Rathaus einen Besuch abstatten.«

»Du kannst doch nicht einfach ins Rathaus marschieren und nach wichtigen Unterlagen fragen«, sagte Jamie.

»Nein, aber dein Verlobter kann das.«

Kurz darauf stiegen sie wieder ins Auto.

»Ich habe neue Informationen für dich, Max«, sagte Muffin.

»Dann lass mal hören.«

»Die Stadt arbeitet hauptsächlich mit der Beaumont Savings and Loan Bank zusammen. Offensichtlich hatte der ursprüngliche Kreditsachbearbeiter kein besonderes Vertrauen in die Geschäfte der Stadt, denn er hat ziemlich hohe Zinsen verlangt. Sieht aus, als habe er das für ein Risikogeschäft gehalten. Dann wurde ein neuer Vorstand gewählt, und die Zinsen sind gesunken.«

»Und wer sitzt jetzt im Vorstand?«

»So ziemlich die gleichen Leute wie im Stadtrat. Da gibt es ja keinen Interessenkonflikt, nicht wahr? Die rechtlichen Angelegenheiten der Stadt werden von Standish and Moss vertreten.«

»Phillip macht das ehrenamtlich«, sagte Jamie stolz. »Die Standishs waren schon immer großzügig. Phillips Mutter sitzt in einem Komitee, das Geld für karitative Zwecke sammelt. Dafür bekommt sie auch nichts. Na ja, sie braucht das Geld ja auch nicht.«

»Offensichtlich nicht«, antwortete Muffin. »Sie berechnet ein Jahresgehalt von einem Dollar. Ich werde sie überprüfen müssen, Jamie«, fügte sie hinzu.

Jamie erstarrte. »Und was ist mit mir? Überprüfst du mich auch?«

»Natürlich nicht, aber ich muss mir die Leute anschauen, die hier das Sagen haben.« Sie machte eine Pause. »Phillip und seine Familie gehören dazu. Genauso wie der Stadtdirektor, der übrigens bereits gesessen hat. Fünf Jahre wegen Steuerhinterziehung.«

»Nicht im Ernst«, sagte Jamie. »Mann, der ist doch in der …«

»Beaumont Baptist Church«, ergänzte Muffin. »Er ist sogar Diakon. Was die Leute nicht wissen, ist, dass er unehrenhaft aus der Armee entlassen wurde.«

»Wie hast du das denn alles herausgekriegt?«, fragte Jamie.

»Ich habe Datenbanken vom Militär und von Gefängnissen durchsucht.«

»Sind die denn nicht geheim?«

»Manchmal muss man ein paar Regeln brechen«, sagte sie.

»Allerdings nur, wenn es für einen guten Zweck ist«, fügte Max hinzu.

»Aber die Regierung hat doch bestimmt hohe Sicherheitsstandards. Sonst würden ja dauernd Leute deren Computer anzapfen. Dafür könnt ihr in den Knast kommen.«

»Eher nicht«, sagte Muffin.

Max zögerte. »Jamie, ich war mal so eine Art Hacker.«

»Und zwar ein verdammt guter«, fügte Muffin hinzu. »Es gibt auf der ganzen Welt nur ein paar Leute, die solche Firewalls geknackt kriegen, und einer davon sitzt neben dir.«

»Wo sind die anderen?«

»Die sitzen beide im Knast«, sagte Muffin.

Jamie starrte Max an. »Und du nicht? Warum nicht?«

Er zuckte mit den Schultern. »Ich habe der Regierung sozusagen versprochen, damit aufzuhören.«

»Hast du aber nicht.«

»Es ist einfach so«, sagte Muffin, »dass eine Menge Leute Max noch was schuldig sind.«

»Ich glaube, das will ich lieber gar nicht so genau wissen«, sagte Jamie. »Ich will nicht wegen Komplizenschaft ins Gefängnis. Vera hat mir erzählt, was im Gefängnis so alles abgeht, da würde ich keine vierundzwanzig Stunden überleben.«

»Vera muss mal aufhören, dir diesen ganzen Unsinn zu erzählen«, sagte Max. »Komisch, dass du ihr überhaupt noch zuhörst.«

Jamie war verletzt. »Sie ist so was wie eine Mutter für mich. Was glaubst du, wer mir geholfen hat, den ersten Wackelzahn rauszukriegen? Und wer mir die Geheimnisse des Lebens beigebracht hat?«

Er grinste. »Ich dachte, die hättest du im Autokino auf dem Rücksitz gelernt.«

»Sehr witzig, Max.«

»War doch nur ein Scherz. Ich weiß doch, wie nahe dir Vera steht.«

»Übrigens, ich will alles über das Leben im Gefängnis wissen«, sagte Jamie, »denn vielleicht landest du in einem.«

»Das Geheimnis meines Erfolges liegt darin, dass ich die allerbesten Anwälte beschäftige, die man kriegen kann. Apropos Anwälte, da wären wir.« Max fuhr auf den Parkplatz von Phillips Kanzlei. »Prince Charmings Auto ist ja auch da.«

»Kannst du dich vielleicht bemühen, ein bisschen netter zu Phillip zu sein?«, fragte Jamie.

Er wirkte überrascht. »Ich bin immer nett.«

»Manchmal triezt du ihn ganz schön.«

»Da kann ich doch nichts dafür, wenn er wegen eurer Hochzeit so verunsichert ist. Vielleicht überlegt er es sich ja noch mal anders. Würde ich bestimmt machen, wenn meine Verlobte die Nacht mit jemand anderem verbracht hätte.«

»Wir haben nicht die Nacht miteinander verbracht. Jedenfalls nicht in dem Sinne.«

»Es war ganz schön heiß unter der Decke, Swifty.«

»Oh Gott«, sagte Muffin. »Ihr habt es doch nicht *getan*, oder?«

»Natürlich nicht!«, fauchte Jamie.

»Aber nur, weil ich mich geweigert habe, das bis zum Ende durchzuziehen«, antwortete Max. »Echt, Muffin, sie hat geradezu drum gebettelt.«

Jamies Augen verengten sich zu Schlitzen. »Du bist ekelhaft. Ich hatte Angst und war wehrlos, und du hast die Situation ausgenutzt.«

»Ich will nur sichergehen, dass niemand flachgelegt wurde«, sagte Muffin. »Jamie, du bist verlobt und hast nicht mit Typen wie Max unter einer Decke zu liegen.«

»Die Umstände waren ziemlich ungewöhnlich, Muffin«, sagte Jamie und fragte sich im selben Moment, warum sie sich vor Max' Computer rechtfertigte. »Das passiert garantiert nicht noch einmal.«

Jemand klopfte ans Fenster, und Jamie sah auf. Beim Anblick von Annabelle Standish rutschte ihr das Herz in die Hose. »Ach du lieber Gott«, murmelte sie über ihr aufgesetztes Lächeln hinweg. Sie öffnete die Tür und stieg aus. »Annabelle, was für eine Überraschung!«

»Jamie Swift, ich sollte dich im Schuppen einsperren für diese Aktion! Ich habe keine Sekunde geschlafen. Was soll das, mitten im Sumpf einen Verrückten zu suchen? Mein Sohn steht immer noch unter Schock. Also, sei brav und drück mich mal.«

Jamie nahm sie fest in den Arm. Annabelle sah wie immer aus, als käme sie gerade frisch von der teuersten Kosmetikerin. Ihre Kleidung war makellos, nicht eine einzige Falte. »Tut mir Leid, dass ich euch solche Sorgen gemacht habe. Ich dachte ...«

»Ich weiß, was du dachtest. Du dachtest, du

könntest da rausfahren und den Fall ohne die Polizei lösen. Du hättest dabei draufgehen können, junge Frau. Ich erwarte, dass du mit dem Unsinn aufhörst und dich mal langsam auf deine Hochzeit konzentrierst.«

Max ging ums Auto herum und blieb still stehen.

»Sie müssen der berühmte Max Holt sein«, sagte Annabelle, wirkte aber nicht im Mindesten beeindruckt. »Ich wäre Ihnen dankbar, wenn Sie davon absehen könnten, meine zukünftige Schwiegertochter auf lebensgefährliche Abenteuertouren mitzunehmen.«

»Freut mich, Sie kennenzulernen, Mrs Standish«, sagte Max und reichte ihr die Hand. »Ich habe schon viel Gutes von Ihnen gehört und was Sie alles für die Stadt tun.«

»Ja, na ja, ich tue, was ich kann, aber ich kann nicht überall gleichzeitig sein. Ich bräuchte jemanden wie Jamie zur Unterstützung.«

Jamie fand, es sei Zeit für einen Themenwechsel. »Hast du Phillip besucht?«

»Ich war kurz bei ihm drin, aber er hatte einen Mandanten da. Ich musste auch nur kurz was beglaubigen lassen. Schatz, wir müssen uns so bald wie möglich zusammensetzen und die Hochzeit besprechen. Ich weiß, dass du glaubst, wir hätten noch jede Menge Zeit, aber ehe du dich versiehst, ist es September, und es sind jede Menge Feste zu planen. Ganz zu schweigen von den Brautpartys.«

»Brautpartys?«

»Ja, natürlich, meine Liebe. Bring deinen Terminkalender mit, damit wir die ganzen Veranstaltungen planen können. Unsere lieben Freunde wollen mindestens ein Dutzend Dinnerpartys für dich und Phillip geben, aber erst mal müssen wir unsere eigene Party machen, um dich allen vorzustellen. Du glaubst gar nicht, wie gespannt sie schon alle auf dich sind.« Sie sah auf ihre mit Diamanten besetzte Uhr. »Herrje, ich bin schon zehn Minuten zu spät dran. Siehst du mein Auto oder den Fahrer irgendwo?«

Jamie schaute sich auf dem Parkplatz um und sah an der Straße einen livrierten Mann neben Annabelles Limousine stehen. »Da vorne ist er«, sagte sie. »Ist wahrscheinlich nicht ganz einfach, die Limousine auf so einem kleinen Parkplatz unterzubringen.«

Annabelle winkte den Mann heran. »Hör mal, Jamie, pack doch einfach ein paar Sachen zusammen, und komm für ein paar Tage zu uns. Nur bis diese ganze schreckliche Geschichte vorbei ist. Es wäre mir lieb, wenn ich dich in der Nähe wüsste.«

»Ich würde ja gern, Annabelle, aber meine

Freundin Deedee macht gerade schwere Zeiten durch. Ich muss für sie da sein.«

Annabelle war von dieser Antwort offensichtlich nicht angetan. »Na ja, du hast ja deinen eigenen Kopf, und ich werde nicht hergehen und dich umstimmen.« Sie sah Max an. »Schön, dass wir uns auch mal kennengelernt haben, Mr Holt. Wie lange bleiben Sie noch?«

Jamie errötete. Es war nur zu offensichtlich, dass Annabelle ihn nicht hier haben wollte.

»So lange, bis ich weiß, wer das Geld der Steuerzahler in seine eigene Tasche steckt«, sagte er.

Annabelle erstarrte. »Es interessiert mich ebenso sehr wie Sie, was mit den Steuergeldern passiert, Mr Holt, aber bitte bedenken Sie, dass ein Teil des Geldes für einen guten Zweck verwendet wird. Ich kämpfe mit Zähnen und Klauen um die paar Pennys, die ich dringend für Unterkünfte für misshandelte Frauen und Kinder brauche, außerdem für das neue Help Center. Was glauben Sie, wovon diese Leute sich im Winter warm halten oder essen? Und dann muss ich ja auch die Leute bezahlen, die dort arbeiten.«

»Soweit ich informiert bin, geht es hier um etwa zwanzig Millionen Dollar in vier Jahren, Mrs Standish«, sagte Max. »Das ist eine Menge Holz für eine Kleinstadt, finden Sie nicht?«

»Jeder muss sein Scherflein beitragen, Mr Holt. Ich leiste meins jedenfalls.«

»Dann werden Sie demnächst noch mehr Unterkünfte brauchen«, sagte er, »denn täglich verlieren Leute wegen der hohen Grundsteuer ihre Häuser und Autos. Übrigens, arbeiten die Leute in Ihren Einrichtungen nicht ehrenamtlich?«

»Darum geht es doch gar nicht. Ich habe ja trotzdem Betriebskosten. Sie müssen mal zum Tee zu mir kommen, bevor Sie wieder abreisen, Mr Holt. Uns scheint die Stadt ja gleichermaßen am Herzen zu liegen. Vielleicht haben Sie ein paar Ideen für mich.«

Annabelle küsste Jamie auf die Wange und ließ sich versprechen, dass Jamie so bald wie möglich anrufen würde. Sie gab Max die Hand und ging zum Wagen.

Max und Jamie sahen dem abfahrenden Wagen nach. »Ich glaube, das ist ganz gut gelaufen«, sagte er.

Jamie seufzte. »Du hast ihr ja auch ein paar ordentliche Seitenhiebe verpasst, dann bist du natürlich zufrieden.« Sie betrachtete das Gebäude. »Ich weiß nicht, ob ich das durchziehen kann. Phillip war zuletzt überhaupt nicht gut auf mich zu sprechen.« Dennoch ging sie zur Tür.

Sie und Max warteten kurz im Empfangsbereich, während Phillips Sekretärin ihm Bescheid sagte. Max blätterte in einer Zeitschrift, Jamie ging auf und ab.

»Mach dich mal locker«, sagte er. »Phillip ist doch nur eifersüchtig, weil du so viel mit mir zusammen bist. Ich an seiner Stelle wäre auch eifersüchtig.«

»Kannst du bitte mal dein Selbstbewusstsein zusammenpacken und es dir in deine große Klappe stopfen?«, sagte Jamie betont liebenswürdig, knirschte dabei aber mit den Zähnen.

Max warf die Zeitschrift beiseite und beugte sich zu ihr. »Hör mal, Swifty, ich sage nichts über letzte Nacht, wenn du nichts sagst.«

Jamie wurde feuerrot, gerade als Phillip auf sie zutrat. Abrupt blieb er stehen. »Jamie, was hast du denn? Du bist ja ganz rot und fleckig im Gesicht. Bist du krank?«

»Ich, äh …«

»Möchten Sie ein Glas Wasser, Miss Swift?«, fragte die Rezeptionistin.

Was Jamie wirklich gewollt hätte, wäre, Max eine zu scheuern. »Ich bin nur ein bisschen erhitzt.« Innerlich stöhnte sie auf, weil sie genau wusste, was Max sich zu dieser Formulierung denken würde. »Es ist furchtbar heiß draußen.«

»Wollt ihr nicht in mein Büro kommen?«, fragte Phillip.

ELF

Phillip wartete, bis Max und Jamie sich gesetzt hatten, nahm dann hinter seinem Schreibtisch Platz und sah Jamie an. »Du denkst wahrscheinlich, ich hätte diese Anschläge nicht ernst genommen, aber das stimmt nicht. Ich wollte dich nur nicht noch weiter beunruhigen. Seit jemand durch dein Fenster geschossen hat, habe ich Lamar deswegen jeden Tag in den Ohren gelegen. Aber für den ist es offensichtlich das größte Problem, dass er seinen Angelurlaub verschieben muss. Ich habe ihm angeboten, einen der besten Privatdetektive des Landes zu engagieren, aber da war er beleidigt.«

»Das hast du mir ja gar nicht erzählt.«

»Ich sage ja, ich wollte dir keine Angst machen. Aber jetzt bin ich mit meinem Latein am Ende. Wir können es uns nicht leisten, Lamar zu verprellen. Wir brauchen seine volle Aufmerksamkeit. Aber wir können uns genauso wenig zurücklehnen und darauf warten, dass der Typ wieder zuschlägt.«

»Glauben Sie, Lamar deckt jemanden?«, fragte Max.

Phillip schüttelte den Kopf. »Nein, er ist kein bestechlicher Typ. Er ist grundaufrichtig.«

»Und seine Deputys?«

Phillip zuckte die Achseln. »Sie wirken wie ein loyaler Haufen, aber persönlich kenne ich sie nicht.« Sein Blick wanderte zu Jamie. »Ich glaube, ich beauftrage den Privatdetektiv einfach trotzdem und sage Lamar nichts davon.«

»Keine gute Idee«, sagte sie. »Man kann in dieser Stadt ja nicht mal niesen, ohne dass es jemand hört. Lamar würde es rauskriegen, und das würde alles noch schlimmer machen.« Sie sah Max an. »Lamar kann ganz schön stolz und stur sein.«

»Ich kann aber nicht einfach rumsitzen und nichts tun«, sagte Phillip mit erhobener Stimme.

»Sie könnten uns helfen«, sagte Max.

Diesmal wirkte Phillip überrascht. »Schießen Sie los.«

»Ich würde gern mit dem Rechnungsprüfer der Stadt sprechen. Und mit ihm die Bücher durchgehen.«

»Das ist Benson Grimby«, sagte Phillip. »Er ist im Urlaub. Aber ich kann vielleicht einen Termin bei seiner Assistentin für Sie ausmachen.« Er flippte durch seine Rollkartei, nahm den Telefonhörer ab und wählte eine Nummer. »Alexa, hier ist Phillip. Können Sie mir einen Gefallen tun?« Er erklärte die Sache. »Sie können gleich hingehen«, sagte er zu Max, sobald er aufgelegt hatte. Dann sah er Jamie an. »Hast du Zeit, mit mir frühstücken zu gehen, oder willst du auch dahin?«

Jamie sah Max an.

»Ich komm schon allein klar«, sagte Max und stand auf. »Du willst doch bestimmt lieber mit deinem Verlobten frühstücken und nicht unbedingt in alten Akten wühlen.«

Jamie diskutierte das nicht weiter. Nach der vergangenen Nacht verstanden sie und Max sich auch ohne große Worte. Oder vielleicht wollte Max auch Phillip ein bisschen ausspionieren und sie sollte es nicht wissen.

Sie lächelte Phillip an. »Kannst du mich hinterher bei mir zu Hause absetzen, damit ich mein Auto abholen kann?«

»Klar.«

»Dann stehe ich dir voll zur Verfügung.«

Max nickte und ging.

Zehn Minuten später suchten Jamie und Phillip sich einen Platz im Downtown Café. Jamie frühstückte normalerweise nicht, aber sie bestellte einen Blaubeermuffin und eine Tasse Kaffee und beobachtete Phillip fasziniert dabei, wie er einen

Stapel Pfannkuchen verschlang. »Gut, dass du jeden Tag Sport treibst«, sagte sie.

»Ich würde es gern mal wieder mit dir treiben«, antwortete er und sah sie schmachtend an.

»Bald«, versprach sie.

Er sah ihr in die Augen. »Ich habe dich nicht grundlos zum Frühstück eingeladen, Jamie. Ich möchte, dass du mit mir weggehst.« Sie öffnete den Mund, um etwas zu sagen, aber er hob die Hand. »Lass mich erst ausreden, bevor du was dagegen sagst. Du musst für eine Weile aus der Stadt raus, das ist ja wohl offensichtlich. Wir könnten einfach schnell heiraten und dann lange in die Flitterwochen fahren.«

»Annabelle würde fuchsteufelswild werden.«

»Damit wird sie schon zurechtkommen. Und dann sofort anfangen, uns mit Enkelkindern auf die Nerven zu gehen. Irgendwas ist ja immer.«

Jamie zögerte. Als Phillip ihr den Antrag gemacht hatte, hatte sie gedacht, jetzt beginne endlich das Leben, nach dem sie sich so viele Jahre gesehnt hatte. Aber was, wenn Phillip *tatsächlich* etwas mit den verschwundenen Steuergeldern zu tun hatte? Nicht, dass sie das wirklich glaubte. Er war schließlich ein guter Mensch. Aber sie wollte tief im Herzen wissen, dass er wirklich unschuldig war. »Ich habe einfach kein gutes Gefühl, einfach abzuhauen und meine beste Freundin allein zu lassen«, sagte sie.

»Frankie beschützt Deedee, und ich beschütze dich. Schließlich bin ich bald dein Mann.«

»Ich muss eine Zeitung herausbringen.«

»Du hast doch einen Chefredakteur, der das machen kann.«

»Mike? Das ist eine verantwortungsvolle Aufgabe.«

»Wie soll er es denn lernen, wenn er dir immer am Schürzenzipfel hängt?« Er lehnte sich zurück. »Wir bräuchten nur schnell ein paar Sachen zu regeln und könnten heute Abend schon weg sein«, sagte Phillip.

»Und was ist mit deinen Mandanten?«

»Meine Sekretärin macht einfach neue Termine aus. Ich sage ja nicht dauernd Termine ab. Ich glaube nicht, dass mir auch nur einer das Mandat kündigt, bloß weil ich mal heirate und in die Flitterwochen fahre.«

Jamie rutschte auf dem Stuhl herum. »Das ist nicht der richtige Zeitpunkt, Phillip. Ich habe Sicherheitsleute im Zeitungsgebäude wegen der Schießerei. Was sollen denn meine Leute denken, wenn ich jetzt still und heimlich verschwinde, ohne mich auch nur von ihnen zu verabschieden?«

»Sie werden denken, du bist verliebt und konntest es gar nicht mehr erwarten, meine Frau zu werden.«

»Und ich muss auch an Deedee denken. Sie war immer für mich da, Phillip. Und sie kommt mit der Situation gerade überhaupt nicht klar. Ich habe richtig Angst, dass sie am Ende Frankie verlässt.«

»Jamie, du solltest dich mal reden hören!«, sagte er. »Das hat doch alles überhaupt nichts mit unserer Hochzeit zu tun!«

Sie konnte ihn nur schweigend ansehen.

»Ich habe langsam das Gefühl, du willst mich überhaupt nicht heiraten.« Er machte eine Pause und betrachtete sie. »Ist es wegen Max Holt? Bist du in ihn verliebt?«

»Natürlich nicht. Ich kenne ihn ja kaum.«

»Aber du verbringst ganz schön viel Zeit mit ihm.«

»Du weißt doch, dass er mein Partner ist.«

»Aber deswegen brauchst du doch nicht vierundzwanzig Stunden am Tag mit ihm zusammen zu sein. Ist dir eigentlich klar, wie das aussieht? Wahrscheinlich weiß schon die ganze Stadt, dass du die Nacht mit ihm im Sumpf verbracht hast.«

Jamie verstand plötzlich. »Das hat Annabelle dir eingeredet, oder?« Es würde Annabelles Distanziertheit Max gegenüber erklären.

»Meine Mutter macht sich auch Sorgen, ja. Sie will nicht, dass der Tratsch dir schadet.«

»Und macht dir das auch Sorgen?«

»Ich hab nie was auf Tratsch gegeben, das weißt du doch. Aber wenn die Leute schlecht über die Frau reden, die ich heirate, macht mich das natürlich wütend.«

»Es tut mir Leid, wenn ich dich blamiert habe, Phillip. Das ist bestimmt nicht das erste Mal, dass du mich vor deiner Mutter verteidigen musstest.«

»Was soll das denn heißen?«

»Das soll heißen, dass sie findet, du heiratest unter deiner Würde.« Jamie schämte sich, sobald sie es ausgesprochen hatte. Annabelle hatte sie stets wie ein Familienmitglied behandelt.

Phillip starrte seine Kaffeetasse an. »Es ist kein Geheimnis, dass meine Mutter manchmal ein ziemlicher Snob sein kann, aber sie hat dich immer in Schutz genommen.«

»*Mich* in Schutz genommen?«, fragte Jamie überrascht.

»Vielleicht ist ›in Schutz nehmen‹ der falsche Ausdruck.« Er rieb sich die Stirn. »Mist, das hätte ich jetzt besser nicht gesagt. Ich weiß schon gar nicht mehr, was ich rede.«

Jamie war verletzt, aber sie war es gewohnt, das nicht zu zeigen. Sie wusste, dass seit Jahren über ihre Familie getratscht wurde, darüber, dass ihre Mutter sie verlassen hatte und ihr Vater in den letzten Jahren psychisch krank und arbeitsunfähig gewesen war. Die Kinder in der Schule hatten Jamies Mutter schon mit allen möglichen Schimpfwörtern belegt, als Jamie noch gar nicht wusste, was sie bedeuteten. Sicher wurde Annabelle darauf angesprochen, dass ihr Sohn eine Frau heiraten wollte, die nicht aus gutem Hause stammte. Und Annabelle, die ihren blaublütigen Stammbaum bis zum Anbeginn der Zeit zurückverfolgen konnte, sah sich gezwungen, sich für ihre zukünftige Schwiegertochter zu entschuldigen.

»Schon okay, Phillip«, sagte sie sanft. »Ich weiß, dass ich nicht die erste Wahl deiner Mutter gewesen wäre. Es tut mir Leid, wenn meine Vergangenheit ihr oder dir peinlich ist.«

»Mach dich doch nicht lächerlich, ich bin stolz darauf, dass du meine Frau wirst. Und meine Mutter ist ganz hingerissen.«

Die Kellnerin legte ihnen die Rechnung auf den Tisch und entfernte sich still wieder, als hätte sie gespürt, dass sie im falschen Moment gekommen war. »Ich habe dir erklärt, warum ich jetzt nicht mit dir wegfahren kann«, sagte Jamie. »Ich hatte gehofft, du würdest das verstehen. Vielleicht, wenn das alles vorbei ist.«

»Dann sind mir wohl die Hände gebunden«, sagte er. »Du weigerst dich, zu mir zu kommen, damit ich auf dich aufpassen kann, und du willst auch nicht mit mir von hier weg. Ich weiß nicht, was ich sonst noch tun kann.« Phillip zog einige Scheine aus der Tasche und legte sie auf die Rechnung. »Ich muss wieder an die Arbeit.« Er ließ sie dort sitzen.

Jamie bestellte noch eine Tasse Kaffee und steckte sich eine Zigarette an. Sie rauchte einen Zug und seufzte. Dann drückte sie die Zigarette aus und ging.

Max hatte kaum Gelegenheit gehabt, den Stapel Rentnerzeitschriften auch nur anzugucken, als die Assistentin des Rechnungsprüfers die Tür öffnete. Alexa Sanders starrte Max eine volle Minute lang an, bevor sie etwas sagte. Sie war eine üppige Frau in den Vierzigern und trug ein schwarzes Kleid und ein fuchsiafarbenes Tuch. Ihr dunkles Haar war unten lockig und berührte ihre Schultern kaum.

Sie schluckte. »Ich bin fast hintenüber gekippt, als Phillip anrief und sagte, dass Sie auf dem Weg hierher sind. Ich habe noch nie einen Prominenten getroffen. Was kann ich für Sie tun, Mr Holt?«

Er stand auf. »Nennen Sie mich ruhig Max. Und

Sie sind bestimmt Alexa Sanders, die Frau, die die Geschicke der Stadt in Händen hält.« Er zeigte auf eine der Zeitschriften. »Und viel zu jung, um so was zu lesen.«

Sie wirkte geschmeichelt. »Ich lese die *Cosmo*. Aber wir haben ein paar alte Herren hier, die stürzen sich auf diese Zeitschrift, als würde sie ihnen ewiges Leben versprechen.« Sie verdrehte die Augen. »Einer davon ist übrigens mein Chef.«

Max lächelte. »So alt?«

»Ganz zu schweigen von senil. Ich verbringe einen Großteil meiner Arbeitszeit damit, hinter ihm herzuräumen und sein Chaos zu beheben. Ich rede zu viel, oder? Das ist nur, weil ich nervös bin. Ich habe sonst nie mit Promis zu tun. Sie sind doch bestimmt ein persönlicher Freund von Donald Trump. Und Ted Turner«, fügte sie hinzu. »Ich habe gehört, Sie waren mal mit Sandra Bullock aus.«

»Sie sind doch viel zu klug, um der Klatschpresse alles zu glauben, Alexa.« Er sah sich um. »Wie lange arbeiten Sie schon hier?«

»Seit dem College, und ich sage Ihnen lieber nicht, wie lange das schon her ist. Ich hatte gehofft, eines Tages selbst Rechnungsprüferin zu werden, aber der alte Grimby überlebt wahrscheinlich noch meine Enkelkinder.«

»Ich wette, Sie wissen genau Bescheid, was hier so läuft.«

Sie zögerte, und ihre Augen verdunkelten sich ein wenig. »Ja.«

»Wäre es sehr schwierig, mir den Haushaltsplan und die Bilanzen zu besorgen? Sagen wir, die letzten drei Jahre.«

»Das ist öffentlich zugänglich, aber ich brauche einen Moment, um es auszudrucken.«

»Wenn Sie das für mich tun, lade ich Sie zum Mittagessen in das beste Restaurant der Stadt ein.«

»Das reicht nicht«, sagte sie.

Max lehnte sich an den Tresen, der den Empfangsbereich von den Büros trennte. »Oh, knallharte Verhandlungen? Okay, nennen Sie einen Preis.«

»Ich will ein Autogramm für meinen Sohn, er ist zehn. Er steht auf so was.«

»Gebongt.« Er grinste. »Sie sind bestimmt eine strenge Mutter, oder?«

»Allerdings. Ich habe seit seiner Geburt gespart, damit ich ihn auf ein gutes College schicken kann. Aus dem Jungen soll mal was werden.«

»Mit Ihnen als Mutter schafft er das bestimmt.«

Sie sah stolz aus. »Also, möchten Sie eine Tasse

Kaffee? Dann fange ich mal an, Ihnen den Haushaltsplan auszudrucken.«

Jamie traf Max am Abend wieder, als sie bei Frankie und Deedee vorfuhr. Max saß im Auto, sprach mit Muffin und machte sich Notizen.

»Hast du was rausgefunden?«, fragte Jamie und stieg auf der anderen Seite ein.

»Muffin überprüft noch was für mich. Ich hatte heute einen netten Tag bei Alexa Sanders.«

»Ach ja? Weißt du, dass sie geschieden ist?«

»Sie hat mir alles darüber erzählt. Gut, dass sie den Deppen los ist. Eine reizende Frau. Und offensichtlich total überqualifiziert für den Job.«

»Ich hätte nicht gedacht, dass sie der Typ Frau ist, auf den du stehst.«

»Ich finde alle Frauen toll, Jamie.«

»Ja, ich hörte davon. Aber mit jemandem wie Alexa Sanders würdest du doch nicht ausgehen.«

»Ich war mit ihr Mittag essen und habe es sehr genossen.«

Jamie konnte ihre Überraschung nicht verhehlen. »Echt?«

»Der Rechnungsprüfer ist so alt, der hätte schon in Rente gehen sollen, als Elvis noch angesagt war. Alexa sagt, er bringt alles durcheinander, deswegen muss sie seine Arbeit immer gründlich überprüfen, also ...«

»... hat sie den Durchblick«, beendete Jamie den Satz.

»Das Geld geht in alle möglichen Richtungen. In dieser Stadt gibt es so viele Pseudokomitees, das glaubt man gar nicht. Jede Menge Arbeitsgruppen und Untergruppen, zum Teil bestehen die nur aus einer Person.«

»Frankie hat diese ganzen lächerlichen Komitees in seiner Rede erwähnt«, erinnerte Jamie ihn.

»Ja, deswegen hat es mich auch nicht sonderlich überrascht. Wer so ein Komitee leitet, muss eigentlich überhaupt nichts machen, außer irgendwem einen Gefallen zu tun, darum geht es überhaupt nur.«

»Und das hat Alexa dir alles gesagt?«

»Sie wollte mir sogar noch mehr sagen, aber ich glaube, sie hat Schiss. Ich glaube auch, dass sie gerne kündigen würde, aber sie fürchtet, dass man ihr dann das Leben zur Hölle macht.«

»Klingt paranoid, wenn du mich fragst.«

»Du magst Alexa nicht besonders, was?«, fragte Max amüsiert. »Oder vielleicht gefällt es dir nur nicht, dass ich mit ihr Mittag essen war. Du bist doch nicht eifersüchtig, oder?«

»Ach, hör doch auf.«

Muffin schaltete sich ein. »Okay, Max, ich habe Alexa Sanders überprüft. Die ist blitzsauber. Sie hat einen Sohn …«

»Den hat sie erwähnt.«

»Er ist krank«, fuhr Muffin fort. »Diabetes, von Geburt an.«

Max runzelte die Stirn. »Das wusste ich nicht.«

»Ihr Exmann ist abgehauen, als er erfahren hat, dass sie schwanger ist«, sagte Jamie.

»Netter Kerl«, sagte Max. »Woran bist du sonst noch, Muffin?«

»Ich stöbere in Benson Grimbys Vergangenheit herum. Ist das zu fassen, der Mann ist über neunzig! Wie kann der immer noch Rechnungsprüfer sein?«

»Alexa hat gesagt, dass er alt ist. Übrigens, überprüf doch bitte auch einen Mann namens Tim Duncan.«

»Frankies Sicherheitschef?«, fragte Jamie.

»Ich will nur sichergehen.«

»Ich habe eine Frage«, sagte sie. »Ich weiß ja, dass ihr beiden in alle möglichen gesicherten Bereiche eindringt. Die haben doch sicher ein System, mit dem man zurückverfolgen kann, wer alles dort war. Vielleicht sind deswegen alle hinter uns her.«

»Die können uns nicht zurückverfolgen«,

sagte Max. »Unsere Firewall kriegen die nicht geknackt.«

»Das klingt ja ekelhaft überzeugt.«

»Wir ändern mehrmals täglich das Passwort. Natürlich ist das alles noch ein bisschen komplizierter, das ist nur eine von vielen Möglichkeiten, die Leute zu verwirren.«

»Wie merkst du dir denn deine Passwörter? Ich habe ja schon ewig gebraucht, mir nur eins zu merken.«

»Muffin und ich benutzen da ein sehr kompliziertes System«, sagte Max.

»Ja, du Hengst, sag ihr, wie es funktioniert«, sagte Muffin.

»Das interessiert Jamie doch gar nicht.«

»Doch, tut es. Ich bin schon total gespannt.«

Max antwortete nicht.

»Sag's ihr, Max«, redete Muffin ihm zu. »Was ist denn, hast du Angst, sie denkt dann schlecht von dir?« Als Max immer noch nichts sagte, fuhr Muffin fort. »Er benutzt die Namen der Frauen, mit denen er, äh, zusammen war.«

Jamie runzelte die Stirn. »Verstehe ich nicht.«

»Die Namen sind alphabetisch geordnet«, sagte Muffin. »Wir fangen jeden Monat wieder bei A an. Wenn Max in der Zwischenzeit mit noch einer Frau zusammen war, was oft vorkommt, wird ihr

Name alphabetisch einsortiert, und wir machen ganz normal weiter. In Wirklichkeit ist es noch komplizierter, aber das wäre jetzt zu umständlich, es alles zu erklären, das ist nur die Grundidee. Heute sind wir zum Beispiel noch bei B, das Passwort heute Nachmittag ist ›Bunny‹.«

Jamie lachte laut auf. »Du warst tatsächlich mal mit einer Frau namens Bunny zusammen?«

»Mit der war er nicht nur zusammen, sondern sogar verheiratet«, antwortete Muffin.

Jamie schüttelte traurig den Kopf. »Ich bin schwer beeindruckt von deinem System, Holt. Es ist dermaßen daneben und sexistisch, aber nicht nur das, es ist auch noch dumm.«

»Meine Idee war das nicht«, sagte Muffin, »aber ich hätte auch einem Stimmerkennungssystem nicht den Namen Muffin und die Stimme von Marilyn Monroe gegeben.«

Max grinste jungenhaft. »Das war doch alles Spaß«, sagte er.

»Und dann auch noch eine Frau namens *Bunny* zu heiraten, ausgerechnet«, fuhr Jamie fort.

»Richtig heißt sie Bethany Elisabeth Phister. Da verschluckt man sich ja dran«, fügte er hinzu. »Deswegen haben ihre Freundinnen sie Bunny genannt.«

»Das sagen die Mädels übrigens auch über

Max«, sagte Muffin. »Dass man sich an ihm verschluckt.«

Max rutschte unruhig auf seinem Sitz herum. »Okay, das reicht, Muffin.«

»Du lieber Gott, der Mann wird ja rot«, sagte Jamie. »Woher weißt du das alles, Muffin?«

»Du solltest mal hören, was in diesem Wagen alles abgeht. Nur gut, dass Max mich hat, um ihn ab und zu daran zu erinnern, dass er auf die Straße achten muss.«

»Lass uns gehen, Jamie«, sagte Max.

Plötzlich schloss sich der Sicherheitsriegel über Max und hielt ihn fest. »Ich bemühe mich ja um Humor, Muffin, aber der Witz ist langsam alt. Mach den Riegel auf.«

»Jamie möchte meine Geschichte aber noch zu Ende hören.«

»Du hast drei Sekunden.«

»Dann spreche ich eben schnell«, sagte Muffin. »Jedenfalls, Jamie …«

»Frankenstein«, sagte Max.

»Oh, Mist.« Das waren Muffins letzte Worte.

»KI herunterfahren«, sagte Max.

»Was machst du?«, fragte Jamie.

»Ich stelle den Wagen auf Handbetrieb um, damit ich Muffins Geschwätz nicht mehr ertragen muss.«

Jamie versuchte, ernst zu bleiben. »Wie um alles in der Welt kann man all diese Dinge in einem so kleinen Auto tun?«

Er entspannte sich, und seine Mundwinkel verzogen sich zu einem trägen Lächeln, das Jamie an regnerische Nachmittage und gemütlichen Sex, kalte Morgenstunden und warme Körper denken ließ.

»Sehr vorsichtig«, sagte er, immer noch lächelnd. Einen Augenblick lang sahen sie einander an.

Jamie presste die Lippen aufeinander. Aus irgendeinem Grund gefiel ihr der Gedanke nicht, dass Max im Auto mit einer anderen Frau Küsse und weiß der Himmel was noch alles tauschte. Das war natürlich blöd, aber es war so. Sie stieg aus, dann fiel ihr ein, dass sie ihr Handy im Auto hatte liegen lassen, und sie wandte sich wieder zum Wagen. Sie sah den Mann im Gebüsch nicht zielen, nur den verblüfften Ausdruck in Max' Gesicht, kurz bevor der erste Schuss abgegeben wurde.

Jamie hatte noch kaum begriffen, was geschah, als Max sie heftig anstieß und zu Boden warf. Ein zweiter Schuss knallte, diesmal traf er auf Metall. Sie sah über die Motorhaube des Wagens. Woher um alles in der Welt kamen die Schüsse?

Das Seitenfenster ihres Mustangs zersprang. »Mein Auto!«, rief sie.

»Bleib liegen«, schrie Max.

Aus allen Richtungen rannten Sicherheitsleute mit gezückten Waffen auf ein Blumenbeet mit einem Springbrunnen darin zu. Max folgte ihnen. Er blieb abrupt stehen, als er Swamp Dog über den Körper eines grobschlächtigen Mannes gebeugt sah, dessen Kehle durchgeschnitten war.

»Was, zum Teufel, ist passiert?«, fragte Max.

Frankie und Duncan kamen hinzu.

»Oh Mann«, sagte Frankie. »Das sieht ja übel aus.«

Swamp Dog sah Max ausdruckslos an. »Die Kugeln waren für dich. Ich war in null Komma nix bei ihm, als das Arschloch den zweiten Schuss abgegeben hat. Und hab ihm die Kehle durchgeschnitten.« Er wischte das Messer an seiner Jeans ab und steckte es sich in den Stiefel. »Dafür bezahlst du mich schließlich, oder?«

ZWÖLF

Swamp Dog trottete von dannen, als ginge ihn das alles nichts an.

»Herr im Himmel«, sagte Duncan.

Max seufzte schwer. »Frankie, bring doch bitte Jamie rein.«

Der große Mann sah zu den Autos. »Ja, klar.« Er ging.

»Wer ist das?«, fragte Max den Sicherheitschef.

»Vito Puccini.« Er rollte den Toten auf die Seite und zog ihm ein Portemonnaie aus der hinteren Hosentasche. Er schlug es auf und reichte es Max. »Einer der Jungs, die ich gerade erst eingestellt habe.«

Max betrachtete die Papiere des Mannes. »Und Sie sagen, Sie haben die Leute alle überprüft?«

»Der hatte eine blütenweiße Weste. Kam mit einem Empfehlungsschreiben von seinem letzten Arbeitgeber, irgend so einem Superprediger, der mit Bodyguards unterwegs ist.«

Max sah zu ihm auf. »Harlan Rawlins?«

»Kann schon sein«, sagte Duncan, »aber da

müsste ich erst noch mal in meine Unterlagen gucken. Ich habe so viele Männer eingestellt.«

»Ich will alles sehen, was Sie über Puccini haben.«

»Kein Problem. Ach ja, da war noch einer mit ihm zusammen. Lenny Black. Sie haben beide für diesen Geistlichen gearbeitet.«

»Und wo ist Lenny Black jetzt?«

»Ich habe ihn am Eingangstor postiert. Den will ich natürlich auch befragen.«

»Suchen Sie ihn sofort. Und rufen Sie auch alle anderen zusammen, die Sie neu eingestellt haben. Wir treffen uns in fünf Minuten hinterm Haus. Und benachrichtigen Sie die Polizei.«

Max eilte ins Haus, wo er Snakeman an der Eingangstür vorfand. »Die Jungs und ich haben den ganzen Tag die Türen bewacht«, flüsterte er. »Wir sind bewaffnet.«

»Weiß Deedee das?«

Er schüttelte den Kopf. »Frankie will nicht, dass sie es mitbekommt. Ist wahrscheinlich besser so, wenn man bedenkt, dass sie, äh, hormonell im Moment etwas belastet ist.«

Max nickte und ging ins Wohnzimmer, wo sich alle versammelt hatten, einschließlich des Personals und zweier Sicherheitsleute. »Alles in Ordnung«, sagte er. »Duncan ruft die Polizei.«

»Ist er echt tot?«, fragte Deedee schaudernd. Frankie stand neben ihr.

»Ja.«

»Wenn ich das richtig verstanden habe, hat er auf dich und Jamie geschossen«, fuhr sie fort.

Max nickte und sah Jamie an. Sie tröstete Beenie, der völlig durch den Wind war. Er tupfte sich mit einem juwelenverzierten Taschentuch die Tränen ab, und Choker beobachtete ihn angewidert.

»Wer war das?«, fragte Jamie.

»Vito Puccini. Sagt der Name jemandem was?«

Big John hob den Kopf. »So ein stämmiger Typ?«

»Ja.«

»Ich habe vorhin mit einem Vito gesprochen. Er und noch ein anderer haben zusammen Mittag gegessen, als ich draußen was aus dem Auto holen wollte. Er hat gesagt, er ist Wrestling-Fan. Hatte einen Jersey-Akzent.«

»Wie sah der andere aus?«

»Groß und dünn. Etwas längeres Haar. Braun, glaube ich. Er hatte sie nach hinten gebunden. Der hat nicht viel gesagt, aber dieser Vito war ziemlich gesprächig.«

Deedees Stimme zitterte. »Glaubt ihr, das sind die beiden, die hinter uns her waren?«

Max zögerte. »Das werden wir sehen. Ich bezweifle, dass der andere Typ noch im Haus ist.«

»Das gefällt mir überhaupt nicht«, sagte Frankies Wahlkampfmanager. »Das geht echt zu weit. Ich finde, jetzt sollten wir wirklich auf die Kandidatur verzichten.«

Frankie sah ihn an. »Ich dachte, wir hätten was anderes vereinbart.«

»Da draußen liegt einer mit durchgeschnittener Kehle. Wer sagt uns denn, dass nicht einer von uns der Nächste ist?«

»Willst du das Handtuch werfen?«, fragte Deedee. »Nachdem ich gerade beschlossen habe, eine gute Bürgermeistergattin zu werden?«

Der Mann ließ die Schultern sacken. »Ich weiß nicht mehr, was wir tun sollen.«

»Also, ich gebe nicht auf«, sagte sie nüchtern zu Frankie. »Nachdem ich jetzt schon so lange in diesem Haus festsitze, muss ich jetzt mal rausgehen und was tun. Diese affige Annabelle Standish kann ja nicht die ganze Wohltätigkeit für sich pachten. Außerdem hat Beenie mich daran erinnert, dass ich dann neben Frankie bei den ganzen Paraden mitfahren darf.« Sie sah ihren Mann an. »Da werde ich natürlich neue Klamotten brauchen.«

Frankie nahm Deedees Hand. »Ich bin so stolz auf dich, Schatz.«

Anschließend gingen Max, Frankie und Big John zu Duncan, der vier Männer um sich versammelt hatte, auf die Big Johns Beschreibung aber nicht passte. »Lenny Black fehlt«, sagte Duncan. »Wir suchen alles ab. Soll ich drinnen auch noch einen abstellen?«

Big John sprach. »Keine Sorge. Wenn uns jemand zu nahe kommt, den bringen die Jungs und ich eigenhändig um.«

Als sie allein waren, zog Frankie Max beiseite. »Dieser Swamp Dog. Er hat dir und Jamie das Leben gerettet, oder?«

»Sieht so aus.«

»Ich will ihn jederzeit in meiner Nähe haben.«

»Frankie, ich muss mal offen mit dir sprechen. Im Moment traue ich niemandem mehr.«

Einige Minuten später klopfte Max sanft an Jamies Tür. Sie öffnete mit einem tragbaren Telefon am Ohr und bedeutete ihm hereinzukommen.

Kurz darauf legte sie auf. »Ich wollte nur meine Nachrichten im Büro abhören. Scheint, als hätten Mike und Vera alles unter Kontrolle.«

»Das klingt ja fast enttäuscht.«

Sie lächelte zurückhaltend. »Na ja, ich möchte mir natürlich gerne einreden, dass sie ohne mich nicht zurechtkommen.«

Max sah sich in Jamies Schlafzimmer um. »Es riecht nach dir.«

»Ich benutze doch gar kein Parfum.«

»Du hast deinen eigenen Duft. Ich hab schon so viel Zeit mit dir im Auto verbracht, das weiß ich.«

Sein Geruch war Jamie ebenfalls vertraut. Sie war sicher, dass sie ihn mit geschlossenen Augen aus einer Menschenmenge hätte herauspicken können.

»Jamie, ich muss mal ernsthaft mit dir reden.« Er setzte sich auf die Bettkante. Sie setzte sich neugierig neben ihn. »Du bist hier vielleicht nicht mehr sicher«, sagte er.

»Meinst du, ich sollte nach Hause gehen?«

»Nein, ich will nicht, dass du im Moment alleine bist, und ich weiß auch, dass du nicht zu den Standishs willst. Kannst du für ein paar Tage irgendwo anders hin?«

»Ich habe ein paar Freundinnen, aber da hätte ich Angst, dass ich sie noch mit reinziehe.«

»Ich glaube nicht, dass du das Ziel bist. Da bin ich eigentlich ziemlich sicher.«

»Wer dann?«

»Das versuche ich gerade herauszubekommen. Entweder Frankie oder ich oder wir beide, aber alle um uns herum könnten dabei auch mit draufgehen. Deedee hätte ich auch gern aus der Schusslinie. Vielleicht könnt ihr beide in dieses Wellnesshotel fahren, von dem sie neulich gesprochen hat.«

Jamie verdrehte die Augen. »Jetzt komm mal runter, Holt. Sehe ich aus wie eine Wellnesstussi?«

Er grinste. »Nein, definitiv nicht.«

»Was soll das denn heißen?«

»Wenn ich an dich denke, denke ich an faule Sonntagvormittage und verregnete Nachmittage. Den Rest willst du gar nicht hören.«

»Nur zu«, sagte sie gespannt.

»Versprichst du mir, dass du mir keine runterhaust?«

»Sei doch nicht albern.«

Er betrachtete sie einen Moment lang. »Ich sehe dich mit verwuscheltem Haar und in einem langen T-Shirt mit rein gar nichts drunter.«

Sie zog eine Augenbraue hoch. »Genau so schlafe ich.«

Er stöhnte.

»In letzter Zeit trage ich allerdings dauernd dieses Rüschenzeug von Deedee. Dabei bin ich überhaupt kein Rüschentyp.«

Eine Weile lang saßen sie einfach schweigend da und sahen sich an. Jamie fragte sich, was an dem Mann dran war, dass sie sich selbst dann zu ihm hingezogen fühlte, wenn er ihr besonders auf die Nerven ging. Sie wusste genau, warum die Frauen ihm in Scharen hinterherliefen. Max Holt war übernatürlich. Er war mehrfach um die ganze Welt gereist und war mit Leuten befreundet, von denen sie nur in der Zeitung las. Die Leute wandten sich an ihn, wenn sie Probleme hatten. Man konnte sich auf ihn verlassen.

»Was denkst du?«, fragte Max.

»Ich dachte gerade, wie unterschiedlich wir doch sind.«

»Wir haben mehr gemeinsam, als du glaubst, Jamie.«

»Ach ja? Ich wette, du hast noch nie im Fabrikverkauf oder Secondhandladen eingekauft. Du hast nie eine Woche lang Dosensuppe gegessen, weil du kein Geld zum Einkaufen hattest.«

»Da hast du Recht, habe ich nicht. Aber ich könnte, wenn ich müsste. Ich gewöhne mich schnell an neue Situationen.« Er machte eine Pause. »Für mich war es immer einfacher, jemanden für mich Kleidung und Lebensmittel und alles einkaufen zu schicken, weil ich dadurch Zeit für Wichtigeres habe. Mir gefällt der Gedanke, der Welt etwas geben zu können.«

Jamie kam sich plötzlich blöd vor. Max Holt

hatte der Welt etwas gegeben. Man musste bloß eine Zeitung aufschlagen und man erfuhr, wie sehr sein technisches Know-how und seine finanzielle Unterstützung das Leben weltweit erleichtert hatten. Sein Selbstbewusstsein mochte so groß sein wie die ganze Welt, aber er war zweifellos ein großzügiger Mensch.

»Ich will dich auch gar nicht kritisieren, Max«, sagte sie. »Ich weise nur darauf hin, wie unterschiedlich wir sind. Das erklärt vielleicht auch, warum wir so oft, ähm, unterschiedlicher Meinung sind.«

Seine Mundwinkel hoben sich leicht. »Dafür könnte ich mir noch andere Gründe vorstellen, aber davon willst du ja nichts hören.«

Sie wusste, worauf er hinauswollte und wechselte das Thema. »Ich will nicht weg«, sagte sie. »Deedee würde vor Sorge um Frankie ausflippen, wenn wir jetzt abhauen würden.«

»Und du? Würdest du dir Sorgen um mich machen?«

»Natürlich würde ich das. Ich wäre krank vor Sorge um alle.« Sie bemerkte die leichte Enttäuschung in seinem Blick. Das war nicht die Antwort gewesen, auf die er gehofft hatte.

Max stand auf. »Falls du es dir noch anders überlegen solltest …«

»Tu ich nicht.« Er nickte und ging zur Tür. Noch lange nachdem er weg war, starrte Jamie diese Tür an und fragte sich, ob das Schicksal sie aus einem bestimmten Grund zusammengeführt hatte. In vielerlei Hinsicht wünschte sie sich, sie wären einander nie begegnet. Sie hatte ihr Leben so sorgfältig durchgeplant, dann kam dieser Max Holt daher und plötzlich geriet alles aus den Fugen.

Schließlich verließ sie ihr Zimmer und ging zu Frankies und Deedees Schlafzimmer. Sie klopfte vorsichtig und trat ein. Das Zimmer hatte rosafarbene Wände, war mit weißen, französischen Landhausmöbeln eingerichtet und mit weißen Rosen in hohen Kristallvasen und zierlichen Figurinen auf den Nachttischen dekoriert. Jamie lächelte unwillkürlich. Frankie passte überhaupt nicht in dieses Zimmer.

Deedee lag mit einer Augenmaske auf einer kunstvoll verzierten Chaiselongue, und Beenie tänzelte um sie herum. »Guck mal, Goldpuckelchen, Jamie ist da!«

Deedee nahm die Augenmaske ab. »Hallo, Süße. Ich wollte mich nur kurz ausruhen, nach all dem. Frankie braucht nicht mitzukriegen, wie sehr mich das mitnimmt.«

»Du bist tapfer wie eine Löwin«, sagte Jamie. »Ich bin ganz schön stolz auf dich.«

Deedee lächelte kläglich. »Es tut dir bestimmt längst Leid, dass du nicht zu Phillip und seiner Mutter gegangen bist. Annabelle hätte dir inzwischen schon zweihundert verschiedene Möglichkeiten gezeigt, Stoffservietten zu falten.«

Jamie kicherte und setzte sich aufs Fußende der Chaiselongue. »So ein Blödsinn, ich will im Moment nirgendwo anders sein als bei meiner besten Freundin. Ist bei dir alles okay?«

»Alles okay, solange ich nicht dran denke, dass Max und du beinahe auf meinem eigenen Grundstück erschossen worden wärt.« Ihre Augen füllten sich mit Tränen. »Ich hätte euch beide verlieren können.«

Beenie, aufmerksam wie immer, reichte ihr ein Taschentuch. »Und dann der Gedanke, dass ein Mann direkt vor meiner Haustür brutal ermordet wurde!« Sie schauderte.

»Er war ein böser Mensch«, sagte Beenie. »Ein kaltblütiger Mörder.«

Sie seufzte erschöpft. »Ich weiß. Aber hier waren immer alle glücklich. Und jetzt ist alles voller Sicherheitsleute.«

Beenie schniefte laut. Die beiden Frauen sahen auf. »Tut mir Leid«, sagte er und zog ein Kosmetiktuch aus der Box. »Ich bin so fertig. Meine Nerven sind total durch, und immer, wenn ich mir Sorgen mache, esse ich Schokolade. Ich habe schon drei Pfund zugenommen. Und guckt euch mal meine Nägel an.« Er hielt sie ihnen hin. »Ich habe angefangen, dran zu kauen. Ich musste schon meine Ringe abnehmen, um die Aufmerksamkeit nicht auf meine Hände zu lenken.«

»Ach, Beenie«, sagte Deedee. »Alles wird gut. Sobald wir diese Sache hinter uns haben, gehen wir beide schön zur Maniküre. In der Zwischenzeit müssen wir tausenderlei Dinge planen.«

Er schaute hoffnungsvoll. »Was denn?«

»Ich werde Bürgermeistergattin. Ich glaube, da brauche ich einen komplett neuen Look. Mein Mann wird ein öffentliches Amt bekleiden.«

»Ja, da brauchst du unbedingt einen neuen Look. Und zwar die dynamisch-elegante Karrierefrau. Da müssen wir das Make-up ein bisschen runterfahren, und die Frisur muss schlichter werden.« Er klopfte sich mit den Fingern auf die Unterlippe.

»Oh Mann.«

»Was?«, fragte Deedee.

»Ein paar Diamanten müssen weg. Die blitzen wie Leuchttürme, wenn du einen Raum betrittst.«

Deedee zuckte zurück, als fürchtete sie, er würde sie ihr entreißen. »Vergiss es, Beenie. Ich hab nicht gesagt, dass ich rumlaufen will wie Mutter Theresa.«

Beenie warf Jamie einen Blick reinster Verzweiflung zu. »Man könnte ja glauben, ich wollte ihr eine Niere wegnehmen!«

Jamie kicherte und freute sich, dass Deedee und Beenie mit einem neuen Projekt beschäftigt waren. Hauptsache, sie dachten an etwas anderes. »Dann lasse ich euch beide das mal ausklamüsern. Ich muss Phillip anrufen.« Sie wollte ihm lieber selbst erzählen, was passiert war, bevor er es von Lamar erfuhr.

»Ruh dich doch einen Moment aus«, sagte Beenie zu Deedee. »Ich kann den Koch ja bitten, mit dem Abendessen noch ein bisschen zu warten. Dafür wird er mir zwar den Kopf abreißen und ihn in den Müllschlucker werfen wollen, aber das ist mir egal.«

»Ja, vielleicht lege ich mich einen Augenblick hin.« Deedee sah Beenie an. »Wo ist Choo-Choo?«

»Als ich ihn das letzte Mal gesehen habe, lag er zusammengerollt auf einer Decke vor dem Kamin in der Küche. Ich glaube, dem armen Schatz war kalt. Ich hole ihn eben.«

Lenny betrat das Motelzimmer, in dem Mitzi *General Hospital* guckte. »Wo ist Vito?«, fragte sie.

Lenny setzte sich auf das andere Bett. Er war schmutzig und verschwitzt, das braune Haar klebte ihm am Kopf. »Tot.«

Mitzi setzte sich ruckartig auf. »Was soll das denn heißen? Findest du das witzig?«

Lenny schüttelte den Kopf. »Nein, Mann, er ist mausetot. Irgend so ein Arschloch vom Wachdienst hat ihn erwischt. Einer mit Augenklappe und Narben im Gesicht.« Lenny schauderte. »Ich hab das alles mit angesehen.« Er fuhr sich mit dem Finger über die Kehle. »Ekelhaft.«

»Habt ihr euren Auftrag erledigt und das Geld gekriegt?«

Er schüttelte den Kopf. »Nein, Scheiße. Das ging alles so schnell, ich hab es gerade noch raus geschafft. Ich sag dir, der Typ hätte mir glatt das Herz rausgeschnitten, wenn er gewusst hätte, dass ich zu Vito gehöre.«

Mitzi haute ihm eine runter. »Jetzt hör mir mal zu, du Depp. Es war die Hölle, hier rumzusitzen und drauf zu warten, dass ihr die Sache durchzieht. Und jetzt ist mein Mann tot, und was haben wir davon? Wir gehen hier nicht weg, eh du den Job erledigt hast und wir die Kohle haben. Verstanden?«

»Das verstehst du nicht«, sagte Lenny. »Vito und ich sollten jemanden umbringen.«

Mitzi starrte ihn an. »Das hat Vito ernst gemeint?«

»Ja, Mann. Wir sind nur nicht nah genug an den drangekommen.«

Sie atmete tief ein. »Dann müssen wir das *jetzt* eben erledigen.«

»Die Polizei sucht mich, Mitzi. Die erkennen mich sofort.«

»Wenn ich erst mal mit dir fertig bin, nicht mehr.« Sie zog eine Schere aus dem Koffer. »Setz dich hin.«

»Hat jemand Choo-Choo gesehen?«, fragte Beenie, nachdem er die Küche und ein paar andere Ecken abgesucht hatte, in denen der Hund gerne schlief.

»Ich nicht«, sagte die Haushälterin.

»Sehe ich aus wie ein Hundesitter?«, blaffte der Koch.

Beenie stemmte die Arme in die Seiten. »Nein, Sie sehen aus wie ein chronisch untervögelter, verbitterter alter Miesepeter.«

Er sah die Hilfsköchin an, die traurig den Kopf schüttelte.

»Ich habe ihn auch nicht gesehen«, sagte sie.

Kurz darauf kam Jamie die Treppe herunter und fand Beenie immer noch suchend. »Sollen wir mal in den anderen Schlafzimmern gucken?«, fragte sie. »Vielleicht hat Choo-Choo sich gefürchtet, wo jetzt so viele Leute im Haus sind.«

»Das ist das Problem in diesem Haus«, sagte Beenie. »Es laufen viel zu viele Menschen rum. Ich frage mal Big John, ob er Choo-Choo gesehen hat.« Beenie erbebte. »Ich frage mich die ganze Zeit, woher der Name *Big John* kommt, verstehen Sie, was ich meine?«

»Er ist doch ziemlich groß«, antwortete Jamie.

»Ja, groß, genau das hab ich auch gedacht.«

Sie suchten in den anderen Schlafzimmern. Einer der Wachleute half dabei. Der kleine Hund war nirgends zu finden.

Schließlich klopften Beenie und Jamie an Frankies Arbeitszimmertür. Sie fanden ihn, Max und Lamar ins Gespräch vertieft.

»Choo-Choo ist verschwunden«, sagte Beenie. »Ich weiß nicht, was ich tun soll.«

»Ach du lieber Gott.« Frankie ließ die Schultern sacken. »Was für ein Mist.«

Jamie hörte Schritte hinter sich und wandte sich um. Deedee war heruntergekommen, offensichtlich wunderte sie sich, dass Beenie ihr den Hund immer noch nicht gebracht hatte.

Sie sah in die ernsten Gesichter. »Was ist los?«, fragte sie.

Beenie brach in Tränen aus.

Phillip trat schweigend ins Wohnzimmer, wo Jamie versuchte, Deedee zu trösten. Die Haushälterin hatte zwar nach dem Brand den verkohlten Teppich und die Vorhänge entsorgt und alles von oben bis unten geputzt, aber der Brandgeruch hing immer noch in der Luft.

»Ich dachte, ich komme mal vorbei und sehe nach euch«, sagte er. »Und jetzt ist die Töle verschwunden? Habt ihr schon irgendeine Ahnung?«

Jamie schüttelte den Kopf. Es waren zwei Stunden vergangen, und es gab immer noch kein Zeichen von Choo-Choo oder dem Mann namens Lenny Black. »Die Wachleute suchen immer noch das Gelände ab«, sagte sie. »Vielleicht ist Choo-Choo unbemerkt ausgebüxt und versteckt sich irgendwo. Er ist so viele Leute ja nicht gewohnt.«

»Er ist weg«, sagte Deedee. »Und der, der meinem Schnuffi das angetan hat auch.«

»Ach, Süße, warum sollte sich denn jemand mit einem unschuldigen Haustier abgeben?«, fragte Jamie.

Deedee sah ihr in die Augen. »Weil er grausam und offensichtlich krank ist, und es ihm egal ist, wen er verletzt.«

Jamie wünschte, Frankie wäre da, um Deedee zu trösten, aber er und Max waren immer noch mit Lamar im Arbeitszimmer verschanzt. Sicherheitschef Duncan und Big John waren bei der Polizei, machten ihre Aussagen und sahen die Verbrecherkartei durch, in der Hoffnung, Lenny Blacks Bild darin zu finden. Swamp Dog war gründlich vernommen worden und durchsuchte nun ebenfalls das Gelände. In den Augen der anderen Sicherheitsmänner war er ein Held. Jamie traute ihm nicht, sie hatte keine Ahnung, auf welcher Seite er stand oder ob er vielleicht beide Seiten hinterging, und je dunkler es draußen wurde, desto mehr sorgte sie sich. Sie hoffte nur, dass Max den Mann bewachen ließ.

Mit schuldbewusstem Gesichtsausdruck kam Beenie ins Zimmer und zerknüllte ein Taschentuch. »Kann ich irgendwas für dich tun, Deedee?«

Er tat Jamie Leid. »Machen Sie Deedee doch einen Frappuccino«, schlug sie vor, weil sie wusste, dass es ihm besser ging, wenn er beschäftigt war.

»Hab ich schon gemacht«, sagte er. Er sah sich um und seufzte. »Gott, ich bin schon ganz wuschig. Ich muss ihn in der Küche stehen lassen haben.« Er eilte fort und kam mit einem Silbertablett mit einem hohen Glas darauf wieder. »Stand auf dem Tischchen im Foyer«, sagte er. »Ich kann mich nicht mal erinnern, dass ich ihn da hingestellt habe. Ich weiß auch nicht, was mit mir los ist.« Er stellte das Tablett auf den Tisch neben Deedee. »Das Eis ist schon ein bisschen geschmolzen. Soll ich dir einen neuen machen?«

»Nein, geht schon«, sagte Deedee.

Beenie stand einen Augenblick lang da und rang die Hände mit dem Taschentuch. »Deedee, ich weiß, dass du mich verachtest, aber es tut mir wirklich Leid mit Choo-Choo. Ich suche noch weiter. Ich finde ihn, ganz sicher.«

Deedee blickte auf. Sie sah traurig aus. »Da kannst du doch nichts für, Beenie. Du hast ihn doch genauso lieb wie ich.« Sie griff nach dem Glas und trank ein paar große Schlucke. Als sie das Glas sinken ließ, kratzte etwas Metallisches an der Innenseite entlang. Sie sah hinein. »Da ist irgendwas drin.« Sie nahm einen Löffel vom Tablett und rührte den Kaffee um. »Ja, irgendwas ist da echt …« Sie zog den Löffel hoch und wurde blass. »Oh mein Gott!«

Jamie sah sie an. »Was ist das denn?« Ihr stellten sich die Nackenhaare auf, als Deedee Choo-Choos Halsband aus dem Glas zog. »Er war im Haus«, flüsterte sie.

Das Glas glitt Deedee aus der Hand und zerschellte auf dem Boden.

Eine Sekunde später flog die Tür zum Arbeitszimmer auf. Max und Frankie schossen heraus, Lamar direkt hinter ihnen. »Was ist denn?«, fragte Frankie. Er sah in die Richtung, in die Deedee zeigte.

»Jemand hat Choo-Choos Halsband in Deedees Frappuccino getan«, sagte Jamie.

Max murmelte einen Fluch. »Was für eine Scheiße. Wie konnte das denn passieren? Wer war denn alles im Zimmer?«

»Ich bin gerade erst gekommen«, sagte Phillip.

»Das muss in der Küche passiert sein, oder als es auf dem Tisch im Flur stand«, sagte Beenie und erzählte, wie er den Kaffee zunächst hatte stehen lassen, nachdem er ihn gemacht hatte. Er tupfte sich die Tränen ab. »Ich mache alles falsch.«

Max marschierte entschlossen vom Wohnzimmer in die Küche. Jamie folgte ihm. Der Raum war leer.

»Wo ist denn das Küchenpersonal?«, fragte Max. Plötzlich waren Schritte von der Treppe zum Weinkeller zu hören. Der Koch erschien mit einer Weinflasche in jeder Hand. Er blieb abrupt stehen, als er die beiden sah.

»Kann ich Ihnen helfen?«

»Haben Sie irgendwen in diesen Raum kommen sehen?«, fragte Max.

»Ich war unten und habe Wein ausgewählt. Nicht, dass das noch eine Rolle spielen würde, inzwischen ist sowieso alles verkocht und schmeckt wie Gummi, wenn ich endlich servieren kann.«

»Wo ist die Frau, die Ihnen normalerweise zur Hand geht?«

»Sie hat mich sitzen lassen. Hat gesagt, sie ist so einen durchgeknallten Arbeitsplatz nicht gewohnt.«

»Haben Sie *irgendwas* Ungewöhnliches bemerkt?«, fragte Jamie.

Der Koch sah sie finster an. »Hier latschen den ganzen Tag Leute rein und raus«, bellte er. »Ich kriege vor lauter Trubel überhaupt nichts geschafft.«

Max fegte mit Jamie auf den Fersen durch die Schwingtür. Frankie und Deedee waren an der Treppe. »Deedee und ich wollen mal einen Moment allein sein«, sagte Frankie.

»Gute Idee«, sagte Max. Durch die Eingangstür kamen Duncan und Big John herein und blieben stehen, als spürten sie, dass es ein Problem gab. Max wartete, bis Frankie und Deedee verschwunden waren, dann zog er Duncan beiseite. »Gibt es noch einen Weg ins Haus, den ich nicht kenne?«

»Es gibt noch eine Kellertür unten bei der Hecke. Aber da kommt keiner rein oder raus, ich habe ein Schloss davor gemacht.«

»Das will ich sehen«, sagte Max.

»Ich habe eine Taschenlampe.«

Wieder gingen sie zur Küche, wo der Koch, sichtlich genervt von Max' Fragen, Töpfe und Pfannen gegeneinander schlug, während er das Abendessen vorbereitete. Draußen sahen die Wachleute von ihren Posten auf, als Max und Duncan die Hecke beleuchteten.

»Irgendwo da muss es sein«, sagte Duncan. »Ich habe Blätter und Kiefernnadeln darüber gestreut, damit man es nicht sieht.« Er blieb stehen und fegte Gestrüpp beiseite. Max sah ihm über die Schulter, als eine Falltür zum Vorschein kam. Duncan richtete die Taschenlampe auf das Schloss.

»Mist.« Er nahm das Schloss auf und reichte es Max. »Hat jemand einfach durchgesägt. Er könnte noch im Haus sein.«

»Wo ist Swamp Dog?«, fragte Max.

»Er bewacht den hinteren Bereich des Geländes. Er sagt, das traut er sonst keinem zu.«

»Suchen Sie ihn. Und ich will, dass Haus und Keller von oben bis unten durchsucht werden.«

Max ging in die Küche zurück, wo der Koch Weinflaschen öffnete.

»Schmeißen Sie alles weg«, befahl Max.

»Wie bitte?« Der Mann sah ihn an, als sei er verrückt.

»Ich will nicht, dass diese Speisen serviert werden.«

»Sind Sie noch ganz dicht? Ich habe den ganzen Tag damit verbracht, das vorzubereiten. Haben Sie eine Ahnung, was Tunfisch-Steaks kosten?«

»Jemand war in dieser Küche, der hier nicht hätte sein dürfen. Er könnte sich am Essen zu schaffen gemacht haben. Wenn Sie unbedingt Tunfisch servieren wollen, dann nehmen Sie am besten welchen aus der Dose.«

Der Koch öffnete den Mund, um zu protestieren, überlegte es sich aber anders, als er den entschlossenen Ausdruck auf Max' Gesicht sah. »Ach, egal.«

Wachleute strömten ins Haus. »Die Durchsuchung muss so schnell und leise wie möglich ablaufen«, sagte Max zu Duncan, »und sehen Sie zu, dass die Männer nicht in Mrs Fontanas Zimmer gehen. Das durchsuche ich persönlich.«

Duncan nickte. »Ein paar Männer sind schon im Keller. Swamp Dog ist immer noch hinten auf dem Gelände, er lehnt mit Sturmgewehr und Nachtsichtgerät an einem Baum.« Er schüttelte traurig den Kopf. »Er hat am Zaun entlang Sprengladungen angebracht. Ich habe meine Männer gewarnt. Wenn Sie mich fragen, der Typ hat einen

Schaden. Wir müssen ihn unbedingt im Auge behalten.«

Max nickte. »Sorgen Sie dafür.«

Das Haus war erst nach Mitternacht bereit für die Nacht. Jamie hatte den sehr besorgten Phillip zur Tür gebracht. Max und Duncan besprachen die Sicherheitsmaßnahmen am Küchentisch, wo es zum Abendbrot Tunfischsandwiches und Nudelsalat gegeben hatte. Snakeman stand an der Tür Wache.

»Wir haben im Keller noch mehr Indizien dafür gefunden, dass jemand durch die besagte Tür gekommen ist«, sagte Duncan. »Jetzt ist es eindeutig. Unten steht jetzt jemand Wache. Und was Lenny Black betrifft, ich fürchte, der ist längst über alle Berge.«

»Frankie und ich haben das Schlafzimmer durchsucht und gesichert, als Deedee in der Badewanne lag«, sagte Max.

Duncan seufzte. »So einen Job hatte ich noch nie, wo ich keine Ahnung hatte, wer der Feind ist.«

»Seit wann haben Sie denn Ihr eigenes Unternehmen?«, fragte Max.

Duncan zuckte die Achseln. »Zehn Jahre. Ich habe mich früher von der Polizei pensionieren lassen.«

»Warum das denn?«

»So verdiene ich mehr Geld.«

»Aber Sie standen doch kurz vor der Pensionierung, oder? So haben Sie den Pensionsanspruch verloren.«

Duncan sah ihm in die Augen. »Sie haben mich überprüft?«

Max nickte Snakeman zu, und der Wrestler trat hinaus.

Duncan rieb sich die Augen. »Okay, ich war gezwungen, mich frühpensionieren zu lassen, aber man hat mir keinen Fehler nachweisen können. Ich bin freigesprochen worden.«

»Man hat in Ihrem Kofferraum Drogengelder gefunden.«

»Das war eine Falle. Ich hatte gerade einen großen Dealer hochgenommen, und der wollte sich rächen.«

»Und statt dagegen vorzugehen, haben Sie sich entschieden, tausend Meilen weit wegzuziehen und eine eigene Sicherheitsfirma aufzumachen.«

»Ich hätte das vor Gericht bringen können, aber die Medien hatten mich schon für schuldig erklärt. Da war es egal, dass ich zwanzig Jahre lang bei der Polizei gewesen war und eine saubere Personalakte hatte. Meine Nachbarn haben nicht mehr mit mir gesprochen, und egal, wie oft ich meine Telefonnummer geändert habe, ich hatte ständig Telefonterror.«

»Und Ihre Frau hat Sie deswegen verlassen, oder?«

Duncan nickte. »Unsere Beziehung war sowieso schon seit Jahren vorbei, das kam also nicht ganz überraschend, aber es hat alles nur noch schlimmer gemacht.« Er sah Max in die Augen. »Wenn Sie ein Problem mit mir haben, können Sie natürlich jemand anderen beauftragen. Ich habe Ihnen alles erzählt.«

Jamie kam in die Küche und stutzte, als sie die beiden Männer im Gespräch sah. »Störe ich?«

Max schüttelte den Kopf. »Komm ruhig zu uns.«

Deprimiert sank sie auf einen Stuhl. Ihre Beziehung zu Phillip wurde immer angespannter, und außerdem wusste sie von einer Minute auf die nächste nicht mehr, was sie zu erwarten hatte. Sie war nervös, nach allem, was passiert war, und aufgekratzt vom vielen Kaffee. »Was für ein Abend«, sagte sie.

»Schläft Deedee?«, fragte Max.

»Ja. Frankie hat drauf bestanden, bei ihr zu bleiben.« Sie fragte die beiden Männer: »Glaubt ihr, wer auch immer Choo-Choo hat, bringt ihn um?«

Max und Duncan sahen sich an.

»Und erzählt mir keine Märchen«, sagte Jamie. »Ich will die Wahrheit wissen.«

»Ich glaube, das ist nur ein Einschüchterungsversuch«, sagte Duncan. »Aber Hunde machen Lärm, und derjenige wird kein Gebell riskieren wollen.«

»Also ja«, sagte Jamie.

Max rutschte auf dem Stuhl herum. »Wir können nicht automatisch davon ausgehen, dass der Hund tot ist, Jamie, aber wir müssen trotzdem mit dem Schlimmsten rechnen.«

»Und das wäre?«

Duncan sah nicht von seiner Kaffeetasse auf. »Wir könnten Körperteile geschickt bekommen.«

Jamie hörte jemanden nach Luft schnappen und stellte fest, dass sie das selbst gewesen war. Ihr war schlecht, und sie hatte Tränen in den Augen. »Oh Gott.«

Max nahm ihre Hand und drückte sie. »Das ist nur das, was im schlimmsten Fall passieren kann, Jamie.«

Sie begegnete seinem Blick. »Versprich mir …«

»Deedee wird davon nichts erfahren«, sagte er sanft. Max sah Duncan an. »Ich verlasse mich drauf, dass nichts in dieses Haus gelangt, was nicht gründlich untersucht wurde.«

Nach drei Uhr nachts kam Beenie durch die Schwingtür in die Küche, wo Choker am Tisch saß und eine Wrestling-Zeitschrift las. Seine Pistole lag auf dem Tisch. Beenie schauderte. »Haben Sie Nachtwache?«

Choker antwortete nicht.

»Ich kann nicht schlafen«, sagte Beenie.

»Dann seien Sie ruhig, damit wenigstens die anderen schlafen können«, antwortete der Mann ohne aufzusehen.

»Ich brauche frische Luft.«

Beenie öffnete die Hintertür und trat ins Freie. In der Nähe stand ein Wachmann. »Was, zum Teufel, wollen Sie denn schon wieder hier?«, fragte er. »Wir haben genug zu tun, auch ohne dass Sie hier mitten in der Nacht rumspazieren und nach einem dämlichen Köter suchen.«

»Ich will nur noch ein letztes Mal gucken.« Beenie ging an der Hecke entlang. »Choo-Choo«, flüsterte er. »Komm zu Papa. Ich weiß, du versteckst dich, weil du Angst vor den ganzen fremden Männern hast, aber jetzt kannst du rauskommen. Deine Mama vermisst dich so.« Beenie schaute ins Gebüsch. »Komm schon, Süßer. Onkel Beenie kümmert sich um dich.«

Beenie suchte weiter. Er umrundete das Haus und blieb plötzlich stehen, als ein Mann aus dem Schatten trat. »Was wollen Sie denn hier?«, flüsterte der Mann drohend.

»Ich suche Choo-Choo.« Das waren die letzten Worte aus Beenies Mund, bevor ihm ein Pistolenkolben auf den Kopf geschlagen wurde. Mit einem Bums fiel er zu Boden.

Ein paar Minuten später kam Max in die Küche. »Soll ich dich ablösen?«

»Geht schon«, sagte Choker. Er streckte sich. »Beenie ist schon wieder draußen und sucht den Hund. Er war schon ein paarmal hier unten. Macht mich ganz verrückt. Er ist ungefähr vor zehn Minuten hier durchgekommen.«

»Dann gehe ich ihn wohl mal suchen«, sagte Max. Er ging auf die Tür zu, die von außen aufgerissen wurde, bevor er die Klinke in der Hand hatte.

»Stehen bleiben!«, rief Choker und richtete die Waffe auf die Tür. Beim Anblick eines Sicherheitsmannes ließ er sie sinken.

»Wir haben ein Problem«, sagte der Wachmann. »Dieser Beenie …«

Max schob sich an ihm vorbei und raste hinaus. Er folgte dem Klang von Stimmen auf die Seite des Hauses, wo Duncan und einige andere neben Beenie knieten.

»Sieht übel aus«, sagte Duncan.

Max zog sein Handy aus der Tasche und wählte den Notruf.

DREIZEHN

Jamie saß auf einer Seite neben Deedee, Frankie auf der anderen im Wartezimmer der Notaufnahme, wo sie auf Nachricht über Beenies Zustand warteten. Deedee hatte Rotz und Wasser geheult, seit der Rettungswagen sie wegen der nächsten Katastrophe geweckt hatte.

»Ich habe solche Angst, Frankie«, sagte sie. »Ich kann doch Beenie nicht verlieren. Er ist so was wie eine Schwester für mich.«

Max hätte trotz des Ernstes der Lage beinahe gegrinst. »Er hat gute Chancen durchzukommen, Süße. Er ist jung und gesund. Das ist eine Menge wert.«

»Wir finden den, der das getan hat«, sagte Lamar, der kurz nach Beenies Einlieferung im Krankenhaus eingetroffen war.

Deedee fauchte ihn an. »Bisher haben Sie ja noch nichts Gescheites auf die Reihe gekriegt. Mein Mann ist derjenige, der die ganzen Wachleute engagiert hat. Was, zum Teufel, macht die Polizei denn eigentlich? Muss ich mich jetzt noch selbst bewaffnen, damit ich in meinem eigenen Haus sicher bin?«

»Wir verfolgen einige Spuren, Mrs Fontana. Ich habe noch ein paar Leute zusätzlich auf den Fall angesetzt.«

Plötzlich öffneten sich die Türen zur Notaufnahme, und ein junger Arzt kam heraus. Alle standen auf und rechneten mit dem Schlimmsten.

»Ich bin Dr. Cox«, sagte er.

»Ist Beenie tot?«, platzte Deedee heraus.

Der Arzt wirkte überrascht. »Nein, Ma'am. Der wird wieder.

Er hat eine leichte Gehirnerschütterung. Seine Verletzungen sind nur oberflächlich, das sieht alles schlimmer aus, als es ist.«

»Oh, Gott sei Dank«, sagte Deedee.

»Aber ich muss Sie warnen, er hat furchtbare Kopfschmerzen. Allerdings will ich ihm keine Schmerzmittel geben, weil er die nächsten zwölf Stunden wach bleiben muss.«

»Oh, Himmel«, sagte Frankie. »Können Sie *uns* denn was geben?«

Cox lächelte. »Ich entlasse ihn und gebe Ihnen einen Behandlungsplan mit, aber Sie müssen wissen, dass er verwirrt und desorientiert ist.« Wieder lächelte er. »Machen Sie sich keine Sorgen. Er ist auf dem Wege der Besserung. Er flirtet schon mit sämtlichen Krankenschwestern. Ich glaube, mit einer hat er sich schon für morgen Abend verabredet.«

»Mit einer Krankenschwester?«, fragte Deedee. »Mit einer *Frau*?«

Dr. Cox kicherte. »Wir haben ein paar sehr hübsche Schwestern hier.« Falls er bemerkte, dass die ganze Gruppe ihn ungläubig anstarrte, ließ er es sich nicht anmerken. »Ungefähr in einer Stunde können Sie ihn mitnehmen.«

»Was ich jetzt brauche, ist ein schön blutiges Steak und ein paar Eier«, verkündete Beenie, als er zwischen Deedee und Frankie in der Limousine saß. Jamie und Max saßen ihnen gegenüber.

Deedee blinzelte. »Du isst kein rohes Fleisch, Beenie. Und warum redest du plötzlich wie John Wayne?«

Er sah sie neugierig an. »Warum nennen Sie mich immer Beenie? Also, wenn Sie mich fragen, das klingt ja total schwul.«

Max sah ihn durchdringend an. »Haben Sie Ihren Namen vergessen?«

Er stutzte. »Jetzt sagen Sie bloß nicht, ich heiße Beenie.«

»Das ist nur ein Spitzname«, sagte Deedee. »Weißt du denn, wer *wir* sind?«

Er sah sie an. »Nein, aber der Wagen gefällt mir,

und dass ich mit zwei umwerfend schönen Frauen drin sitze.« Er sah von Max zu Frankie. »Nichts für ungut.«

»Er leidet unter Amnesie«, stellte Max fest.

Beenie wirkte verblüfft. »Echt?«

»Vielleicht sollten wir ihn doch wieder ins Krankenhaus bringen«, schlug Deedee vor.

»Da gehe ich nicht wieder hin.«

»Ich glaube nicht, dass das irgendwie gefährlich ist«, sagte Max. »Sein Kernspin sah gut aus. Der Doktor hat doch gesagt, er hat keine inneren Blutungen oder Schwellungen. Die Amnesie ist wahrscheinlich temporär. Da können die auch nicht viel machen.« Er grinste. »Ich bin dafür, dass wir unseren Patienten einfach mit nach Hause nehmen.«

»Ihr bringt mich echt durcheinander«, sagte Beenie. »Warum grinst ihr alle so? Soweit ich gehört habe, hat jemand versucht, mich umzubringen. Können wir uns den Kerl nicht schnappen? Ich will gefälligst wissen, wer das war, und sobald ich ihn erwische, kriegt er ordentlich einen in den Arsch.«

»Ich muss im Büro vorbei«, sagte Jamie eine Stunde später zu Max. Beenie hatte ein herzhaftes Frühstück verschlungen und Big John und Snakeman währenddessen einen Vortrag über Wrestling gehalten. Die beiden hörten kommentarlos zu, sie saßen nur mit offenem Mund am Tisch, als warteten sie darauf, dass der echte Beenie zum Vorschein kam.

»Ich fahre dich hin«, sagte Max.

»Kommen Sie zurecht?«, fragte Jamie Beenie.

»Klaro.« Er zog einen Baseballschläger unter dem Tisch hervor. »Ich bleib hier und passe auf, dass nichts passiert.«

»Das halte ich nicht mehr aus«, sagte Deedee. »Ich habe meinen Hund *und* meinen Freund verloren.«

Beenie unterhielt immer noch die Wrestler. »Und, habt ihr auch Groupies?«

Als Jamie im Büro ankam, standen zwei Wachleute vor der Tür, und Vera diskutierte mit einem der Maler Farbmuster. »Wie findest du denn diese Farbe?«, fragte sie Jamie. »Nennt sich Sand. Damit würde der Raum größer wirken, und man sieht nicht jeden Fingerabdruck drauf.«

Jamie sah sich die Farbe an. In ihren Augen sah es aus wie das gute alte Beige. »Gefällt mir.«

»Guck mal in dein Büro.«

Jamie stellte sehr zu ihrem Erstaunen fest, dass ihr Büro komplett fertig war, bis hin zu einem

Kirschholz-Schreibtisch mit dazu passender Kommode und zwei großen Aktenschränken. Die Wände waren in einem zarten Rosenton gestrichen, der wunderbar zu dem kleinen Sofa mit zwei Sesseln passte. Auf dem Couchtisch standen Seidenblumen. Ein paar Männer installierten neue Computer, und die Telefongesellschaft verlegte Kabel und stellte eine Telefonanlage auf, die zur Einrichtung passte.

Neben ihr tauchte Max auf. »Wie findest du es?«

Jamie hatte Tränen in den Augen, als sie sich zu ihm wandte. »Ich weiß gar nicht, was ich sagen soll.«

»Ich dachte, das sieht irgendwie nach dir aus, deswegen habe ich die Möbel genommen.«

Jamie bekam einen Kloß im Hals. »*Du* hast das ausgesucht?«

Er nickte. »Für die anderen Möbel ist der Innenarchitekt zuständig, aber die für dein Büro wollte ich selbst aussuchen. Ich hoffe, das ist dir recht?«

»Max, ich weiß gar nicht, wie ich dir danken soll.«

»Ich wollte, dass du einen schönen Arbeitsplatz hast.«

Vera grinste, als Jamie herauskam. »Wart mal ab, bis du den Rest gesehen hast. Im Konferenzraum haben wir einen wunderschönen Mahagonitisch und Bürostühle, und dann in der Küche, alles neu.« Plötzlich runzelte sie die Stirn. »Ich schieße dich auf den Mond, wenn du versuchst, das wieder zu verkaufen.«

»Das verkauft sie nicht«, sagte Max.

Jamie konnte gar nicht mehr aufhören zu lächeln. »Hast du Mike Henderson gesehen?«

Vera nickte. »Er war die ganze Nacht da. Er sagt, er hat mehrere Artikel, die er dir zeigen will. Er ist in seinem Büro.« Sie reichte Jamie zwei Zettel. »Ich war bei der Handelskammersitzung und beim Gartenclubtreffen und habe mir Notizen gemacht, sodass Mike sich auf die wichtigeren Sachen konzentrieren konnte. Ich gehe auch heute Abend auf die Hochzeit der Lancasters. Helen, die Gute, bewacht das Telefon, solange ich weg bin.«

Jamie konnte ihre Überraschung nicht verbergen. »Sehr gut. Sonst noch was?«

Vera grinste. »Das Beste weißt du ja noch gar nicht. Du wirst es nicht glauben, aber ich habe diese Woche zwölf Anzeigen verkauft.«

Jamies Augen verengten sich. »Aber du hast niemanden bedroht, oder?«

Vera wirkte beleidigt. »Nur, dass du's weißt, ich war der Inbegriff der Professionalität. Ich glaube, alle sind so begeistert von der Renovierung, dass sie doppelt so viel arbeiten. Und die Gehaltserhöhungen haben auch nicht geschadet.«

»Gehaltserhöhungen?«

»Du hast doch drauf bestanden, dass deine Leute das verdient haben«, sagte Max zwinkernd.

Jamie nickte. »Ah, ja. Ich bin nur überrascht, dass das so schnell ging.«

»Und Muffin macht in der Zentrale Druck wegen der Boni.«

»Einen Bonus kriegen wir auch noch?«, fragte Vera.

»Natürlich«, sagte Jamie, weil sie merkte, dass Max sich bemühte, sie gut dastehen zu lassen.

»Muffin meint, in einer Woche sollten ihn alle haben«, fügte Max hinzu.

»Wer ist denn Muffin?«, fragte Vera.

»Max' Computer«, antwortete Jamie. »Sie ist der Hammer, aber im Moment ist sie in den Wechseljahren, deswegen musste Max sie für eine Weile ausschalten. Aber jetzt ist sie wieder da, und es geht ihr schon viel besser.«

Vera seufzte. »Wer blöd fragt, kriegt blöde Antworten.«

»Ich muss los«, sagte Max. »Ich bin dabei, das Sicherheitssystem im Haus aufzurüsten, und ich bin schon spät dran. Aber ich komme wieder, sobald es geht, und helfe euch.«

Jamie nickte. »Vera, sag Mike doch bitte, er möchte in mein Büro kommen. Ich will mir mal ansehen, was er hat.«

Max begrüßte die Männer, die das neue Sicherheitssystem installieren sollten. »Tut mir Leid, dass ich zu spät komme«, sagte er.

»Kein Thema«, sagte der Chef, »wir haben oben schon mit der Installation angefangen, wenn Sie sich das mal angucken wollen.«

»Ich habe schon gesehen, dass Sie draußen die Kameras anbringen, um die ich gebeten hatte.«

»Ja. Wir würden die Monitore gerne in dem kleinen Raum neben der Küche aufstellen. Ich hoffe, das ist okay.«

Max nickte. »Wie lange wird das dauern?«

»Es ist ein bisschen komplizierter, als ich dachte. Da brauchen wir ein paar Tage länger. Aber wir machen so schnell, wie es geht.«

»Ja, vielen Dank. Okay, dann wollen wir mal sehen, was Sie schon haben.«

Jamie und Mike arbeiteten bis zum Mittagessen durch. Vera ließ Sandwiches bringen. »Ich bin echt beeindruckt, was Sie alles geschafft haben«, sagte Jamie zu Mike, als sie an ihrem Tisch saßen und aßen. »Wie gefällt es Ihnen, mit Vera zusammenzuarbeiten?«

»Sie kann einen manchmal ganz schön rumkommandieren, aber sie arbeitet auch hart. Wenn ich für meine Artikel etwas recherchieren muss oder irgendwelche Informationen brauche, hat sie das in null Komma nichts erledigt. Das erleichtert mir die Arbeit ungemein. Und sie macht so gerne Bilder. Ich wusste gar nicht, dass sie fotografiert.«

Jamie nickte. »Sie hat einen Kurs am Community College belegt, für Senioren ist das kostenlos. Und jetzt macht sie da einen Tanzkurs.«

»Warum habe ich das denn nicht gewusst?«, fragte Mike. »Da muss ich mal einen Artikel drüber schreiben. Vielleicht machen dann mehr Senioren so was mit.«

»Ich brauche mal kurz eine Pause«, sagte Jamie, nachdem sie die Titelseite und den Lifestyle-Teil ins Layout geschickt hatten.

»Ich muss auch mal nach meiner Mom hören«, sagte Mike und ging in sein Büro.

Jamie rief Deedee an und fragte nach Beenie.

»Ich mache mir Sorgen um ihn«, sagte Deedee. »Er war stundenlang mit einem Tittenheft im Bad. Meinst du, er ist hetero geworden?«

»Ich weiß nicht, wie das gehen soll«, sagte Jamie. »Ich dachte, Homosexualität ist genetisch bedingt. Du weißt schon, einmal schwul, immer schwul. Vielleicht erinnert er sich nur nicht mehr an sein Coming-out.«

Deedee seufzte. »Klingt kompliziert. Ich habe ihn gebeten, mal meine Kataloge durchzugehen, damit ich mir ein Outfit für den Wahltag aussuchen kann. Da hat er mich angeguckt, als wäre ich verrückt. Ich weiß gar nicht, wer mir jetzt das Make-up und die Haare machen soll. Ich will einfach meinen alten Beenie zurück.«

»Der kommt bestimmt wieder durch«, sagte Jamie und legte auf.

Kurz darauf kehrte Mike zurück und versicherte Jamie, dass bei seiner Mutter alles in Ordnung war. »Es geht ihr schon viel besser. Aber erst mal hat sie mir einen ganz schönen Schrecken eingejagt.«

»Das freut mich«, sagte Jamie. »Hören Sie mal, Mike, ich bin wirklich beeindruckt, was Sie in den letzten Tagen alles gemacht haben. Sie haben ganz schön was geschafft.«

»Ich fand, es war mal an der Zeit, ein bisschen mehr Verantwortung zu übernehmen. Ich schätze, dass meine Mom krank geworden ist, hat mich irgendwie aufgerüttelt«, fügte er hinzu. »Ich bin nur überrascht, dass Sie es so lange mit mir ausgehalten haben.«

»Sie sind ein verdammt guter Chefredakteur,

und diese Zeitung kann froh sein, Sie zu haben.« Jamie wollte ihm nicht sagen, wie nah sie manchmal dran gewesen war, ihn vor die Tür zu setzen. Aber mit dem Gehalt, das sie zahlen konnte, hätte sie niemand anderen für den Posten gefunden. »Weiter so.«

Um drei Uhr ließ Max die Mannschaft von der Sicherheitsanlagenfirma allein und stieg ins Auto. »Muffin, bist du da?«, fragte er.

»Nein, ich bin shoppen.«

»Ich habe jede Menge Fragen. Heute Nacht ist Deedees Assistent angegriffen worden.«

»Beenie?«, fragte sie.

»Ja. Wahrscheinlich war das der, der auch Deedees Hund entführt hat.«

»Oh, Mist«, sagte Muffin. »Wie geht es Beenie?«

»Ganz okay, aber Deedee macht sich fürchterliche Sorgen. Hast du schon was über Swamp Dog?«

»Ich laufe dauernd vor irgendwelche Firewalls. Er war anscheinend in Vietnam, aber immer, wenn ich mehr wissen will, gerate ich in Sackgassen. Die Regierung tut alles, um diese Informationen zu schützen.« Sie klang frustriert.

»Denk nach, Muffin. Manchmal sind die Dinge gar nicht so kompliziert, wie sie aussehen. Du bist so programmiert, dass du wie ein Computer *und* wie ein Mensch denkst. Und zwar aus gutem Grund.«

»Max, wovon, zum Teufel, sprichst du?«

»Was würde ein Computer tun, wenn er die Informationen nicht bekommt?«

»Er würde dir sagen, dass keine Daten zur Verfügung stehen.«

»Genau. Und was würde *ich* tun?«

»Du würdest sagen, scheiß drauf, und doch noch irgendwie drankommen.«

»Also, Muffin?«

»Ja, ja, weitersuchen. Wie sehen deine Pläne heute aus?«

»Ich will drei Jahre städtischen Haushalt durchgehen.«

»Gut, dass du schnell lesen kannst.«

»Übrigens, wie läuft es mit dem Laptop am MIT?«

»Er ist nicht sonderlich intelligent.«

»Es dürfte schwierig werden, jemanden zu finden, der klüger ist als du, Hase.«

»Ich wüsste übrigens gerne, warum ich mich plötzlich so dringend über Mustangs und Ersatzteile informieren soll.«

»Bei den Schießereien ist Jamies Auto ein paarmal getroffen worden. Das würde ich gern reparieren lassen.« Er erklärte den Schaden und wie sehr Jamie an dem Wagen hing.

»Wenn es für Jamie ist, dann kümmere ich mich sofort darum«, sagte Muffin.

Max prüfte während der folgenden Stunde die Bilanzen der Stadt. Dann entschied er sich zu einem kleinen Ausflug. »Ich brauche die Wegbeschreibung zum Highway 24, Muffin.«

»Wohin genau? Eine bestimmte Ausfahrt? Vergiss es, ich weiß es ja schon.«

Fünf Minuten später druckte sie etwas aus. »Hier ist die Wegbeschreibung«, sagte sie. »Was suchst du denn?«

»Die Kläranlage, die nie eine war. Dafür wurde eine Menge Geld bereitgestellt, und die Steuerzahler zahlen immer noch dafür. Ich wüsste gerne, warum die Stadt das Projekt nicht zu Ende geführt hat. Ach, und bevor du danach suchst, hol mir Jamie ans Telefon.«

Keine Reaktion.

»Bitte.«

Jamie nahm beim ersten Klingeln ab.

»Wie läuft's bei der Zeitung?«, fragte Max.

»Überraschend gut.«

»Okay, wenn du mich nicht brauchst, mache ich mal einen kleinen Ausflug.«

»Irgendwas, das ich wissen sollte?«

»Ich will mir mal die Kläranlage ansehen, die der Stadt versprochen wurde.«

»Na, das wird aber auch Zeit, Holt.«

»Hör mal, Swifty, ich war auf Mörderjagd, okay? Jetzt mach mal halblang.«

»Also, eigentlich gibt's da gar nicht viel zu sehen. Natürlich haben die Stadtväter jede Menge an Ausreden parat, warum sie noch nicht fertig ist.«

»Ich rufe nachher wieder an.«

Jamie hörte es klicken. Sie lächelte. Max Holt hatte offensichtlich Witterung aufgenommen und würde nicht ruhen, bis er gefunden hatte, was er suchte.

Max fuhr zwanzig Minuten später vor einem erst teilweise fertiggestellten Gebäude vor. »Muffin, bist du da?«

»Ja, hast du die Kläranlage gefunden?«

»Was davon schon steht, ja. Draußen hängt ein Schild, dass Davidson Construction der zuständige Bauunternehmer ist. Ich brauche die Adresse.«

Jamie saß im Büro und korrigierte, als Max hereinkam. »Klopfst du nie an?«

»Es ist wichtig.«

Sie deutete auf einen Stuhl, und er setzte sich. »Ich höre.«

»Erst das Wichtigste: Wie geht es Beenie?«

»Er steht jetzt auf Frauen.«

»Wahrscheinlich hatte er es vorher besser. Frauen können einen ja ganz verrückt machen.«

Jamie warf ihm einen finsteren Blick zu.

»Was weißt du über Davidson Construction? Das ist die Firma, die die Kläranlage bauen sollte.«

»Ich weiß nur, dass beim Bau ein Mann gestorben ist und dann alles ins Stocken geraten ist«, sagte Jamie. »Seine Familie hat geklagt. Der Rechtsstreit läuft jetzt schon ein paar Jahre. Die Stadt bemüht sich um einen außergerichtlichen Vergleich.«

»Das würde ja auch erklären, warum niemand Druck macht«, sagte Max. »Das kann ja ewig bei Gericht anhängig bleiben, und die Stadt kann Unsummen an Zinsen auf das Geld einsacken, das dafür vorgesehen war. *Falls* das Geld noch da ist.« Er dachte nach. »Ich habe mir die Haushaltsrechnung angesehen. Sie ist blitzsauber. Viel zu sauber. Was mir sagt, dass das nicht die echten Bilanzen waren.«

»Wie bitte?«

»Die echten Bilanzen sind wahrscheinlich so gut versteckt, dass nur ein paar Eingeweihte sie finden. Kennst du die Firma REVESER?«

»Nein. Woher hast du den Namen denn?«

»Hat Alexa auf die letzte Seite der Ausdrucke geschrieben. Sie hat nichts dazu gesagt, aber ich habe das Gefühl, das ist wichtig. Muffin sucht noch, hat aber bisher nichts gefunden.«

»Vielleicht ist das nur eine Briefkastenfirma.«

»Habe ich auch schon gedacht. Ich glaube, REVESER ist ein Passwort für etwas ganz anderes.«

»Und was?«

Er zuckte die Achseln. »Weiß ich noch nicht, aber ich habe vor, es rauszukriegen. Ähm, Jamie?«

Sie sah auf die Arbeit, die vor ihr lag. »Ja?«

»Du siehst heute ganz schön gut aus, Swifty.«

»Ich hab keine Zeit für so was, Max.«

»Weißt du was, ich mag dich in Jeans. Du hast so einen süßen Knackarsch. Ehrlich gesagt, wenn ich diesen Po sehe, komme ich auf dumme Gedanken.«

Sie sah auf. Er machte sie ganz schön unverfroren an. »Hör doch auf, dich da reinzusteigern, Max.«

Er stand auf und beugte sich über ihren Schreibtisch, sodass sein Gesicht nur wenige Zentimeter von ihrem entfernt war. Sie roch sein Aftershave und wäre ihm gerne noch näher gekommen, um es besser riechen zu können.

»Und ich Depp dachte, ich würde *dich* da reinsteigern können.«

Sie war überrascht von dem Blick in seinen Augen, dunkel, durchdringend, intensiv. Gänsehaut machend. Sie hielt die Luft an, weil sie Angst hatte, beim Ausatmen zu seufzen.

Er lächelte, als wüsste er genau, was er mit ihr machte. »Noch bist du nicht verheiratet«, sagte er.

»Ich glaube an lange Verlobungszeiten«, antwortete Jamie.

»Und ich glaube an lange Flitterwochen.«

»Man braucht Zeit, um einander kennenzulernen«, sagte Jamie. »Wenn du dir mehr Zeit genommen hättest, Bunny kennenzulernen, wärst du jetzt vielleicht nicht geschieden.«

»Ich war jung und habe nur auf Äußerlichkeiten geachtet. Jetzt bin ich erwachsener.«

Jamie warf ihm einen ihrer berühmten Blicke zu. »Klar doch.«

Muffin meldete sich sofort, als sie ins Auto stiegen. »Max, ich hab was für dich.«

»Ja?«

»Ich habe die Firewall geknackt.«

»Welche?«

Sie zögerte. »CIA.«

»Du hast die Firewall des CIA geknackt?«, kreischte Jamie. »Seid ihr beide total bekloppt?«

»Reg dich ab«, sagte Max.

»Mich abregen? Wie soll ich mich abregen? Du

kannst den Rest deines Lebens im Knast verbringen. Und mich sperren sie gleich mit ein, obwohl ich damit ja nun überhaupt nichts zu tun habe. Verdammter Mist. Ich muss eine rauchen.« Sie griff nach der Handtasche.

»Mach das nicht«, sagte Max. »Sonst geht die Sprinkleranlage an.«

Jamie fuhr fort. »Ich habe mich immer bemüht, die Gesetze zu befolgen. Ich gehe nicht bei Rot über die Ampel, und als ich mal unten im Einkaufswagen eine Kiste Saft entdeckt habe, die ich aus Versehen nicht bezahlt hatte, bin ich sofort wieder umgekehrt und habe das nachgeholt.«

Max wirkte amüsiert. »Du hast auch bestimmt noch nie ein Knöllchen gekriegt, oder?«

Jamie öffnete den Mund, dann klappte sie ihn aber schnell wieder zu.

Max sah sie an. »Oh-oh, Muffin, ich glaube, jetzt gesteht Jamie uns gleich ein grauenhaftes Verbrechen.«

»Das mit dem Falschparken hatte ich schon ganz vergessen«, flüsterte sie.

»Wie bitte, ich hab dich nicht verstanden.«

»Da war ich gerade zwanzig. Ich habe vor dem Hallmark-Laden auf der Main Street geparkt, habe gesehen, dass noch sechs Minuten auf der Parkuhr waren, und bin reingeflitzt. Eigentlich wollte ich nur schnell eine Geburtstagskarte kaufen und rechtzeitig zurück sein. Aber als ich dann erst mal drin war, konnte ich mich nicht für eine Karte entscheiden, und na ja …« Sie zögerte. »Die Parkuhr habe ich völlig vergessen. Als ich rauskam, stand da ein Polizist und war schon am Schreiben. Das hat mich drei Dollar gekostet!«

»Hast du das gehört, Muffin? Jamie ist vorbestraft. Ich fürchte, wir haben es hier mit einer notorischen Unruhestifterin zu tun.«

»Vielleicht hätten wir ihr nicht all unsere Geheiminformationen anvertrauen sollen.«

»Hoffentlich verkauft sie sie nicht ihren hochwichtigen Freunden«, sagte Max.

»Sehr witzig«, sagte Jamie. »Ich habe ein Park-Knöllchen bekommen. Was ihr hier macht, ist ein Fall fürs FBI.«

»Was hast du denn rausgefunden, Muffin?«, fragte Max ruhig.

»Also, wenn du Jamie schon für eine Verbrecherin hältst, dann warte mal ab, was ich dir über Swamp Dog erzähle. Er ist gefährlich, Max. Dem würde ich lieber nicht blöd kommen. Dem würde ich nicht mal eine Weihnachtskarte schicken.«

»Echt? Was hat er denn angestellt?«

»Er war tatsächlich in Vietnam. Bei einer Sondereinheit. Aber seine Akte ist unter Verschluss.

Es war hammerhart, da ranzukommen. Ich musste echt alles ausprobieren. Swamp Dog, beziehungsweise Jim Hodges, hat es einfach nicht gepackt. Er ist völlig ausgeklinkt, nachdem er all seine Männer bei einem geheimen Einsatz verloren hatte.«

»Was hat er denn gemacht?«

Muffin zögerte. »Er hatte eine Reihe von Gräueltaten gegen Zivilisten verübt. Die Details wollt ihr gar nicht wissen, ehrlich. Aber von Seiten der Regierung ist das alles gar nicht passiert.«

»Fürchten die denn nicht, dass Swamp Dog irgendwann auspackt?«, fragte Jamie. »Er könnte ordentlich Geld damit machen, wenn er seine Geschichte verkauft.«

»Die Regierung zahlt ihm einen Arsch voll Geld dafür, dass er die Klappe hält«, antwortete Muffin.

Jamie grunzte. »Kaum zu glauben, so, wie der lebt. Außerdem, wenn er so viel Geld hat, warum wildert er dann?«

»Da geht es doch nicht ums Geld«, sagte Max. »Sondern darum, sich über sämtliche Regeln hinwegzusetzen und sich um nichts und niemanden zu scheren.«

»Es geht aber schon auch ums Geld«, sagte Muffin. »Er spendet hier- und dahin, vor allem an paramilitärische Organisationen und an den verdammten Ku Klux Klan.«

»Hört sich an, als wäre es das Einfachste, ihn für den Rest seines Lebens einzubuchten«, sagte Jamie. »Oder ihn gleich zu beseitigen.«

»Können sie nicht«, sagte Muffin. »Swamp Dog weiß viel zu viel über ihre geheimen Operationen und was da alles schiefgelaufen ist, und das ist alles schön dokumentiert. Er hat es versteckt, es ist nicht auffindbar, und er hat das irgendwie pannensicher organisiert. Wenn ihm was passiert, kommt das alles raus.«

»Er lebt wie ein Tier, weil er ein Tier *ist*«, sagte Jamie.

»Da ruft jemand an, Max«, sagte Muffin. »Lamar Tevis von der Polizei.«

»Stell ihn auf Lautsprecher.«

»Max, sind Sie dran?«, fragte Lamar, als Muffin ihn durchgestellt hatte.

»Ja. Was gibt es denn, Chief?«

»Wir haben ein Problem. Alexa Sanders' Sohn ist verschwunden. Heute Nacht ist jemand ins Haus eingebrochen und hat ihn einfach aus dem Bett geholt. Ms Sanders hat mich gebeten, Ihnen Bescheid zu geben. Sie hat gesagt, Sie wüssten dann schon, was zu tun ist.«

VIERZEHN

Eine Viertelstunde später trafen Max und Jamie bei Alexa ein. Streifenwagen standen um das kleine Holzhäuschen herum, das taubenblau gestrichen und von Blumenbeeten mit üppig orangefarbenen Tigerlilien umgeben war. Alexa unterhielt sich im Wohnzimmer leise mit Lamar. Ihre Augen waren vom Weinen geschwollen. Als sie Max sah, stand sie sofort auf.

»Sie wissen genau, warum das passiert ist«, sagte sie.

Max nahm ihre Hand. »Wir finden Ihren Sohn. Erst mal muss ich genau wissen, was passiert ist.«

»Das habe ich schon alles aufgenommen«, sagte Lamar.

»Ich möchte es aber von Alexa hören.«

Alexa schniefte und rieb sich mit einem Taschentuch die Augen. »Ich habe Lamar schon erzählt, dass ich noch nach Danny sehen wollte, bevor ich ins Bett gegangen bin.«

»Um wie viel Uhr?«

»Kurz nach zehn. Als ich in sein Zimmer kam, war er weg. Danny ist Diabetiker. Wenn er nicht pünktlich das Richtige isst oder seine Insulinspritze nicht bekommt …« Sie unterbrach sich und schluckte die Tränen hinunter. »Er kann ins Koma fallen.«

»Das wird nicht passieren, Alexa«, sagte Max. »Haben Sie irgendwas im Haus gehört, bevor Sie gemerkt haben, dass er weg ist?«

Sie schüttelte den Kopf. »Ich habe im Schlafzimmer ferngesehen.«

»War die Haustür abgeschlossen?«

»Ja, aber die Fenster waren offen, damit ein bisschen frische Luft reinkommt. Ich kann es mir nicht leisten, die ganze Zeit die Klimaanlage laufen zu lassen.«

»In Dannys Zimmer ist das Fliegengitter aufgeschnitten worden«, sagte Lamar. »Und auf dem Kissen des Jungen roch es nach Chloroform. Wahrscheinlich hat er das meiste davon verschlafen.«

Jamie ergriff Alexas Hand. »Kann ich irgendwas für Sie tun?«, fragte sie.

Alexa sah von ihr zu Max. »Er ist alles, was ich habe. Finden Sie ihn.«

»Heilige Scheiße, Frankie!«, sagte Beenie. »Guck dir mal der ihre Titten an!« Er reichte Frankie eine Zeitschrift, aber Deedee riss sie ihrem Mann aus der Hand.

»Wag es nicht, Frankie Fontana. Die einzigen Titten, die du anguckst, sind meine.«

»Ach ja. Hab ich nicht dran gedacht.«

Beenie streckte sich. »Mann, ist das langweilig. Ich muss mal raus hier.«

Deedee betrachtete ihn in seiner Jeans, einem zerknitterten T-Shirt und alten Turnschuhen. »Du darfst nicht fahren.«

»Bock auf einen Zug durch die Gemeinde, Frankie?«

Frankie wollte gerade antworten, als die Haustür aufging. Big John führte Swamp Dog herein. Seine schwarze Augenklappe wirkte noch unheilvoller.

»Duncan hat mich gerade auf dem Handy angerufen«, sagte er. »Sie haben Choo-Choo gefunden.«

Deedee sprang vom Sofa auf. »Wo ist er? Geht es ihm gut?«

»Wer ist Choo-Choo?«, fragte Beenie.

Deedee winkte ungeduldig ab. »Mein Hund. Geht es meinem Kleinen gut?«, wiederholte sie.

Swamp Dog nickte. »Dem geht's gut. Duncan hat sich erst mal hingelegt, der hat seit über achtzehn Stunden nicht mehr geschlafen. Ich kann ja rüberfahren und den Köter holen.«

»Ich komme mit«, sagte Deedee. »Choo-Choo wird immer so nervös bei Fremden.«

Frankie legte ihr eine Hand auf die Schulter. »Ich fahre mit, Schnuckelchen.« Er sah Swamp Dog an. »Wie lange dauert das? Ich lasse Deedee nicht gern allein.«

»Sie haben ihn in einem verlassenen Gebäude in der Stadt gefunden. Mehr weiß ich auch nicht, nur, dass Duncan will, dass ich ihn sofort abhole. Wir sind in zwanzig Minuten da und wieder zurück.«

Frankie stand auf. »Dann mal los.«

»Aber Frankie …«, begann Deedee.

»Du musst bei Beenie bleiben«, sagte er.

»Soll ich mitkommen?«, fragte Big John.

»Nein. Ich möchte nicht, dass irgendjemand durch diese Tür geht, solange ich weg bin.«

Big John nickte.

»Wir können meinen alten Truck nehmen«, sagte Swamp Dog. »Das geht schneller.« Sie eilten hinaus.

»Du weißt ja, wo ich bin, falls du mich brauchst«, sagte Big John zu Deedee und nahm wieder seinen Posten an der Haustür ein.

»Das gefällt mir gar nicht«, flüsterte Deedee Beenie zu, als sie allein waren. »Ich habe ein ganz ungutes Gefühl.«

»Was macht dir denn Sorgen?«, fragte er.

»Du erinnerst dich bestimmt nicht, was hier alles passiert ist. Aber du kannst mir glauben, wir waren alle ernsthaft in Gefahr.«

»Das habe ich mir schon gedacht, als ich in der Notaufnahme aufgewacht bin.«

»Es gefällt mir gar nicht, dass Frankie einfach so mit …«

»Swamp Dog?«

Sie nickte. »Er sieht so böse aus.«

»Der hört sich sogar böse an, und wenn du mich fragst, benimmt er sich auch reichlich daneben. Ich könnte ihm mal zeigen, wo es langgeht.«

Deedee ignorierte ihn und lief auf und ab. Sie wandte sich zur Tür. »Komm mit.«

»Was?«

»Du musst mir helfen.«

Beenie seufzte und folgte ihr in die Küche, wo Choker sich ein Brot schmierte. Er lächelte Deedee an.

»Soll ich Sie eine Weile ablösen?«, fragte Beenie.

Choker sah ihm zwar ins Gesicht, bemühte sich aber offensichtlich, sich keine Regung anmerken zu lassen. »Geht schon, Cowboy.«

Deedee ging auf die Tür zum Weinkeller zu.

»Was hast du denn vor?«, fragte Choker.

»Sie haben Choo-Choo gefunden«, sagte sie aufgeregt. »Ich will jede Menge Champagner zum Feiern.«

»Ich mach das schon«, sagte Choker.

Deedee schüttelte den Kopf. »Oh, den findest du nicht. Den guten habe ich ganz hinten im Keller, den finde ich nicht mal selbst.«

»Dann suche ich eben«, sagte Choker achselzuckend. »Unser John Wayne hier kann ja solange bei dir bleiben.«

Er ging die Treppe hinunter.

»Kannst du mir vielleicht mal sagen, was du vorhast?«, fragte Beenie.

»Wir fahren Frankie hinterher.«

Er verschränkte die Arme vor der Brust. »Hat dein Lockenstab dir das Gehirn verbrutzelt, Lady? Warum sollte ich so was Beklopptes tun, wenn dein Mann eindeutig gesagt hat, du sollst hierbleiben?«

»Weil du und ich uns mal sehr nahe standen, und weil du ein sehr schlechtes Gewissen kriegst, wenn du dein Gedächtnis wiederhast und feststellst, dass du mich im Stich gelassen hast.«

»Okay, noch einmal, falls du das falsch verstanden hast. Frankie hat gesagt …«

»Es ist mir *egal*, was Frankie gesagt hat, und ich habe es satt, wie eine Porzellanpuppe behandelt zu werden, die jeden Moment kaputtgehen kann. Ich habe immer noch meinen eigenen Kopf.«

»Gut gebrüllt. Was willst du damit sagen?«

»Dann gehe ich eben allein.«

Beenie versperrte ihr die Tür. Er taxierte Deedee. »Wie nah standen wir uns denn?«

Sie zögerte. Schließlich nahm sie Beenies Gesicht in beide Hände und küsste ihn leidenschaftlich. Als sie von ihm abließ, pfiff er leise.

»Weiß dein Mann das?«

»Dem ist es egal, was ich tue.« Deedee lächelte verführerisch und öffnete die Hintertür. Der Wachmann sah auf. »Können Sie mir einen winzigen Gefallen tun?«, fragte sie den Mann. »Choker, der Wrestler, ist im Keller und sucht Champagner. Ich will nicht, dass er da unten allein ist.«

»Wir haben unten auch einen Mann postiert, Ma'am«, sagte die Wache.

»Ja, aber es wäre mir doch lieber, wenn Sie mal nach ihm sehen könnten«, flötete sie und kniff ihn leicht in die Wange. »Er ist schon so lange da unten. Und, na ja ...« Den Rest flüsterte sie. »Er hat Angst vor Spinnen. Haben Sie auch Angst vor Spinnen?«

Der Mann straffte die Schultern. »Ach was. Ich helfe Ihnen gern.« Er öffnete die Kellertür und ging hinunter.

Deedee wartete einen Augenblick, schloss die Tür dann vorsichtig und drehte den Schlüssel um. Beenie grinste, und sie gingen schnell zur Hintertür hinaus. »Hier lang«, sagte sie und ging zu Jamies Auto.

Beenie erreichte es zuerst. »Der Schlüssel steckt nicht.«

»Ich weiß aber, wo sie den Ersatzschlüssel hat.« Deedee griff in die hintere Stoßstange. Sie zog ein schwarzes Mäppchen mit einem Magneten daran hervor, öffnete es und zog den Schlüssel heraus. »Du musst fahren«, sagte sie. »Mir haben sie den Führerschein abgenommen, weil ich dauernd Leute über den Haufen fahre.«

»Ich dachte, ich soll nicht fahren wegen der Gehirnerschütterung.«

»Lässt du dich von so was Blödem abhalten?«

»Scheiße, nein.«

»Dann sieh zu, dass wir hier wegkommen. Wenn Choker erst mal merkt, dass er im Keller eingesperrt ist, tritt er die Tür ein.«

Sie stiegen in Jamies Auto. Beenie ließ den Motor an, legte den Gang ein, und sie schossen los. Die Sicherheitskontrolle am Eingangstor sah überrascht auf, als sie einfach vorbeirasten.

»Schneller«, sagte Deedee. »Wenn wir Glück haben, holen wir sie vielleicht noch ein. Aber komm ihnen nicht zu nah! Swamp Dog braucht nicht zu wissen, dass wir hinter ihm her sind.«

Beenie warf ihr einen gereizten Blick zu. »Ich weiß selbst, was ich tue, okay? Halt einfach den Mund, und lass mich fahren. Übrigens bist du mir dafür ganz schön was schuldig.«

»Ich nehm dich zum Shoppen mit nach Charleston«, sagte sie. »Und wir gehen in deinem Lieblingsrestaurant Mittag essen.«

Er runzelte die Stirn. »Wieso soll ich shoppen gehen?«

Sie seufzte. »Ach, egal. Wie ist es mit einer Packung Redman Kautabak und einer Kiste Bier?«

»Klingt schon besser.« Er betrachtete sie. »Aber ich wüsste noch was Besseres.«

»Herrje«, sagte Deedee.

Max wählte Duncans Handynummer, und der nahm beim ersten Klingeln ab. »Suchen Sie Swamp Dog«, sagt Max grußlos.

»Ich wollte Sie auch gerade anrufen«, antwortete Duncan. »Wir haben ein Problem.«

»Ich höre.«

»Swamp Dog ist vor nicht mal einer Viertelstunde mit Frankie weggefahren. Er hat behauptet, sie hätten Deedees Hund gefunden.«

»Was soll das denn heißen?«, fuhr ihn Max an und erschreckte Jamie und Alexa, die ihm gegenüber auf dem Sofa saßen.

»Es kommt noch schlimmer«, sagte Duncan. »Deedee und ihr Assistent sind hinter ihnen her. Sie sind einfach durch die Sicherheitskontrolle gebrettert. Ich habe versucht, in meinem Truck endlich mal ein bisschen Schlaf zu kriegen, als mich einer meiner Jungs benachrichtigt hat. Ich habe schon einen Trupp losgeschickt. Sie suchen sie, aber sie haben zehn Minuten Vorsprung.«

»Wie konnte das denn passieren?«, fragte Max.

»Deedee hat Choker und noch einen Wachmann im Keller eingeschlossen. Bis Choker die Tür aufgebrochen hatte, waren sie schon weg.«

»Meine Schwester gibt einfach nicht auf. Sonst noch was?«

»Ja. Ist Swamp Dog auf unserer Seite oder nicht?«

»Ich glaube kaum, dass Swamp Dog je auf irgendwessen Seite ist«, sagte Max. »Betrachten Sie ihn einfach als gefährlich, und rufen Sie mich an, wenn Sie etwas wissen.«

»Was ist los?«, fragte Jamie, als Max aufgelegt hatte.

Er erzählte die Geschichte schnell.

»Von Swamp Dog habe ich schon gehört«, sagte

Alexa und wurde ganz blass. »Wenn der damit zu tun hat, kann mein Sohn schon längst tot sein.«

Max sah sich im Zimmer um. »Ich brauche Ihre Hilfe, Alexa. Auf die letzte Seite der Ausdrucke der Städtischen Bilanzen haben Sie REVESER geschrieben. Da haben wir nichts drüber gefunden. Ich glaube, das ist ein Kennwort für irgendwas.«

»Ich habe keine Ahnung, was es heißt«, sagte sie. »Der alte Grimby kritzelt immer beim Telefonieren rum. Da habe ich das Wort mal gesehen und es mir notiert. Aber was hat das mit meinem Sohn zu tun?«

»In dieser Stadt gibt es eine Menge Korruption, Alexa, aber das wissen Sie ja längst, sonst hätten Sie mir den Namen REVESER nicht gegeben.«

Alexa blieb still.

»Es könnte wichtig sein«, sagte Max.

Jamie bemerkte die Angst im Blick der Frau. »Hat man Sie bedroht? Wollen Sie deswegen nichts sagen?«

»Wenn ich da jetzt jemanden reinziehe, kann ich auch mit reingezogen werden«, sagte sie.

»Wie?«, fragte Max.

»Jemand hat für Danny ein Konto über fünfzigtausend Dollar angelegt. Ich hatte solche Angst, dass ich den Brief verbrannt habe. Aber ich weiß, dass das Konto bei einer Bank in Delaware geführt wird.«

»Wissen Sie noch, wer Ihnen den Brief geschickt hat?«, fragte Max.

»Es stand kein Absender drauf. Ich habe Angst, Max. Die meinen das ernst. Solange ich mitgespielt habe, ist mir nichts passiert.«

»Aber so was macht doch niemand, bloß weil Sie die Bilanzen ausgedruckt haben«, erinnerte Max sie. »Außerdem waren das sowieso nicht die echten.«

»Nein. Also warum tun die das? Warum nehmen sie nicht mich? Danny hat doch überhaupt nichts damit zu tun.«

»Sie wollen Ihnen Angst machen, das ist alles. Die wissen genau, dass Sie mehr Angst um Ihren Sohn haben als um sich selbst. Das ist reine Einschüchterungstaktik, Alexa, mit Sicherheit. Die haben gar nicht die Absicht, Danny etwas anzutun. Das ist nur die Rache dafür, dass Sie mit mir zusammengearbeitet haben.« Max klang überzeugter, als er war. Er hatte den Verdacht, dass Danny tatsächlich in Gefahr war.

»Wissen Sie, ob Phillip mit der ganzen Sache zu tun hat?«, fragte Jamie.

Alexa sah sie ausdruckslos an. »Er hat Sie doch zu mir geschickt. Wenn er nicht wollte, dass Sie was rauskriegen, dann hätte er das doch nicht getan, oder?«

Jamie kaute auf der Unterlippe, während sie darüber nachdachte.

»Entschuldigt«, sagte Max, »ich muss mal eben an meinen Computer«, und weg war er.

»Er hat den Computer im Auto«, erklärte Jamie Alexa.

»Meinen Sie nicht, Lamar sollte das FBI verständigen?«, fragte Alexa und rang die Hände. »Es handelt sich immerhin um eine Entführung.«

»Mal langsam«, sagte Jamie. »Max' Computer ist wahrscheinlich schlauer als das FBI.«

Max glitt ins Auto. »Ich habe Neuigkeiten für dich, Muffin.«

»Wegen des verschwundenen Jungen? Danny Sanders?«

»Ja. Jemand hat für ihn ein Konto bei einer Bank in Delaware eingerichtet, damit seine Mutter die Klappe hält. Ich schätze, da gehen die verschwundenen Steuergelder hin. Die Banken-Gesetzgebung ist dort ziemlich lax, sodass das Geld leicht gewaschen und irgendwohin transferiert werden kann.

Vielleicht ist REVESER das Kennwort, mit dem wir da reinkommen.«

»Okay, ich suche schon.«

»Wie lange dauert das?«

»Es gibt tierisch viele Banken, Max, und wir wissen nicht, ob es das Passwort für die Bank oder für ein privates Konto ist. Ich sage Bescheid, sobald ich was gefunden habe. Sonst noch was?«

»Mir fällt gerade was ein. Bin gleich wieder da.«

»Ist es hier?«, fragte Frankie, als Swamp Dog langsamer wurde und auf den Parkplatz der Stadtverwaltung fuhr.

»Ja.« Swamp Dog griff unter seinen Sitz und zog eine Fernbedienung hervor. Er drückte auf einen Knopf, und ein Tor ging auf. Er fuhr hinein, und das Tor schloss sich hinter ihnen. »Das war's, Kumpel. Ende der Reise.«

Frankie nickte, als hätte er verstanden. »Ich habe nur eine Bitte. Es ist mir egal, was Sie mit mir machen, aber tun Sie meiner Frau nichts.«

»Wenn ich die gewollt hätte, hätte ich sie hergelockt. Sie und ihr komischer Junge sind uns schon von Anfang an gefolgt. Aber im Moment haben sie sich so verirrt, die haben keine Ahnung mehr, wo sie sind.« Swamp Dog grinste. »Die wollen Sie, Fontana. Sie und Ihren tollen Schwager, Max Holt.«

»Den kriegen Sie nicht.«

»Das werden wir sehen.«

»Mist!«, sagte Beenie. »Wo sind die denn hin? Ich habe doch gesehen, dass sie hier eingebogen sind.«

»Du Idiot!«, schrie Deedee. »Ich hab doch gesagt, du sollst schneller fahren.«

Beenie starrte sie an. »Sprich nicht so mit mir, sonst schmeiß ich dich aus dem Wagen, verstanden?« Einen Augenblick lang hoppelten sie über die Straße.

»Ach du Scheiße«, sagte er.

»Was ist denn?«, jaulte Deedee.

»Mir ist gerade eingefallen, wer mir eins übergebraten hat. Dieses Arschloch Swamp Dog. Ich habe ihn nicht gesehen, aber die Stimme würde ich überall wiedererkennen.«

Deedee schnappte schockiert nach Luft. Sie griff nach Beenies Arm. »Wir müssen sie finden!«, kreischte sie.

Das Auto geriet ins Schlingern und wäre fast im Graben gelandet. »Fass mich nicht an, bist du verrückt?« Beenie lenkte in die andere Richtung, allerdings zu heftig, und verlor die Kontrolle über den Wagen. Deedee kreischte, als sie gegen einen Baum prallten.

»Alles in Ordnung?«, fragte sie Beenie.

»Scheiße, nein, nichts ist in Ordnung«, schrie er. »Ich bin mit dem Kopf aufs Lenkrad geknallt!«

Deedee schnitt eine Grimasse. »Du hast Jamies Auto kaputt gemacht. Das wird sie mir nie verzeihen. Was machen wir jetzt?«

»Blöde Frage, Lady. Wir gehen zu Fuß.«

»Denken Sie nach, Alexa«, bohrte Max. »Wenn jemand in der Stadt irgendwas oder irgendwen verstecken wollte, wo würde er das tun?«

Sie rang nervös die Hände. »Ich weiß es nicht. Wenn ich es wüsste, würde ich es Ihnen sagen.«

Durch die Eingangstür kam ein mittelalter Mann mit Kollar herein. »Alexa?«

Sie drehte sich um. »Vater Joseph? Was machen Sie denn hier? Oh Gott, schlechte Nachrichten, oder?«

»Ich bin nur gekommen, weil ich gehört habe, dass Danny verschwunden ist. Ich weiß überhaupt nichts, Alexa.«

Sie sah sich im Zimmer um. Beamte standen herum und hatten mitleidige und betretene Mienen aufgesetzt. Der Geistliche schaute gequält. »Sie glauben, er ist tot, oder?«, sagte sie und brach in Tränen aus. »Ihr glaubt doch alle, mein Sohn ist längst tot!«

»Nein«, sagte Max. »Er ist nicht tot. Daran müssen wir fest glauben.«

»Lassen Sie uns doch mal unter vier Augen sprechen«, sagte Vater Joseph. »Ich wäre gern ein paar Minuten mit Ihnen allein.« Er führte die schluchzende Frau aus dem Zimmer.

»Und was machen wir jetzt?«, fragte Jamie Max. Sie fragte sich, wie lange Alexa das aushalten würde. »Hast du einen Plan?«

Max konnte nicht antworten, denn sein Handy klingelte. Er zog es aus der Tasche. »Max Holt«, sagte er knapp.

Jamie beobachtete die Veränderungen in seinem Gesicht. Seine Augen sagten ihr, dass etwas nicht stimmte, und zwar ganz und gar nicht. Er klappte das Telefon zu. »Ich muss mal kurz weg«, sagte er. »Bleib du so lange bei Alexa.«

»Was ist denn passiert?«

»Nimm nicht gleich das Schlimmste an, okay?«

»Ich kenne dich doch, Max. Wer hat angerufen?«

»Ist nicht so wichtig, ich muss nur kurz was erledigen. Dauert nicht lange. Jetzt vertrau mir doch einfach mal.«

Sie betrachtete ihn. Sie vertraute ihm, aber sie wusste, dass er durchaus Risiken einging, und das machte ihr Sorgen.

Er sah sich um. »Ich muss Lamar Bescheid sagen, dass ich kurz weg bin. Ich bin gleich wieder da.«

Jamie wartete, bis Max zu Lamar unterwegs war, dann flitzte sie zur Tür hinaus. Sie öffnete Max' Autotür. »Muffin, Max ist in Gefahr«, sagte sie. »Ich hab keine Zeit, das jetzt zu erklären. Mach den Kofferraum auf, dass ich da reinkann.«

»Normalerweise nehme ich nur von Max Befehle an«, sagte Muffin.

»Ich bin mir ziemlich sicher, dass es um Leben und Tod geht. Wenn du mir jetzt nicht hilfst, ist Max vielleicht bald nicht mehr da, um dir Befehle zu erteilen.«

»Es ist aber ganz schön eng da drin«, sagte Muffin, »obwohl der Wagen schon größer ist als der normale Porsche.«

»Ja, schon gut«, sagte Jamie und schloss die Tür. Der Kofferraum sprang auf. Sie war überrascht, dass er vorne war. Ohne eine Sekunde zu zögern, rannte sie in die Richtung. »Oh, Mist«, murmelte sie, als sie sah, wie eng es dort war. Sie stieg ein, die Beine unters Knie gepresst, und machte sich so klein wie möglich. Sie schloss den Kofferraum nur Sekunden, bevor Max die Haustür öffnete, sich auf den Fahrersitz fallen ließ und den Motor anließ.

»Ich bin da in einer Situation, Muffin«, sagte er, als der Sicherheitsriegel sich über ihm schloss, »die ist echt ernst.«

»Ich bin ganz Ohr.«

»Swamp Dog hat sich im Stadtverwaltungsgebäude verschanzt. Er hat Frankie und Alexas Sohn. Und Deedees Hund«, fügte er hinzu.

»Als Geiseln?«

»Ja, also, hör zu, wenn ich nicht wiederkomme ...«

»Sag nicht so was, Max.«

»Hör mir zu, Muffin, es ist wichtig. Ich habe noch mal über das Wort REVESER nachgedacht. Vielleicht ist das ein Anagramm für RESERVE.«

»Weil sie den Leuten die letzten Reserven aus der Tasche ziehen?«

»Daran haben sie vielleicht nicht gedacht, als sie sich das überlegt haben, aber darauf läuft es hinaus. Vielleicht ist das das Kennwort für irgendwelche Banken in Delaware.«

»Wieso bin ich denn da nicht selbst draufgekommen, Max? Ich meine, das ist doch Kinderkram.«

»Weil es zu einfach war, und wir neigen dazu, die Dinge komplizierter zu machen, als sie sind. Es hätte uns gleich ins Gesicht springen müssen.«

»Max, ich kann dich da nicht reinlassen. Der da drin ist total verrückt.«

»Ich kann schon auf mich selbst aufpassen.«

»Ja, klar. Gegen einen Bekloppten wie Swamp Dog ist dein schwarzer Gürtel einen Scheiß wert. Karate hilft nicht gegen Bleikugeln. Ich muss das FBI informieren. Mit dem Hubschrauber sind die in einer Stunde hier.«

»Keine Zeit. Swamp Dog hat gesagt, wenn ich nicht in einer Viertelstunde da bin, fängt er an zu schießen.«

FÜNFZEHN

Im Kofferraum hörte Jamie das gesamte Gespräch mit, und ihr gefror das Blut in den Adern, als sie sich vorstellte, wie Max Swamp Dog gegenüberstehen würde. Max hatte noch nicht einmal eine Waffe dabei, heilige Scheiße! Nicht, dass das für Swamp Dog einen Unterschied gemacht hätte. Sie klammerte sich fest, um nicht im Kofferraum hin und her geworfen zu werden, als der Wagen um eine Kurve raste. Max flog fast. Nach etwa fünf Minuten wurden sie langsamer. Jamie bemerkte noch einige weitere Kurven, dann blieben sie schließlich mit quietschenden Reifen stehen.

»Wo sind wir?«, fragte Muffin.

»Ich habe vor einem hölzernen Garagentor geparkt, ungefähr doppelt so groß wie normal. Ich schätze, hier werden die städtischen Lastwagen und Großfahrzeuge untergestellt. Da ist auch eine Seitentür, da gehe ich mal rein.«

»Meine Richtmikrofone sind an«, sagte Muffin. »Damit müsste ich alles hören und aufzeichnen können, was da drin passiert. Im Moment ist es ruhig, aber meine Wärmesensoren sagen mir, dass Swamp Dog und seine Geiseln im hinteren Bereich der Halle sind.« Sie machte eine Pause. »Äh, Max?«

»Ja?«

»Pass auf dich auf.«

Jamie hörte, wie Max aus dem Wagen stieg. Sie wartete, bis sie dachte, er müsste jetzt außer Hörweite sein. »Muffin?«

»Ich bin hier.«

»Mach den Kofferraum auf.«

Sie zögerte einen Augenblick lang. »Sorry, Jamie. Das kann ich nicht.«

Jamie blinzelte in der Dunkelheit. »Was soll das denn heißen, du kannst nicht?«

»Es ist viel zu gefährlich, dich rauszulassen.«

Jamie wurde wütend. »Max ist in Gefahr, Herrgott noch mal, und ich werde nicht hier liegen bleiben wie ein Baby und drauf warten, dass Swamp Dog ihn umbringt. Lass mich jetzt aus dem Scheißkofferraum raus!« Jamie war froh, dass Vera nicht in der Nähe war und Vierteldollarstücke von ihr einsammelte.

Muffin antwortete nicht.

Mitzi und Lenny waren langsam vorbeigefahren, als Max in die Einfahrt des alten Gebäudes gefahren war. Sie parkten vor dem Nachbargrundstück, und Mitzi schaltete den Motor aus. Sie holte die Pistole aus der Handtasche und drehte sich Lenny zu. »Fertig?«

Er seufzte.

»Du gehst jetzt mit mir da rein, ob du willst oder nicht.«

»Ich bin kein Killer, Mitzi, und du auch nicht.«

»Jetzt hör mir mal zu, du Vollidiot. Da ist ein Arsch voll Geld drin. Wir gehen rein, knallen den Typ ab und sehen zu, dass wir Land gewinnen. So einfach ist das.«

»Wir können auch einfach so weiterleben wie bisher«, sagte Lenny. »Ich könnte mir einen Job suchen. Man weiß das Leben ja gar nicht so richtig zu schätzen, bis man sieht, wie es einer verliert«, fügte er hinzu. Er sah ihr in die Augen. »Ich könnte mich um dich kümmern, Mitzi. Du müsstest nicht wieder strippen gehen.«

Mitzi fiel überrascht die Kinnlade herunter. »Du? Du kannst dir ja nicht mal selber den Arsch abwischen, Lenny.«

»Männer können sich ändern, wenn sie einen triftigen Grund haben. Du bist Grund genug für mich. Vito hat dich nie so zu schätzen gewusst wie ich.«

Mitzi sah einen Moment lang aus, als würde sie es sich überlegen, aber dann kehrte der harte Ausdruck in ihr Gesicht zurück. Sie hob die Pistole und richtete sie auf Lenny. »Entweder du gehst jetzt mit mir da rein, oder ich schieße dir ein Loch in den Kopf, das so groß ist wie Texas.«

Lenny schaute niedergeschlagen, als er seine Waffe unter dem Sitz hervorzog. »Vielleicht wär tot echt besser«, sagte er. Er stieg aus dem Wagen, und sie gingen auf das Gebäude zu.

Max stand direkt hinter der Tür und wartete. Er befand sich in einer riesigen Halle für die Großfahrzeuge der Stadt, darunter Bulldozer, Lastwagen, Traktoren und gelbe Autos. Der Geruch von Diesel und Rost war überwältigend. Generatoren summten, und Max hörte das leise Knacken von Metall aus dem einen oder anderen Fahrzeug.

Hinter einem trat Swamp Dog hervor, eine Waffe in der Hand. »Schön, dich zu sehen, Max.«

»Wo sind die anderen?«

»Zeige ich dir.« Er bedeutete Max, ihm zu folgen.

Max tat, was von ihm verlangt wurde. Frankie und Alexas Sohn waren an Benzintanks gefesselt, die Münder mit Klebeband verschlossen. In der

Nähe war Choo-Choo angebunden. Er bellte und wedelte mit dem Schwanz, als er Max sah. »Alles in Ordnung?«, fragte Max und sah von Frankie zu dem Jungen. Sie nickten. Die Angst in Dannys Augen war unübersehbar. Max hasste Swamp Dog umso mehr.

Er wandte sich an ihn. »Lass sie gehen. Du willst doch mich. Frankie hat sowieso längst beschlossen, nicht zu kandidieren.«

»Ich bin doch nicht bescheuert. Er weiß viel zu viel. Der würde doch singen, wenn ich ihn laufen lasse.«

»So lange ist er doch gar nicht mehr hier. Seine Frau packt schon die Koffer für Scottsdale, Arizona. Sie wollen nur noch von hier weg.«

Swamp Dog zuckte mit den Schultern. »Du kapierst es nicht, Holt. Das ist mir doch scheißegal.«

»Was ist mit dem Jungen? Was hat er denn getan?«

»Seine Mutter quatscht zu viel.«

»Das ist das Problem mit dir und den Leuten, für die du arbeitest. Ihr seid so scheißgierig und paranoid, dass ihr gar nicht mehr wisst, was ihr tut. Alexa Sanders würde im Leben nichts sagen, was ihren Sohn in Gefahr bringen würde. Bind ihn los, und schick ihn nach Hause.«

»Ich hab dir doch schon vor einer Ewigkeit gesagt, ich spiele nach meinen eigenen Regeln«, sagte Swamp Dog. »Und ich habe beschlossen, den Einsatz zu erhöhen. Wenn du willst, dass deine Freunde und der blöde Köter überleben, musst du mich umbringen.« Sein Blick war eiskalt. »Und wenn ich dich wegputze, kann ich die da auch gleich mit erledigen.«

Max' Blick wurde hart. Er erstickte fast an seiner Wut. Er hatte noch nie jemanden umgebracht, aber er wusste, er würde den Mann vor sich töten können, ohne es je zu bereuen. Aber er musste seine Wut unter Kontrolle halten, bei Verstand bleiben, weil noch andere beteiligt waren.

»Ich bin nicht bewaffnet. Willst du einen Wehrlosen erschießen, Hodges?«

»Ich kenn keinen, der so heißt.«

»Klar tust du das. Unter dem Namen bist du doch früher aufgetreten. Als großer, tapferer Soldat bei einer Spezialeinheit«, fügte er hinzu. »Und dann bist du ausgerastet, hast es einfach nicht mehr gepackt.«

»Fick dich, Holt, du hast ja keine Ahnung.«

»Ich weiß alles.«

Swamp Dogs Gesicht verzog sich zu einer fürchterlichen Grimasse. »Dann hab ich ja erst recht allen Grund, dich umzubringen. Aber ich bin nicht feige. Du willst einen Kampf Mann gegen Mann? Kannst du haben.« Er legte die Pistole ab und trat sie beiseite. Sehr langsam ging er auf Max zu.

Max wartete mit ausdruckslosem Gesicht und wachen Augen, die sich auf sein Gegenüber konzentrierten. Plötzlich stürzte Swamp Dog sich auf ihn. Max trat einen Schritt beiseite und verpasste ihm einen Tritt, der ihn in einen Bulldozer fliegen ließ.

Swamp Dog stand auf und wischte sich einen Tropfen Blut vom Gesicht. Er lächelte. »Das wird ja lustiger, als ich dachte. Ich bringe gerne Leute um, die mir wenigstens noch was bieten für mein Geld.«

»Da habe ich aber ganz andere Informationen«, sagte Max. »Ich habe gehört, du stürzt dich lieber auf unschuldige Frauen und Kinder.«

»Der Feind sieht immer gleich aus.«

Max entschied, ihn so lange am Reden zu halten, bis ihm ein Ausweg einfiel. »Warum hast du überhaupt für mich gearbeitet?«

»Weil ich gerne nah am Feind bin. So nah, dass ich spüre, wie das Messer in ihn eindringt.«

»Warum hast du Vito umgebracht? Wäre doch viel einfacher gewesen, er hätte mich erschossen und fertig.«

»Der Typ war mir dauernd im Weg. Ich hab

ihn weggemacht, damit ich dir selber das Licht ausknipsen kann.«

»Das hättest du doch schon damals auf deinem Boot machen können.«

»Du verstehst echt überhaupt nichts von Kriegsführung, Holt. Es dauert nur ein paar Sekunden, jemanden umzulegen. Das macht doch überhaupt keinen Spaß. Meine Beute soll sich erst richtig winden.«

Während sie sprachen, umkreisten sich die beiden Männer und taxierten einander. Ganz plötzlich schoss Swamp Dog vor wie der Blitz und rammte Max seinen Kopf in den Bauch. Aus Max' Lungen entwich die Luft, er taumelte nach hinten und entwischte Swamp Dogs Händen gerade noch.

»Was is', Jüngelchen?«, reizte Swamp Dog ihn. »Noch nie mit einem echten Mann gekämpft? Du mietest dir wohl sonst jemanden, der für dich kämpft?«

Max zwinkerte einige Male, um einen klaren Kopf zu bekommen, dann trat er zu. Der Frontaltritt traf Swamp Dog in den Bauch und ließ ihn in der Mitte einknicken. Noch bevor er sich erholt hatte, legte Max mit einem Schwinger gegen den Kopf nach. Swamp Dog ging zu Boden wie eine gefällte Eiche. Max setzte sich auf ihn und drückte Swamp Dogs Arme nieder.

Der buckelte wie ein Wildpferd unter Max und versuchte, sich zu befreien. Mit letzter Kraft warf er ihn ab. Sie rangen miteinander, beide verzweifelt darum bemüht, die Oberhand zu bekommen. Mitten in der mörderischen Keilerei sah Swamp Dog plötzlich seine Chance und griff nach Max' Hals, er streckte sich nach ihm, bis er ihn schließlich umfassen konnte, und drückte zu. »Du bist so gut wie tot, Holt.« Sein Auge blitzte auf vor Wut.

»Tu doch einfach so, als wäre ich eine unschuldige Frau oder ein Kind«, bekam Max noch heraus. »Ist dir das …« – er versuchte, dringend benötigte Luft zu schnappen – »… nicht am liebsten?« Er griff nach Swamp Dogs Daumen und drehte fest daran.

Swamp Dog heulte auf wie ein verletztes Tier. »Was hast du mit ihnen gemacht?«, fragte Max und starrte in das Gesicht eines Verrückten.

»Was ich mit dir auch gleich mache, Arschloch.«

Max durfte nicht zulassen, dass Swamp Dog diesen Kampf gewann. Er durfte nicht zulassen, dass dieser Psychopath Frankie und Danny umbrachte. Alexas Jungen. Deedees Mann.

Er nahm all seine Kraft zusammen. Max brach aus Swamp Dogs Griff aus, er ergriff die Chance, die er für den Bruchteil einer Sekunde hatte, und landete einen sorgfältig platzierten Schlag auf Swamp Dogs Kehlkopf. Swamp Dog griff sich an die Kehle, das Gesicht schmerzverzerrt. Max versuchte, zu Atem zu kommen.

Mit der Geschwindigkeit eines geübten Killers griff Swamp Dog nach seiner beiseite gelegten Pistole. Max kroch zu ihm, aber es war zu spät. Swamp Dog hob die Waffe und zielte auf Max.

Ein Schuss ertönte und hallte in dem großen Gebäude wider. Max erstarrte. Swamp Dog sah ihn ungläubig an, dann wurde sein Auge glasig. Die Pistole fiel ihm aus den schlaffen Händen und knallte zu Boden.

Alles war still. Max sah sich um. Schließlich hörte er hohe Absätze klackern. Hinter einem der Bulldozer trat Annabelle Standish hervor und lächelte Max an. Sie wirkte königlich in ihren Kleidern, die mit Sicherheit nicht von der Stange waren.

In ihrer zarten Hand wirkte die Pistole fehl am Platze.

Max stand auf. »Die Pistole passt aber gar nicht zu Ihrem Outfit, Annabelle«, sagte er.

»Guten Abend, Mr Holt.«

Max stand da, immer noch außer Atem von der

Prügelei. Er wirkte nicht überrascht, sie zu sehen. »Bitte entschuldigen Sie meinen Aufzug, ich habe mich ein bisschen gekloppt.«

Annabelle sah Swamp Dog an. »Ekelhafter Typ, oder? Eine Ratte, sonst nichts.«

»Na, Sie haben ihm jedenfalls gezeigt, was mit Leuten passiert, die am falschen Ende der Leiter geboren sind.«

»Er hat meine Anweisungen nicht befolgt. Wenn ich jemanden für eine Arbeit bezahle, dann muss er sie auch machen.«

»Und Sie haben ihn dafür bezahlt, mich umzubringen?«, fragte Max. »Das hat er ja auch versucht. Als ich den ersten Abend in der Stadt war, war er verdammt nah dran.«

»Machen Sie sich doch nicht lächerlich. Da hatten wir nichts damit zu tun.« Sie sah Frankie an. »Swamp Dog sollte nur Frankie abschrecken, sonst nichts. Und dann kamen Sie dazu und haben Ihre Nase in alles reingesteckt, und das hat natürlich alles verändert. Hätten Sie sich mal besser um Ihren eigenen Kram gekümmert, Mr Holt. Dann wäre alles viel einfacher gewesen.«

»Und Sie und Ihre Leute hätten schön weiter die Steuerzahler betrügen können.«

»Die Stadt wird doch erst durch Leute wie mich lebenswert.« Sie warf sich in die Brust. »Manche jammern immer nur rum und beschweren sich, Max. Ich packe die Dinge an.«

»Und stopfen sich unterwegs die Taschen voll.«

»Ja, soll ich das etwa alles umsonst machen?«

»Und so haben Sie es geschafft, als wohltätigste Frau der Stadt dazustehen.«

»Das verschafft einem gute Presse und ermutigt alle anderen, tiefer in die Tasche zu greifen.«

»Die haben es nur immer schwerer, Ihnen die Brieftasche zu füllen, wegen der ganzen Steuererhöhungen. Sie und Ihre Leute wären wahrscheinlich sogar damit durchgekommen, wenn sie nicht so gierig geworden wären.«

Annabelle öffnete den Mund, um zu antworten, doch in dem Moment quietschte die Seitentür des Gebäudes. Beenie und Deedee sahen hinein. Max machte einen Schritt auf Annabelle zu, aber sie richtete ihre Waffe auf ihn. »Keine Bewegung«, sagte sie. Und dann rief sie im Tonfall einer geübten Gastgeberin Deedee zu: »Kommen Sie doch zu uns, Mrs Fontana. Schön, dass Sie es geschafft haben.«

Deedee und Beenie sahen sich an, als seien sie unsicher, was sie tun sollten. Schließlich entdeckte Deedee Frankie. Sie eilte zu ihm, Beenie blieb ihr auf den Fersen. »Oh mein Gott!« Sie wandte sich an Annabelle. »Warum sind mein Mann und der Junge gefesselt?«, verlangte sie zu wissen. »Und warum halten Sie diese Waffe da auf Max?«

»Sie haben kein Recht, Fragen zu stellen, Schätzchen. Sie und Ihr Dienstmädchen sind jetzt schön artig und stellen sich neben Max.«

Beenie schnaubte vor Wut. »Na, schönen Dank, ich bin doch kein Dienstmädchen. Ich bin Mrs Fontanas persönlicher Assistent.«

Deedee wirbelte zu ihm herum. »Du erinnerst dich wieder?«

»Ja, und ich finde das alles ausgesprochen ekelhaft hier. Warum sehe ich aus wie in der Bierwerbung? Und guck dir doch mal deine Schuhe an. Du hast ein paar wunderbare Manolo Blahniks ruiniert.«

»Ich bin in Matsch getreten«, sagte sie. »Guck mal, du hast doch auch Matsch an den Turnschuhen.«

Beenie seufzte. »Gut, dass ich nicht die Tods anhabe. Wer hat mir eigentlich dieses Outfit verpasst, Frankies Wrestling-Kumpels? Komisch, dass ich nicht auch noch Bierwerbung auf dem T-Shirt habe.«

»Du hattest vergessen, dass du schwul bist, und hast dich benommen wie ein Mann.«

Beenies Hände flatterten an seine Kehle. »Ach du liebes Lieschen, bitte sag, dass das nicht wahr ist. Ich bin aber hoffentlich nicht auf die Jagd gegangen oder so was Krasses?«

Max und Annabelle beobachteten das Gespräch schweigend. »Okay, genug geplaudert«, sagte Annabelle. »Vielleicht habt ihr beiden den Ernst der Lage noch nicht begriffen.«

Beenie warf sich in Pose und klopfte sich mit einem Finger an die Unterlippe. »Ich sehe eine Pistole und eine Reihe Geiseln.

Da braucht man mir nicht lange zu erklären, was Sache ist. Ich bin ja nicht blöd.«

»Phillip hat gesagt, Sie wären dumm«, sagte Annabelle.

Beenie zuckte die Achseln. »Phillip hat keinen Krawattengeschmack, also wer ist der größere Depp?«

»Jetzt halt doch endlich die Klappe, du Idiot!«, kreischte Deedee. »Willst du, dass wir alle umgebracht werden?« Sie warf Frankie einen besorgten Blick zu. Ihr Mann kämpfte gegen die Stricke um seine Handgelenke.

»Jetzt tut beide, was Mrs Standish sagt«, sagte Max. Er sah Annabelle an. »Was haben Sie denn vor?«, fragte er. »Wollen Sie uns wirklich *alle* umbringen?«

»Sie lassen mir ja keine Wahl, Mr Holt. Sie wissen zu viel.«

»Und was wollen Sie mit unseren Leichen machen?«, fragte er. »Ich kann mir nicht vorstellen, dass eine Frau wie Sie Gräber aushebt. Da machen Sie sich ja Blutflecken auf Ihr hübsches Kleid. Was sollen die in der Reinigung denn da denken?«

»Sie unterschätzen mich, Mr Holt«, sagte sie ruhig. »Ohne Plan wäre ich hier gar nicht erst reinspaziert.« Sie deutete mit dem Kopf auf die Benzintanks, an die Frankie und Danny gefesselt waren. »Swamp Dog hat es mir ja leicht gemacht, indem er die beiden an die Tanks gebunden hat. Bis die Polizei euch alle gefunden hat, seid ihr nicht mehr zu erkennen. Und ich sitze dann längst zu Hause, trinke Tee und plane meine nächste Party.«

»Spitzentarnung für eine Diebin und Mörderin.«

Sie zuckte mit den Schultern. »Die Leute sehen doch nur, was sie sehen wollen.«

Jamie hämmerte gegen die Innenseite des Kofferraums. »Muffin, ich schwör's, das wirst du noch bereuen, dass du mich in diesem Kofferraum einsperrst!«

»Sei still«, sagte Muffin. »Ich versuche zu hören,

was da drinnen abgeht, aber das geht nicht, wenn du so einen Lärm machst.«

»Du hast den Schuss doch gehört«, heulte Jamie. »Max ist bestimmt schon tot.« Ihr stiegen Tränen in die Augen. Sie war in ihrem ganzen Leben noch nicht so wütend gewesen.

»Ich hab dir doch gesagt, Max ist nicht tot. Er läuft da drin rum. Ich höre seine Stimme noch gelegentlich, aber ich verstehe nichts. Ich glaube, er spricht mit einer Frau.«

»Kannst du Swamp Dog noch hören?«

»Nein. Vielleicht ist er erschossen worden.«

»Und was ist, wenn …«

»Halt endlich die Klappe«, sagte Muffin. »Ich habe schon die Polizei verständigt.«

Jamie schnaubte verächtlich. »Bis die da sind, sind da drin alle tot.«

»Lassen Sie sie gehen, Annabelle«, sagte Max sanft. »Es reicht doch, wenn Sie mich nehmen.«

»Hier entscheide ich, Max, nicht Sie.« Sie lächelte. »Gefällt mir, Macht über euch zu haben und über euer aller Leben zu entscheiden.«

»Also um Macht geht es. Sagen Sie mal, versuchen Sie eigentlich auch, Macht auf Ihren Sohn auszuüben? Hat er deswegen die Klappe gehalten, oder macht er etwa mit?« Max wollte, dass sie weitersprach, bis er sich etwas hatte einfallen lassen.

»Phillip weiß von nichts«, fauchte sie, »und wenn ich Macht über ihn hätte, würde er nicht Jamie Swift heiraten. Für die ist er doch viel zu gut.«

»Und Sie haben nur deswegen nicht versucht, das zu verhindern, weil Sie wissen, dass er sich dann von Ihnen abwenden würde«, sagte Max. »Ist doch so, oder?«

Ihre Augen verengten sich.

»Aber wissen Sie was?«, fuhr Max fort. »Sobald Phillip erst mal glücklich verheiratet ist, spielen Sie in seinem Leben keine besondere Rolle mehr.«

»Mein Sohn hängt sehr an mir.«

Max lachte. »Das ändert sich nach der Hochzeit ganz schnell. Sie wissen doch bestimmt, dass er und Jamie nach einem eigenen Haus suchen. Er überlegt doch sogar, seine Kanzlei in einen anderen Bundesstaat zu verlegen. Die wollen doch beide nicht mit Ihnen unter einem Dach wohnen.« Das war gelogen, aber Max wusste, dass es seine Wirkung nicht verfehlen würde.

Annabelle war entsetzt. »Das ist nicht wahr!«

»Der tanzt nicht mehr lange nach Ihrer Pfeife. Irgendwann wird er sich am Telefon verleugnen lassen und Sie als Belastung empfinden.« Max lächelte dünn. »Das gefällt Ihnen nicht, was? Sie dachten, Phillip kümmert sich um Sie, wenn Sie alt und gebrechlich werden? Dazu wird er keine Zeit haben, wenn er erst mal eine eigene Familie hat. Sie werden in einem Altersheim landen und pürierte Möhrchen essen und sich wundern, warum er Sie nicht besuchen kommt.«

»Halten Sie die Schnauze!« Ohne Vorwarnung drehte Annabelle sich um und schoss auf den Benzintank neben Frankie. Die Kugel verfehlte ihr Ziel und traf stattdessen Frankie.

Deedee schrie auf, als er nach hinten geschleudert wurde und gegen den Tank fiel. Sie wollte zu ihm, aber Max hielt sie fest.

»Bleib stehen«, murmelte er flüsternd.

»Die Schlampe hat meinen Mann erschossen!«, jaulte Deedee. Sie sah Annabelle an. »Schmeißen Sie doch die Knarre weg, und kämpfen Sie mit mir, Sie Tussi! Vielleicht bringt Sie das ja zur Vernunft.«

»Haben Sie nicht früher Ihr Geld als Tortenspringerin verdient, Mrs Fontana? Wenn Sie Ihren Boy nicht hätten, würden Sie sich doch immer noch anziehen wie ein ordinäres Flittchen.« Sie lächelte drohend. »Ach ja, wo wir gerade von Ihrem Boy sprechen.« Sie zielte auf Beenie.

»Warten Sie mal kurz, Lady«, sagte Beenie. Er

sah Deedee an. »Wenn sie mich erschießt, würdest du bitte dafür sorgen, dass ich nicht in diesem Outfit bestattet werde? Ich möchte gerne den weißen Leinenanzug von Armani tragen.«

Jamie schrie auf, als sie den zweiten Schuss hörte. »Tu was, Muffin!«

»Komm ins Auto«, befahl Muffin. Der Kofferraumdeckel sprang auf. Jamie kletterte hinaus, öffnete die Wagentür und zuckte zusammen, als Muffin die Sirene einschaltete. Sie glitt in den Wagen und ließ den Motor an.

»Was machst du denn da?«, fragte Muffin.

»Ich fahre da jetzt rein.«

»Oh nein, das tust du nicht.« Muffin schaltete den Motor aus.

»Wir haben keine Wahl.«

»Ich lasse dich nicht in die Gefahrenzone«, sagte Muffin.

»Frankenstein!«, rief Jamie.

»Mist«, murmelte Muffin.

»KI herunterfahren.«

Schweigen. Jamie ließ den Motor wieder an, wartete, bis der Sicherheitsriegel geschlossen war, und legte den ersten Gang ein. Sie schloss die Augen und trat das Gaspedal durch. Das Auto machte einen Satz nach vorn.

Deedee schrie, als Max' Auto durch die hölzerne Garagentür schoss. Annabelle, die bereits vom Heulen der Sirene gezittert hatte, ließ vor Schreck die Pistole fallen. Sie bückte sich danach, und Max warf sich auf sie. Sie rangen miteinander. Dabei löste sich ein Schuss.

Jamie stieg aus dem Wagen und sah Annabelle in Max' Armen erschlaffen. Der Blick in ihren Augen verschwamm, und sie wirkte überrascht, als sie ungläubig auf den roten Fleck starrte, der sich auf ihrem Bauch ausbreitete. Max hielt sie mit traurigem Gesicht einfach fest.

»Hilfe ist schon unterwegs«, sagte Jamie.

Deedee stürzte zu Frankie und Danny. Sie riss das Klebeband von Frankies Mund. Er hob den Kopf und lächelte.

Deedee stieß einen Schrei aus, sie war so überrascht, dass sie fast hintenüber fiel. »Oh Gott, oh Gott …«, betete sie flüsternd.

»Es geht mir gut, Deedee«, sagte er.

»Du blutest!«

»Schon okay. Sie hat mich nur gestreift. Die Kugel hat mir nur die Schulter angekratzt, Schatz. Es tut sauweh, aber immerhin hat sie nicht den Tank getroffen.«

»Ich hab gedacht, du bist tot!«

»Ich hab nur so getan, weil ich dachte, dann

schießt sie nicht noch mal. Bind erst mal den Jungen los, Hase. Und dann nimm Choo-Choo in den Arm.«

Mitzi und Lenny, die alles mit angehört hatten, während sie versuchten, unbemerkt ins Gebäude zu gelangen, sahen sich an und blinzelten.

»Wollen wir da wirklich rein, Mitzi?«, sagte Lenny. »Die haben da Waffen und benutzen sie offensichtlich auch. Die bringen uns um.«

Der harte Blick in Mitzis Augen war der Angst gewichen. Sie sah die Pistole in ihrer Hand an. Schließlich ließ sie sie sinken. »Ach Mann, scheiß drauf. Ich gehe nach Hause.«

Zehn Minuten später war das Gebäude von Polizei- und Rettungswagen umringt. In einem lag Swamp Dog, seine Leiche war mit einem Tuch umhüllt. Die blutende Annabelle war gerade mit einem anderen Wagen in die Notaufnahme gebracht worden. Ein Notarzt kümmerte sich um Frankies Wunde, während Deedee um ihn herumflatterte wie eine Henne um ihr Küken. Max, der Alexa bereits angerufen hatte, hatte Danny auf einen großen Bulldozer gehoben, wo der Junge mächtig Spaß hatte. Jamie und Beenie sahen ihm lächelnd zu.

Alexa schrie auf, als sie ihren Sohn sah. Max half Danny herunter und in die Arme seiner aufgeregten Mutter.

»Mir ist nichts passiert, Mom«, sagte der Junge, als Alexa ihn auf Verletzungen untersuchte.

Alexa sah zu Max auf und hatte Tränen in den Augen. »Ich dachte …« Sie schauderte.

Max lächelte sanft. »Bringen Sie Ihren Sohn nach Hause«, sagte er. »Jetzt ist er sicher.«

Sie nickte und führte den Jungen aus dem Gebäude. Lamar kam herein und schüttelte Danny auf dem Weg nach draußen die Hand. Er entdeckte Max und kam zu ihm.

»Das FBI ist unterwegs.« Lamar wurde ernst. »Sie haben ganz schön was riskiert, hierherzukommen, Holt. Dabei hätten Sie draufgehen können.«

Max hielt vorsichtshalber den Mund. Es war nicht das erste Mal, dass er in Ermittlungen eingegriffen hatte, und es würde auch sicher nicht das letzte Mal bleiben.

»Ich habe was für Sie«, sagte Max. »Ich habe Dokumente im Auto, die Sie haben sollten, bevor das FBI hier ist und die Sache übernimmt. Mein Computer versucht gerade, sich in Geldinstitute in Delaware einzuhacken. Sobald wir da was finden, wissen Sie wahrscheinlich, wohin die Steuergelder der Stadt verschwunden sind, und auch, wer alles damit zu tun hat. Ich hole Ihnen die Unterlagen, bevor wir fahren.«

»Hat Annabelle Standish damit zu tun?«

»Ich nehme an, sie ist die Chefin des Ganzen.«

Lamar seufzte. »Mann, hoffentlich überlebt sie das. Ich würde die Ziege zu gerne einsperren.« Er sah Max an. »Wissen Sie was, das war alles ganz schön verwirrend. Mir ist immer noch nicht klar, was dieser Vito damit zu tun hat.«

»Ich bin sicher, das kriegen Sie auch noch raus«, sagte Max.

»Danke.« Lamar reichte ihm die Hand. »Für alles.« Er ging fort, dann schlug er sich mit der flachen Hand vor die Stirn. »Mist, das hätte ich ja fast vergessen. Ich bin so ein Theater ja auch echt nicht gewohnt. Ich brauch mich nur umzudrehen, schon ist wieder was Neues.«

»Was ist denn?«, fragte Max.

»Ich habe gerade einen Anruf von der Feuerwehr bekommen. Swamp Dogs Hausboot brennt lichterloh. Der Feuerwehrchef sagt, man sieht die Flammen meilenweit.«

Max nickte nur.

»Überrascht Sie das gar nicht?«

»Im Moment würde mich gar nichts überraschen.«

Lamar gesellte sich zu den anderen Beamten, und Max ging zu Jamie und Beenie, die ins Gespräch vertieft waren. Beenie gestikulierte wild. »Was ist denn?«, fragte er.

»Beenie ist genervt«, sagte sie.

»Allerdings«, sagte Beenie. »Ich hab's echt satt, mich rumschubsen zu lassen. Ich bin schwul, aber das heißt doch nicht, dass ich mich nicht wehren kann. Immerhin war ich für eine Weile John Wayne. Er war früher mein Held.«

»Sie brauchen sich von niemandem was sagen zu lassen«, sagte Jamie.

»Ich fand Sie ganz schön mutig«, sagte Max. »Sie haben Annabelle Standish ganz schön gesagt, wo es langgeht. Und das, als sie die Waffe auf Sie gerichtet hatte.«

Beenie dachte nach. »Wahrscheinlich gibt es Schlimmeres als erschossen zu werden.« Er sah Jamie an. »Zum Beispiel, wenn die Leute sich dauernd über einen lustig machen. Das lasse ich mir nicht mehr gefallen.« Er seufzte schwer. »Aber im Moment will ich mich nur in meinen Calvin-Klein-Schlafanzug kuscheln und eine Woche lang schlafen.«

»Das haben Sie sich auch echt verdient«, sagte Jamie.

Plötzlich sah Beenie erschrocken auf. »Oh Gott,

Jamie, Sie werden mich hassen, wenn ich Ihnen sage, was ich mit Ihrem Auto angestellt habe.«

Drei Abende später stieg Frankie auf die Tribüne am Gerichtsplatz. Die Menge applaudierte bei seinem Anblick herzlich. Jamie und Deedee lächelten sich an.

»Frankie ist so tapfer«, flüsterte Deedee. »Ich weiß genau, dass seine Schulter sauwehtut, aber das würde er sich im Leben nicht anmerken lassen.«

»Und was ist mit mir?«, beschwerte sich Beenie. »Ich habe immer noch Kopfschmerzen, aber das interessiert natürlich keinen.«

Max stand still da und beobachtete seinen Schwager, der sich für die wichtigste Rede seiner politischen Karriere fertig machte. Alexa und Danny hatten sich zu der Gruppe gesellt, ebenso wie Snakeman, Big John und Choker. Vorne standen Vera und Mike. Mike nahm die Rede auf Tonband auf, und Vera machte Fotos für die Zeitung.

Frankie strahlte die tobende Menge an. »Meine Damen und Herren«, begann er, »wie Sie bereits aus der Zeitung und aus dem Fernsehen wissen, tut sich in unserer Stadt im Moment einiges. Ich habe versprochen, Ihre verschwundenen Steuergelder ausfindig zu machen, und mit der Hilfe einiger wunderbarer Menschen und unseres kompetenten Polizeichefs ist ein Großteil unserer Fragen bereits beantwortet.«

Mehr Applaus.

»Die Untersuchungen dauern noch an«, sagte Frankie, »und ich verspreche Ihnen, dass jeder Einzelne, der in die Korruption verwickelt ist, strafrechtlich verfolgt wird. Ich werde dafür sorgen, dass der Gerechtigkeit Genüge getan wird.«

Wieder wurde er von der jubelnden Menge zu einer Pause gezwungen.

»Wenn Sie morgen in die Wahlkabinen gehen, denken Sie bitte vor allem an eines: Als Bürgermeister von Beaumont werde ich meine Versprechen halten. Ich werde die Steuern senken und unnötige Ausgaben eindämmen, und ich werde tun, was ich kann, damit jeder Einzelne von Ihnen das Geld, das man Ihnen unrechtmäßig aus der Tasche gezogen hat, wieder zurückerhält. Es ist ja Ihr Geld. Sie haben es verdient.«

Die Menge flippte aus.

Max sah Jamie an. »Dann ist ja wohl klar, wer die Wahl morgen gewinnt.«

Sie nickte. »Es wäre ja schon fast schwierig zu verlieren, wo jetzt wegen Untreue gegen den amtierenden Bürgermeister ermittelt wird.«

Max lächelte. »Das verbessert Frankies Chancen natürlich …«

»Ähm, Max, ich muss mal mit dir reden«, sagte sie. »Mein Anwalt hat mich heute Nachmittag angerufen …«

»Können wir das nicht später machen?«, schlug er vor. »Ich möchte gern Frankies Rede zu Ende hören.« Max wurde am Ärmel gezupft, und er sah Polizeichef Lamar Tevis neben sich stehen.

»Das haben wir gut gemacht, Holt«, sagte er. »Warum fangen Sie nicht in meiner Behörde an? Ich stecke bis zum Hals in Arbeit, ich komme nicht mal mehr dazu, angeln zu gehen.«

»Ja, ich habe schon gehört, dass Sie in den letzten Tagen alle Hände voll zu tun hatten.«

»Tja, na ja, ich habe Freunde in wichtigen Positionen.« Er zwinkerte und wurde dann ernst. »Sie haben ja bestimmt schon gehört, dass einige unserer Stadtväter sich bei Nacht und Nebel davongemacht haben.«

»Von Grimby hat man auch nichts mehr gehört und gesehen«, sagte Alexa. »Ach, apropos Arbeit: Ich bin praktisch die Einzige auf meiner Etage, die noch übrig ist.«

»Alexa war mir eine große Hilfe«, sagte Lamar.

»Aber behalten Sie sie nicht zu lang«, sagte Max, lächelte Alexa an und wuschelte Danny durchs

Haar. »Ich weiß, dass Sie sie im Moment noch brauchen, aber anderswo wartet auch noch ein Job auf sie, wenn sie will.«

»Sie wäre bestimmt eine gute Rechnungsprüferin«, sagte Lamar.

Max zog eine Augenbraue hoch und betrachtete Alexa. »Denken Sie darüber nach?«

Sie zuckte die Achseln. »Der alte Grimby ist offensichtlich abgehauen, also muss ich hin und das Chaos sortieren.«

Max nahm ihre Hand und drückte sie. »Tun Sie, was Sie tun müssen. Sie haben ja meine Karte.«

Sie wandten sich wieder der Tribüne zu, als die Menge erneut applaudierte. Max hörte einige Minuten lang zu, dann drehte er sich um und bahnte sich einen Weg durch die Menge.

Jamie schaute sich um und stellte fest, dass Max verschwunden war. Wohin konnte er gegangen sein? »Deedee, hast du Max gesehen?«

»Nein, Süße. Vielleicht was zu trinken holen?«

Jamie schob sich durch die Menge und rief laut nach Max. Ihr Magen ballte sich zu einem Angstklumpen. Wollte Max einfach verschwinden, ohne sich von ihr zu verabschieden?

Es schien ewig zu dauern, bis sie aus dem Gewühl heraus war. Jamie seufzte erleichtert, als sie

Max auf sein Auto zugehen sah, das den Crash auf wundersame Weise ohne einen Kratzer überstanden hatte.

»Max!«, schrie sie. »Warte!« Er ging weiter. »Verdammter Mist«, sagte sie, weil sie genau wusste, dass er sie bei dem Lärm unmöglich hören konnte. Sie rannte los. Als sie bei ihm ankam, drehte er sich um. »Wo willst du denn hin?«, fragte sie.

»Jamie, du solltest doch bei den anderen sein.«

»Du willst weg, oder? Du willst einfach abhauen, ohne auch nur Tschüs zu sagen. Ich fasse es nicht.«

Er lächelte und zupfte sie sanft an einer blonden Strähne. »Ich hab mir doch gedacht, dass es sich anfühlen würde wie Seide. Und das tut es auch.« Sein Blick wurde sanft. »Ich habe noch andere Sachen zu erledigen«, sagte er. »Außerdem braucht dein Verlobter dich jetzt, wo seine Mutter immer noch nicht übern Berg ist.«

»Max …« Jamie versuchte zu sprechen, aber plötzlich wurde ihr die Zunge so schwer. »Die Verlobung ist gelöst.«

Er sah sie belustigt an. »Spitzenzeitpunkt, den armen Kerl in die Wüste zu schicken. Wo er doch eh schon völlig fertig ist.«

»Es ging nicht anders. Phillip hat sich die ganze Zeit schon gedacht, dass irgendwas nicht stimmte, aber hat sich nicht weiter drum gekümmert, weil er seine Mutter schützen wollte. Die Frau, die versucht hat, meine Freunde umzubringen«, fügte sie hinzu.

»Er wird wahrscheinlich nicht angeklagt.«

»Ich kann ihn nicht heiraten.«

»Weil du auf mich stehst?«

Jamie verdrehte die Augen, damit er nicht merkte, wie nah er an der Wahrheit war. »Du gibst wohl nie auf, Holt.« Sie verschränkte die Arme vor der Brust. »Ich liebe Phillip nicht so, wie eine Ehefrau das tun sollte. Das hat er gewusst, aber er hat gehofft, dass sich das im Laufe der Zeit ändert. So lange kann ich aber nicht warten, und ich will auch nicht riskieren, dass es womöglich gar nicht passiert.«

»Hör mal, Jamie, du hattest dein ganzes Leben geplant, bevor ich hergekommen bin. Ich hatte kein Recht, mich da einzumischen. Es tut mir Leid.«

»Und deswegen willst du jetzt einfach nach Tennessee abhauen und diesen Prediger suchen?«

Max zögerte. »Der Keks ist ja noch nicht gegessen, wie es so schön heißt.«

Jamie nickte. »Du willst also sagen, dass wir noch zu tun haben?«

»Wir?«

»Die haben auch versucht, mich umzubringen, Max. Ich hänge da genauso drin wie du.«

»Kommt nicht in Frage, Jamie. Ich habe das Gefühl, der, den ich suche, ist noch viel gefährlicher als alles, was wir bisher so erlebt haben.«

Sie ging zu Max' Auto und wartete. »Na los«, sagte sie.

»Jamie …«

»Wenn du mir nicht die Tür aufmachst, fahre ich wieder im Kofferraum mit. Oder ich fahre hinter dir her.«

Max grinste. »Du kannst nicht hinter mir herfahren. Dein Auto ist in der Werkstatt.«

»Und da wird es auch noch ein halbes Jahr oder so bleiben. Also musst du mich so lange durch die Gegend kutschieren.«

Max seufzte. »Jamie, ich weiß nicht, wie lange ich dafür brauche, und du musst dich um die Zeitung kümmern.«

»Mike und Vera machen das sehr gut. Außerdem kann ich ja gelegentlich Kontrollbesuche machen.« Es war seltsam, wie die Zeitung plötzlich an die zweite Stelle in ihrem Leben gerückt war, seitdem Max Holt aufgetaucht war.

Er schüttelte den Kopf. »Das gefällt mir nicht.«

Jamie versuchte, die Autotür aufzumachen,

aber sie war verschlossen. Sie klopfte auf die Haube. »Muffin, lass mich rein.«

»Hau ab«, sagte Muffin.

»Ist sie mir *immer noch* böse?«, fragte Jamie Max.

»Du hast ihr die Show gestohlen, das mag sie nicht.«

»Sie hat mir nicht die Show gestohlen«, fauchte Muffin. »Ich hatte einen viel besseren Plan, und Jamie hat ihn zunichte gemacht.«

»Es tut mir wirklich Leid«, sagte Jamie. »Ich bin doch auch nur ein Mensch.« Sie klopfte ans Fenster. »Komm schon, Muff, lass mich rein.«

Das Türschloss klickte, und Jamie fasste an den Griff. »Und klopf nicht so auf mir rum«, sagte Muffin, »ich bin immer noch verletzt, weil du mit mir durch das Garagentor gebrettert bist.«

»Du hast doch nicht einen Kratzer«, sagte Jamie und registrierte den Stolz in Max' Gesicht.

»Ich bin seelisch verletzt«, sagte Muffin.

Max setzte sich ins Auto und starrte Jamie gedankenverloren an. »Süße, du musst in Beaumont bleiben, wo du hingehörst. Du brauchst doch dein vorhersehbares Umfeld. Du weißt doch, wie mein Leben läuft.«

»Dann lerne ich vielleicht auch mal, etwas zu riskieren.«

Max schüttelte traurig den Kopf. »Das funktioniert doch nicht.«

»Willst du mir deswegen für einen Dollar deine Anteile an der Zeitung verkaufen?«, fragte sie. »Damit du nicht wiederkommen musst?«

»Natürlich komme ich wieder. Frankie und Deedee wohnen hier. Und dass ich dir meine Anteile verkaufen will, solltest du erst später rauskriegen.«

»Sorry, Max, aber mein Anwalt ist einer von den Typen, die versucht haben, mich im Autokino auf den Rücksitz zu kriegen. Er fand, ich sollte das wissen. Er hat mir auch erzählt, dass du einen Scheck über zweihunderttausend Dollar für mein Geschäftskonto hinterlegt hast. Hast du eigentlich eine Ahnung, was für eine Gehaltserhöhung Vera erwarten wird, wenn sie davon Wind kriegt?«

»Die Zeitung gehört dir. Sie hat deiner Familie gehört. Beaumont braucht eine gute Zeitung, und wir wissen beide, dass du höchst kompetent bist. Du bekommst das Geld, weil ich nicht will, dass du je wieder so kämpfen musst, wie du das getan hast.« Er lächelte sanft. »Ich muss los, Swifty.«

Jamie bekam Panik. »Okay, beantworte mir noch eine Frage. Ich weiß, dass wir einander wahnsinnig machen und uns die meiste Zeit streiten, aber wie würdest du dich fühlen, wenn du mich nie wieder sehen würdest?«

Max sah sie an. Ihre Blicke verfingen sich ineinander. »Oh, Jamie«, sagte er und fuhr sich mit der Hand übers Gesicht, als sei er verwirrt. »Ich weiß nicht. Mein Leben ist, na ja, ziemlich anders als alles, was du gewohnt bist.«

Jamie rutschte das Herz in die Hose. Der Gedanke, Max Holt wegfahren zu lassen und ihn nie wieder zu sehen, war unerträglich.

Mit Phillip Schluss zu machen war schmerzhaft gewesen, aber Kinderkram im Vergleich zu dem hier.

»Okay, Max«, sagte sie schwach und blinzelte die Tränen weg. »Ich verstehe. Aber du sollst wissen …« Sie wandte sich ab und fasste an den Türgriff. »Vergiss es. Passt auf euch auf, du und Muffin, okay?« Sie stieg aus dem Wagen und schloss die Tür.

Max saß einfach da.

»Na toll«, sagte Muffin. »Jetzt hast du sie ganz schön verletzt.«

»Es ist besser so«, sagte Max.

»Und worauf warten wir dann noch? Wenn du es so furchtbar eilig hast, dann lass uns fahren.«

Max ließ den Motor an, und der Riegel schloss

sich. Er legte den Gang ein und fuhr an. »Dann mal los«, sagte er.

Jamie machte sich auf den Heimweg. Zum Glück wohnte sie nicht weit von der Stadtmitte entfernt, sodass es nicht ganz so schlimm war, dass ihr Auto bis weiß der Himmel wann in der Werkstatt sein würde. Und zum Glück übernahm Max die Kosten.

Ihre Augen füllten sich mit Tränen. Sie brauchte nicht mehr an Max Holt zu denken. Sie hatten eine Menge zusammen erlebt, Schönes und Schreckliches, und jetzt war er unterwegs zu neuen Abenteuern. Glücklicherweise hatte sie noch ihre Zeitung. Aber sosehr sie sich über die zusätzlichen Finanzmittel freute, wollte sie Max' Anteile nicht zurückkaufen. Er sollte seine Verbindung zur Zeitung behalten, ob er je nach Beaumont zurückkehrte oder nicht.

Sie schniefte. Am liebsten hätte sie losgeheult. Nach allem, was passiert war, war ihr Stresslevel auf einem neuen Hoch. Sie würde nach Hause gehen, alles verriegeln, sich ins Bett fallen lassen und sich mal so richtig ausweinen.

Jamie wollte die Straße überqueren, hörte dann aber ein Auto nahen. Herrgott, sie musste Max aus dem Kopf kriegen, sonst würde man sie noch überfahren. Sie sah gerade rechtzeitig auf, um Max neben sich anhalten zu sehen. Schweigend starrte sie ihn an.

»Du willst doch nur deswegen unbedingt mit, weil du mir an die Wäsche willst«, sagte er.

Jamie trat näher heran und schaute ins Fenster. Er grinste. »Max, ich weiß, dass du mir das nicht abnimmst, aber der Inhalt deiner Wäsche ist nun wirklich das Letzte, was ich gerade im Kopf habe.« Das entsprach nicht ganz der Wahrheit, aber die Genugtuung gönnte sie ihm nicht.

»Hinter was bist du denn her, wenn nicht hinter mir?«

Jamie zögerte. »Ich weiß es nicht.« Das Einzige, was sie sicher wusste, war, dass sie ihn nicht gehen lassen konnte.

»Also, ich bin nicht sicher, ob das so eine gute Idee ist, aber Muffin meint, du solltest mitkommen.«

Jamie verschränkte die Arme. »Meint Muffin, hm?«

»Ja. Als ich losgefahren bin, hat sie mich mit Discomusik beschallt. Ich kann nicht den ganzen Weg nach Tennessee über Discomusik hören.«

»Das ist doch wieder typisch, Max«, sagte sie. »Du würdest lieber sterben, als mich bitten mitzukommen. Was soll das? Warum kannst du mich nicht einfach fragen?«

Er wischte sich übers Gesicht und murmelte etwas.

»Ich höre dich nicht«, sagte Jamie.

Er seufzte schwer. »Okay, ich würde mich freuen, wenn du mitkommst. Wolltest du das hören?«

Sie lächelte. »Wie heißt das Zauberwort?«

»Scheiße.«

»Jetzt sag es schon«, bohrte Muffin. »Du willst doch, dass sie mitfährt.«

»Okay, schon gut. *Bitte!*«

Jamie lächelte, öffnete die Tür und stieg ein. Der Sicherheitsriegel schloss sich. »Siehst du, geht doch. Also, ich müsste dann eben zu Hause vorbei, ein paar Klamotten und mein Arbeitsgerät holen. Ich kann ja ein paar spannende Reportagen machen. Ist vielleicht genau das Richtige, um der Zeitung ein bisschen neuen Schwung zu verleihen.«

»Ja, und wir müssen feiern, dass du wieder frei bist. Ich hab auch schon eine gute Idee, wie wir das anstellen können.«

»Ich bin vielleicht frei, Max, aber für dich immer noch nicht zu haben.«

Er fuhr weiter. »Ich krieg dich schon noch weich.«

»Ist dir schon mal in den Sinn gekommen, dass ich ein bisschen Zeit brauchen könnte, um über die Trennung von Phillip hinwegzukommen? Ich kann nicht einfach von einer Beziehung in die nächste hüpfen wie du. Ich schätze, meine Beziehungen gehen ein bisschen tiefer als deine.«

Max sah auf die Uhr. »Okay, meinst du, bis zur Grenze nach Tennessee bist du über den Typen hinweg?«

»Sei nicht albern.«

»Okay, Muffin«, sagte Max. »Der Plan ist: Du und ich, wir spielen auf dem Weg nach Tennessee das Quiz-Spiel, und Jamie kann derweil Rotz und Wasser um diesen Phillip heulen. Aber erst muss sie zu Hause vorbei, ein paar Sachen holen.«

»Ich finde, das alles ist keine sonderlich tolle Idee, Max«, antwortete Muffin. »Du bist gerade nur knapp dem Tode entgangen, und jetzt willst du dich gleich in das nächste Abenteuer stürzen. Das ist mir viel zu stressig.«

»Und während du den besten Weg raussuchst, will ich alles wissen, was du über diesen Prediger rauskriegen kannst. Ich will wissen, wer für ihn arbeitet und wo seine nächsten Erweckungsveranstaltungen stattfinden.«

»So viel zu dem Urlaub, den du mir versprochen hast.«

»Wir machen Urlaub, sobald ich dieses kleine Problem gelöst habe. Das dauert ja nicht lange. Wir sind doch ruck, zuck da und wieder zurück.«

»Das hast du letztes Mal auch gesagt. Sagst du immer.«

»Aber du bist doch so gern in den Bergen, Muffin.«

»Okay, also noch eine letzte Reise, aber danach suche ich mir einen neuen Job.«

Max sah Jamie an. »Weißt du was, ich habe das Gefühl, das wird eine der besten Reisen aller Zeiten. Du und ich, die kühle Bergluft, jede Menge Sex.«

»Verlass dich nicht drauf, Holt«, sagte sie.

Er zwinkerte ihr zu. »Wart's ab, Swifty. Ich nehme dich mit auf die Reise deines Lebens.« Er trat das Gaspedal durch, und weg waren sie.

Die Autorinnen

Janet Evanovich stammt aus South River, New Jersey, und lebt heute in New Hampshire. Mit ihren Romanen um die chaotische Stephanie Plum hat sie sich ein Millionenpublikum erobert. Daneben machte sie sich auch als Autorin romantischer Komödien einen Ruf, von denen nach »Liebe für Anfänger« nun die zweite auf Deutsch vorliegt. Weitere Informationen zur Autorin und ihren Romanen unter www.evanovich.com.

Charlotte Hughes lernte Janet Evanovich kennen, als sich beide auf ihrer ersten Schriftstellerkonferenz hinter derselben Topfpflanze verstecken wollten. Mittlerweile ist Hughes in den USA eine äußerst populäre Autorin romantischer Komödien. Sie lebt mit ihren zwei Dackeln, von ihr liebevoll »Dumm« und »Dümmer« genannt, in Beaufort, South Carolina.

Genussvoll lesen

Bücher in großer Schrift

Lieferbare Titel in Großdruck

Wahre Liebe und große Gefühle

JANET EVANOVICH, Kussfest
416 S., ISBN 978-3-8000-9265-9

JULIE GARWOOD, Auf Befehl des Königs
496 S., ISBN 978-3-8000-9238-3

JULIE GARWOOD, Geliebter Barbar
616 S., ISBN 978-3-8000-9266-6

CHARLOTTE LINK, Sturmzeit
848 S., ISBN 978-3-8000-9212-3

CHARLOTTE LINK, Wilde Lupinen
928 S., ISBN 978-3-8000-9239-0

CHARLOTTE LINK, Die Stunde der Erben
880 S., ISBN 978-3-8000-9267-3

SUSAN E. PHILLIPS, Bleib nicht zum Frühstück! 640 S., ISBN 978-3-8000-9213-0

AMANDA QUICK, Geheimnis der Nacht
584 S., ISBN 978-3-8000-9268-0

UEBERREUTER

AMANDA QUICK, Liebe um Mitternacht
528 S., ISBN 978-3-8000-9214-7

NORA ROBERTS, Töchter des Feuers
624 S., ISBN 978-3-8000-9223-9

NORA ROBERTS, Töchter des Windes
720 S., ISBN 978-3-8000-9240-6

NORA ROBERTS, Töchter der See
608 S., ISBN 978-3-8000-9269-7

NICHOLAS SPARKS, Weit wie das Meer
448 S., ISBN 978-3-8000-9241-3

NICHOLAS SPARKS, Wie ein einziger Tag
272 S., ISBN 978-3-8000-9229-1

NICHOLAS SPARKS, Zeit im Wind
256 S., ISBN 978-3-8000-9270-3

DANIELLE STEEL, Die Liebe eines Sommers
512 S., ISBN 978-3-8000-9228-4

DANIELLE STEEL, Fünf Tage in Paris
384 S., ISBN 978-3-8000-9242-0

ROBERT JAMES WALLER, Die Brücken am Fluss. 224 S., ISBN 978-3-8000-9215-4

BARBARA WOOD, Lockruf der Vergangenheit
432 S., ISBN 978-3-8000-9216-1

UEBERREUTER

BARBARA WOOD, Himmelsfeuer
704 S., ISBN 978-3-8000-9243-7

BARBARA WOOD, Spur der Flammen
720 S., ISBN 978-3-8000-9271-0

Spannung pur!

DAVID BALDACCI, Das Labyrinth
1008 S., ISBN 978-3-8000-9272-7

DAVID BALDACCI, Der Präsident
896 S., ISBN 978-3-8000-9217-8

SANDRA BROWN, Betrogen
816 S., ISBN 978-3-8000-9244-4

SANDRA BROWN, Ein Hauch von Skandal
816 S., ISBN 978-3-8000-9273-4

MICHAEL CONNELLY, Der Poet
864 S., ISBN 978-3-8000-9224-6

MICHAEL CONNELLY, Die Rückkehr des Poeten. 640 S., ISBN 978-3-8000-9245-1

MICHAEL CONNELLY, Schwarzes Eis
600 S., ISBN 978-3-8000-9274-1

KEN FOLLETT, Die Brücken der Freiheit
832 S., ISBN 978-3-8000-9222-2

UEBERREUTER

KEN FOLLETT, Die Pfeiler der Macht
1040 S., ISBN 978-3-8000-9246-8

ELIZABETH GEORGE, Auf Ehre und Gewissen. 680 S., ISBN 978-3-8000-9275-8

ELIZABETH GEORGE, Gott schütze dieses Haus. 592 S., ISBN 978-3-8000-9218-5

JOHN GRISHAM, Der Klient
872 S., ISBN 978-3-8000-9276-5

JOHN GRISHAM, Die Akte
704 S., ISBN 978-3-8000-9227-7

JOHN GRISHAM, Die Firma
832 S., ISBN 978-3-8000-9247-5

LINDA HOWARD, Mister Perfekt
592 S., ISBN 978-3-8000-9248-2

P. D. JAMES, Ein Spiel zu viel
416 S., ISBN 978-3-8000-9225-3

STEPHEN KING, Atlantis
1072 S., ISBN 978-3-8000-9219-2

JAMES PATTERSON, Der 1. Mord
512 S., ISBN 978-3-8000-9220-8

UEBERREUTER

IAN RANKIN, So soll er sterben
816 S., ISBN 978-3-8000-9253-6

JOANNE K. ROWLING, Harry Potter und der Stein der Weisen
472 S., ISBN 978-3-8000-9249-9

JOANNE K. ROWLING, Harry Potter und die Kammer des Schreckens
512 S., ISBN 978-3-8000-9277-2

MINETTE WALTERS, Die Bildhauerin
592 S., ISBN 978-3-8000-9278-9

MINETTE WALTERS, Die Schandmaske
624 S., ISBN 978-3-8000-9250-5

MINETTE WALTERS, Im Eishaus
512 S., ISBN 978-3-8000-9221-5

Aufmunterndes und Motivierendes

DIE BIBEL – Das Neue Testament
1048 S., ISBN 978-3-8000-9202-4

JACK CANFIELD & MARK V. HANSEN, Hühnersuppe für die Seele
336 S., ISBN 978-3-8000-9231-4

UEBERREUTER

JACK CANFIELD & MARK V. HANSEN,
Noch mehr Hühnersuppe für die Seele
392 S., ISBN 978-3-8000-9259-8

DALE CARNEGIE, Sorge dich nicht – lebe!
608 S., ISBN 978-3-8000-9200-0

DALE CARNEGIE, Wie man Freunde gewinnt
448 S., ISBN 978-3-8000-9258-1

ERICH FROMM, Haben oder Sein
400 S., ISBN 978-3-8000-9226-0

KHALIL GIBRAN, Der Prophet
96 S., ISBN 978-3-8000-9201-7

LAOTSE , Tao Te King
96 S., ISBN 978-3-8000-9232-1

SENECA, Vom glücklichen Leben
416 S., ISBN 978-3-8000-9203-1

NEALE DONALD WALSCH, Gespräche mit Gott. Bd. I
400 S., ISBN 978-3-8000-9204-8

NEALE DONALD WALSCH, Gespräche mit Gott. Bd. II
496 S., ISBN 978-3-8000-9233-8

UEBERREUTER

Bestseller & Klassiker

JANE AUSTEN, Stolz und Vorurteil
640 S., ISBN 978-3-8000-9205-5

DONNA W. CROSS, Die Päpstin
1040 S., ISBN 978-3-8000-9251-2

ARTHUR CONAN DOYLE, Die vergessene Welt. 416 S., ISBN 978-3-8000-9206-2

ALEXANDRE DUMAS, Der Graf von Monte Christo. 480 S., ISBN 978-3-8000-9236-9

UMBERTO ECO, Der Name der Rose
1120 S., ISBN 978-3-8000-9207-9

JOSTEIN GAARDER, Sofies Welt
992 S., ISBN 978-3-8000-9252-9

ARNO GEIGER, Es geht uns gut
592 S., ISBN 978-3-8000-9261-1

NOAH GORDON, Der Medicus
1280 S., ISBN 978-3-8000-9208-6

ROBERT HARRIS, Pompeji
544 S., ISBN 978-3-8000-9254-3

MILAN KUNDERA, Die unerträgliche Leichtigkeit des Seins
488 S., ISBN 978-3-8000-9234-5

UEBERREUTER

FRANK McCOURT, Die Asche meiner Mutter
800 S., ISBN 978-3-8000-9209-3

ANNIE PROULX, Schiffsmeldungen
640 S., ISBN 978-3-8000-9210-9

ARUNDHATI ROY, Der Gott der kleinen Dinge. 592 S., ISBN 978-3-8000-9263-5

JOSÉ LUIS SAMPEDRO, Das etruskische Lächeln. 480 S., ISBN 978-3-8000-9211-6

RAFIK SCHAMI, Die Sehnsucht der Schwalbe
488 S., ISBN 978-3-8000-9235-2

ZERUYA SHALEV, Späte Familie
848 S., ISBN 978-3-8000-9264-2

BRAM STOKER, Dracula
576 S., ISBN 978-3-8000-9256-7

ANTONIO TABUCCHI, Erklärt Pereira
256 S., ISBN 978-3-8000-9237-6

Bestellen Sie die Bücher in großer Schrift beim Buchhändler in Ihrer Nähe oder besuchen Sie unseren Shop im Internet unter **shop.ueberreuter.at** und bestellen Sie ein Großdruck-Abo Ihrer Wahl. ÜBRIGENS: Großdruck-Abos kann man auch verschenken!

UEBERREUTER